फिर जीते श्रीराम

फिर जीते श्रीराम

उपन्यास भी, इतिहास भी

बलवीरसिंह 'करुण'

ग्रंथ अकादमी, नई दिल्ली

प्रकाशक : ग्रंथ अकादमी,
भवन संख्या–19, पहली मंजिल, 2, अंसारी रोड, दरियागंज, नई दिल्ली–110002
 / संस्करण : प्रथम, 2021 / मूल्य : तीन सौ पचास रुपए
मुद्रक : आर–टेक ऑफसेट प्रिंटर्स, दिल्ली ISBN 978-93-86870-88-9

PHIR JEETE SHRIRAM

novel by Shri Balveer Singh 'Karun' ₹ 350.00
Published by GRANTH AKADEMI, Building No. 19, First Floor
2, Ansari Road, Daryaganj, New Delhi-110002

पाठकों की अदालत में

आखिर हर पुस्तक के लेखक को पाठकों की अदालत में जाना ही पड़ता है। पुस्तक लेखक का बयान ही तो होती है। पाठक उसे अपने विवेक की कसौटी पर कसने के पश्चात् ही अपना अभिमत प्रकट करता है। मैं भी अपनी यह पुस्तक विनम्रतापूर्वक पाठकों की अदालत में प्रस्तुत कर रहा हूँ। इसका एक भाग मुलायमसिंह के मुख्यमंत्रित्व काल में हुई कारसेवा पर आधारित है, जो निरपराध कारसेवकों के रक्त से तर-बतर है। उसकी कुछ प्रतियाँ उस समय प्रकाशित भी हुई थीं।

समय का पहिया सरकता रहा और सरयू का जल अपनी ही गति से आगे बढ़ता रहा। श्री कल्याणसिंह उत्तर प्रदेश के मुख्यमंत्री बन गए। उनका कार्यकाल श्रीरामजन्मभूमि मुक्ति अभियान के इतिहास का स्वर्णिम काल कहा जाएगा। उस समय तथाकथित बाबरी मस्जिद का वह ढाँचा जो हिंदुओं को कलंक की भाँति अपमान का बोध कराता था, उसे वीर कारसेवकों ने ध्वस्त कर दिया। और हाँ, गोली तो क्या एक डंडा भी नहीं चला। और अंत में न्यायालयों की दहलीज लाँघते और सीढ़ियाँ चढ़ते हमारे रामलला को जब सैकड़ों वर्ष बीत गए तो भारत के सर्वोच्च न्यायालय ने कहा कि बस अब और नहीं। और 40 दिन अनवरत सुनवाई करते हुए माननीय न्यायपीठ ने अपना निर्णय सुनाते हुए उन्हें विजयी घोषित कर दिया। यह समर बिना खड्ग-ढाल और बिना धनुष-बाण के लड़ा गया। यह सब इस पुस्तक की विषयवस्तु है। मैं इतना ही कहने का अधिकारी था।

—बलवीरसिंह 'करुण'

67 केशव नगर, अलवर-301001 (राजस्थान)
दूरभाष : 09024708034, 09414789838

अनुक्रम

अयोध्या : ऋचाओं से गाथाओं तक

अयोध्या मात्र एक नगर, एक बस्ती, एक शहर का ही नाम नहीं है। यह पावन पुरी हिंदू संस्कृति के उज्ज्वल इतिहास का एक स्वर्णिम अध्याय है। इसकी गौरव-गाथा इतिहास के जन्म काल से भी पुरानी है। वेदों को हमारे मनीषी इतिहास नहीं मानते, क्योंकि इतिहास तो मानव की कृति है, जबकि वेद तो स्वयं सृष्टि के निर्माता पूज्य ब्रह्माजी की वाणी हैं, जिन्हें परम तपस्वी ऋषियों ने अपनी ध्यान समाधि में साक्षात् देखा था। वे इसीलिए तो पावन मंत्रों के दृष्टा कहलाए, रचयिता नहीं और इन्हीं में से एक 'अथर्ववेद' में अयोध्यापुरी का महात्म्य' इन शब्दों में वर्णित है—

अष्टचक्रा नवद्वारा देवानां पूर्ययोध्या
तस्या हिण्यमयः कोशः स्वर्गो ज्योतिषाकृतः

—(अथर्व. 10.2.32)

परवर्ती संस्कृत साहित्य में आदिकवि महर्षि वाल्मीकि द्वारा रचित 'रामायण' संभवतः प्राचीनतम ग्रंथ है। इसमें भी अयोध्या नगरी का परिचय अत्यंत विस्तारपूर्वक दिया गया है। इस नगर को भगवान् विष्णु का शीर्ष भी कहा गया है तथा मोक्षदायिका सप्त पुरियों में इसका स्थान प्रथम माना गया है।

हिंदू पुराख्यान के अनुसार वैवस्वत् मनु ने पृथ्वी पर सर्वप्रथम जिस नगर की स्थापना की, उसका नाम अयोध्या रखा। इस नाम से ध्वनित होता है, एक ऐसा स्थान जहाँ युद्ध वर्जित हो। अवध भी इसे इसीलिए कहा गया क्योंकि यहाँ किसी का वध करने की बात सोची भी नहीं जाती।

मनु के पुत्र इक्ष्वाकु से लेकर भगवान् श्रीराम तक सूर्यवंश के 64 महाप्रतापी सम्राटों ने अयोध्या में शासन किया। समुद्र को सागर नाम की संज्ञा जिनके नाम के कारण प्राप्त हुई, वे यशस्वी महाराज सगर, पतित पावनी माँ गंगा को स्वर्ग से भूलोक पर लाकर उसे भागीरथी नाम देने वाले परम तपस्वी राजा भगीरथ, अपने सत्य धर्म की वेदी पर राजपाट, पुत्र, पत्नी और स्वयं अपने आपको भी अर्पित कर देने वाले धर्मावतार श्री हरिश्चंद्र तथा पश्चिमी एशिया तक अपने राज्य की सीमा को विस्तार देने वाले यशस्वी योद्धा रघु जैसे महान् सम्राट् इस माला के दिपदिप करते अनमोल मोती हैं।

इस पवित्र नगर के उत्तर में इसकी यश गाथा का कल-गान करती हुई सरयू नदी युगों-युगों से बह रही है। भगवान् विष्णु के नेत्रों से निसृत होने के कारण इसने 'नेत्रा' नाम पाया है। मर्यादा पुरुषोत्तम भगवान् श्रीराम के सान्निध्य के कारण 'रामगंगा' कहकर धर्मग्रंथ इसका वर्णन करते हैं। यही नहीं, बल्कि महर्षि वसिष्ठ की नदी के कारण इसे 'वसिष्ठी' भी कहा जाता है। इसी की परमोज्ज्वल निर्मल धारा में तो भगवान् श्रीराम ने जल समाधि लेकर अपने मानव जीवन को अंतिम विराम देते हुए 'राम-राम' कहा था। वह तपः पूत नीलवर्णी काया अपनी अद्भुत लीला-माया सहित इसी नदी की लहरों में कहीं विलीन हो गई थी। हम आज भी इसके सुहाने तट पर खड़े होकर प्रतीक्षातुर नयनों से इसकी विस्तृत जलराशि को ताकते रहते हैं कि एक बार, हाँ, बस एक बार पल भर को ही सही परंतु हमारे आराध्यदेव की मनमोहक तथा पाप-शाप-ताप निवारक छवि के दर्शन हमें हो जाएँ तो यह जन्म सार्थक हो जाए। सुनते हैं कि प्रतिवर्ष रामनवमी के पावन पर्व पर प्रयागराज स्वयं अयोध्या पधारते हैं और सरयू में डुबकी लगाकर गंगा, यमुना तथा अंतः सलिला सरस्वती के संगम पर तीर्थ यात्रियों द्वारा छोड़े गए पापों से मुक्ति प्राप्त करते हैं।

हिंदू लोग स्नान करते समय अन्य कई मंत्रों के साथ एक दोहे का भी उच्चारण करते हैं, जिसमें अयोध्या की महिमा का चित्रण है—

"गंगा बड़ी गोदावरी तीरथ बड़ा प्रयाग।
सबसे बड़ी अयोध्या जहाँ राम लिये अवतार।।"

जैन मतावलंबियों के लिए भी अयोध्या का महत्त्व और महात्म्य बहुत अधिक है। जैन धर्म का तो जन्म ही यहाँ हुआ था। 24 तीर्थंकरों में से 22 सूर्यवंशी थे और उनमें भी 5 तो अयोध्या में ही हुए हैं, जिनमें प्रथम तीर्थंकर भगवान् आदिनाथ या ऋषभनाथजी भी हैं।

बौद्ध धर्म की दृष्टि से भी अयोध्या का महत्त्व उल्लेखनीय रहा है। साकेत नगरी यही तो है। कौशल की प्राचीन राजधानी यही नगर रहा है। महाप्रतापी राजा प्रसेनजित, महादानी और अनाथ पिंडिक तथा विख्यात दानशीला विशाखा अयोध्या और श्रावस्ती के निवासी थे। भगवान् बुद्ध ने 25 वर्ष श्रावस्ती तथा 16 वर्ष अयोध्या में निवास किया था। बौद्ध भिक्षुओं के लिए अनेक नियमों का स्वरूप अयोध्या में ही निश्चित किया गया। यहाँ स्थित अनेक टीले आज भी बौद्ध स्तूपों के अवशेषों के प्रमाण बनकर उस महान् युग का स्मरण कराते हैं। संस्कृत के महान् कवि, नाटककार तथा दार्शनिक अश्वघोष की जन्मभूमि भी अयोध्या ही है।

□

सतत-संघर्ष का इतिहास

(क) कितने शीश चढ़े हैं, अब तक

आज का बहुचर्चित एवं बहुश्रुत उद्‌घोष 'बच्चा-बच्चा राम का, जन्मभूमि के काम का' मात्र एक महज नारा नहीं है, वरन् एक लंबे बलिदानी सिलसिले की फलश्रुति है। इससे भी आगे जाकर कहें तो यह हिंदू संस्कृति के व्याकरण का एक ऐसा सूत्र वाक्य है, जिसके सहारे एक कीर्तिमती परंपरा के गौरवशाली इतिहास का स्मरण किया जा सकता है। जो सुविधाभोगी, अवसरवादी, बुद्धिहीन बुद्धिजीवी इस पुनीत उद्‌घोष के पीछे संकीर्ण मनोवृत्ति अथवा ओछी सांप्रदायिकता खोजने की गर्हित आत्मप्रवंचना से ग्रसित होकर अपने ऊल-जलूल लेखों तथा सारहीन प्रलापों से देश के नागरिकों को भ्रमित करने का कुत्सित प्रयास कर रहे हैं, वे इस पावन-मनभावन शब्दावली के गूढ़ार्थ को समझने का भाग्य ही लिखाकर नहीं लाए हैं! यही कारण है कि उनका लेखन या वक्तृत्व इस देश के अधिसंख्य लोगों के कभी गले नहीं उतरा है। कालजयी होना तो दूर उनका प्रभाव क्षणजीवी भी ठीक से नहीं हो पाया है। इसीलिए वे दो-दो, चार-चार की टोलियों में बैठकर अपना सिर धुनते हुए, छाती पीट-पीटकर अनर्गल स्यापा करते रहते हैं और समझदार लोग उनकी इन हरकतों को देख-सुनकर अपना मनोरंजन करते रहते हैं।

'राम' शब्द मात्र ईश्वर का पर्यायवाची अथवा दशरथनंदन श्रीराम के नाम की सूचक व्यक्तिवाचक संज्ञा ही नहीं है। इस देश के अमृत-पुत्रों, ऋषि-मुनियों, साधु-संतों, श्रमिकों-कृषकों, यहाँ तक कि भिक्षुओं तक के जीवन में इस शब्द

की अनिवार्य सत्ता एवं असीम महत्ता सदैव देखी जा सकती है। उनका जन्म भी इसी शब्द के उच्चारण के साथ होता है और मृत्यु के बाद भी इसी की चिरंतन महत्ता का प्रतिपादन करने के लिए शवयात्री 'राम नाम सत्य है' का ही उद्घोष करते चलते हैं। जीवन का प्रत्येक छोटा-बड़ा कार्य यहाँ राम नाम लेने के साथ ही प्रारंभ किया जाता है। परस्पर कहीं भी मिलने पर एक-दूसरे की भाषा न समझते हुए भी इस देश के निवासी 'राम-राम' के अभिवादन के कारण आपस में स्नेहबंधन में बँध जाते हैं। इसी शब्द की शक्ति का संबल एवं प्रेरणा पाकर अयोध्या में स्थित श्रीराम मंदिर की रक्षा के लिए हुए सतहत्तर धर्मयुद्धों में लाखों वीरों ने हँसते-हँसते अपने प्राणों की आहुति दे दी।

इतिहासकारों द्वारा जुटाए गए प्रमाणों के आधार पर इन मुक्ति संग्रामों का जो इतिवृत्त प्राप्त होता है, उसके अनुसार बाबर के समय में 5, हुमायूँ के समय में 10, अकबर के समय में 20, औरंगजेब के समय में 30, नवाब सादत अली के समय में 5, नासिरुद्दीन हैदर के समय में 3, वाजिदअली के समय में 2, अंग्रेजों के समय में 2 तथा विश्वनाथप्रताप सिंह के समय में 1 धर्मयुद्ध, इस प्रकार यह संख्या 78 हो जाती है। इन युद्धों में 3 लाख, पचास हजार हिंदू अपना बलिदान अब तक दे चुके हैं।

अयोध्या पर चढ़ाई करने वाले आक्रांता के रूप में प्रथम नाम ग्रीक मिनेंडर का आता है, जिसे मिलिंद या मिहिरगुप्त भी कहा जाता है। यही वह प्रथम आततायी था, जिसने भगवान् श्रीराम की जन्मभूमि के मंदिर को पहले-पहल ध्वस्त किया। उसके इस अक्षम्य दुष्कर्म का दंड देने के लिए शुंग वंश के वीर सम्राट् द्युमत्सेन ललकारते-हुंकारते आगे बढ़े और तीन माह बाद ही मिलिंद का वध करके उन्होंने अयोध्या को मुक्त करा दिया। तत्पश्चात् यवनों, शकों, हूणों, कुषाणों तथा अन्य आक्रांताओं के हमलों का अनवरत क्रम जारी रहा। उनका प्रतिकार करने में जुटे हाथों में बैरी के शिरोच्छेद करने वाले दुधारे ही थमे रहे। छेनी, टाँकी और करनी थामने का अवकाश और अवसर ही कहाँ मिला जो श्रीराम मंदिर का पुनर्निर्माण संभव हो पाता। यह सौभाग्य एवं श्रेय मिला शकारि वीर विक्रमादित्य को, उन्होंने कसौटी पत्थर

से निर्मित 84 खंभों पर आधारित एक भव्य मंदिर का निर्माण कराया।

अयोध्या पर आक्रमण करने वाला दूसरा आक्रांता कुख्यात मुस्लिम लुटेरे महमूद गजनवी का भांजा सालार मसूद था। उसने दो बार चढ़ाई की। अनेक मंदिरों को ध्वस्त करते हुए वह अयोध्या भी पहुँचा था। परिधि के कुछ मंदिरों का विनाश करने में उसे सफलता भी मिली परंतु आसपास के राजाओं तथा दिगंबरी अखाड़े के साधुओं के संयुक्त प्रचंड प्रतिरोध के कारण वह भागकर उत्तर की ओर चला गया जहाँ उसका सामना वीर राजा सुहेलदेव से हुआ। सन् 1033 ई. में 14 जून को बहराइच के मोर्चे पर अपने सूबेदार सैफुद्दीन सहित वह सुहेलदेव के नेतृत्व में युद्ध कर रहे सत्रह अन्य हिंदू राजाओं की संयुक्त सेना के घेरे में फँसकर यमलोक पहुँच गया। इस महासंग्राम में आक्रमणकारी मुसलमानों की ऐसी धुनाई और ऐसी सफाई हुई कि अगले दो सौ वर्षों तक वे हिंदुस्तान की ओर पग बढ़ाने का भी साहस नहीं कर सके। इतिहासकार शेख अब्दुर्रहमान चिश्ती ने इसका वर्णन करते हुए लिखा—

"इस्लाम की जो आँधी अयोध्या और बहराइच तक जा पहुँची थी, वह पूरी तरह खत्म हो गई। इस युद्ध में अरब और ईरान के हर घर का चिराग बुझा।"

और अब बारी आती है लुटेरे बाबर की। वह खेबर के उस पार अपने ही एक प्रतिद्वंद्वी सरदार की भीषण मार के निशान अपनी पीठ पर लिये हुए थका-हारा भारत की स्नेह-छाया में शरण पाने आया था। इस देश की दयालु शरणावत्सल जनता ने उसके भूखे जर्जर घोड़ों को चारा-पानी तथा पिटे-कुटे घायल सैनिकों को भोजन दिया। इस अतिथि सेवा का बदला उस कृतघ्न ने यह दिया कि पेड़ का रक्त पीकर पलने वाली आकाश बेल की तरह उसने धीरे-धीरे इस देश पर ही आधिपत्य जमा लिया। यही नहीं बल्कि उसने दो सिरफिरे मुस्लिम फकीरों को प्रसन्न करने के लिए सन् 1528 में अयोध्या में बने श्रीराम मंदिर को ध्वस्त करने का क्रूर, कुटिल और घृणित आदेश भी अपने सेनापति मीर बाकी को दे दिया। प्रसिद्ध इतिहासवेत्ता कनिंघम के अनुसार—

"श्रीरामजन्मभूमि पर बने मंदिर को बचाने के लिए हिंदुओं ने जान की बाजी लगा दी। एक लाख चौहत्तर हजार हिंदू वीरों की लाशें गिर जाने के बाद ही मीर बाकी मंदिर में प्रवेश कर सका। तोप के गोले दागकर ही उस मंदिर को गिराया जा सका।"

(लखनऊ गजेटियर-अंक 36, पृष्ठ 3)

वह वैशाख मास था। बद्रीनाथ की यात्रा पर जा रहे भीठी नरेश महताबसिंह को जैसे ही मंदिर पर हुए आक्रमण की सूचना मिली वे तीर्थयात्रा बीच में ही स्थगित करके अपने सैनिकों सहित मीर बाकी से जा भिड़े। सत्रह दिन तक भयंकर युद्ध चला। अनगिनत आततायी मुगल सैनिकों को मौत के घाट उतारकर वह रामभक्त वृद्ध केहरी भी वीरगति को प्राप्त हुआ।

इसी संदर्भ में हंसवर के नरेश के कुल पुरोहित देवदीन पांडेय का नाम भी स्मरणीय है। उन्होंने सत्तर हजार योद्धाओं को लेकर बाबरी सेना से टक्कर ली। उनके रणकौशल तथा रामभक्ति से बाबर भी प्रभावित हुए बिना न रह सका। 'तुजुक-ए-बाबरी' नामक आत्मकथा में बाबर ने उनके शौर्य का भी वर्णन किया है। कविवर जसवंत ने देवदीन पांडेय की प्रशस्ति इन शब्दों में गाई है—

काटि-काटि कल्ला से दुपल्ला भूमि डारि दीन्हीं
मानो मीचु आप ही भई है रूप खाँडे की।
अल्ला-अल्ला बोलिकै मुसल्ल करै हल्ला लागे
राह धरी भागिकै गुसाईगंज टाँडे की।
खोलि फैंकी लुंगी औ लगाय कै तिलक भाल
रोइ, हाथ जोरि लागे माँगे भीख छाँडे की।
फबी रणभूमि झूमि-झूमि छवि हिन्दुन की
देखिकै जुनुब्बी जोर देवीदीन पाँडे की।।

(जुनुब्बी = तलवार)

यहाँ यह उल्लेख करना ठीक और आवश्यक होगा कि प्रमुख रूप से जिस फकीर अब्बास के कहने पर बाबर ने श्रीराम के भव्य मंदिर को धराशायी करने का कुत्सित आदेश सेनापति मीर बाकी को दिया था, वह इसी मंदिर के प्रमुख महंत योगिराज श्यामानंदजी का शिष्य था। उसने योग विद्या की शिक्षा भी इन्हीं से प्राप्त की थी। गुरु के प्रति किसी शिष्य के विश्वासघात की ऐसी घिनौनी मिसाल इतिहास में दूसरी नहीं मिलती। जलालशाह भी उन्हीं महंतजी का शिष्य था। उसी ने हिंदुओं के रक्त से गारा बनाकर लखौटी ईंटों से मस्जिद की नींव भरी। यह बात बाराबंकी गजट में स्पष्ट रूप से लिखी हुई मिलती है। बाबरनामा के पृष्ठ 173 पर उल्लेख है कि हजरत फजल अब्बास मूसा आशिक्रात कलंदर साहेब की इजाजत से इस मंदिर को तोड़कर इसी की सामग्री और मलबे से मस्जिद बाँधी गई है। इतने सुदृढ़ और स्पष्ट प्रमाणों के होते हुए भी कुछ दुराग्रही लोग पूछते हैं कि मंदिर तोड़कर मस्जिद बनाए जाने के सबूत कहाँ हैं?

क्रूर बाबरी सेना का सामना करते हुए कुल पुरोहित देवीदीन पांडेय के वीरगति को प्राप्त होने का समाचार प्राप्त होते ही महाराजा रणविजयसिंह ने अपने शासन की बागडोर महारानी जयकुँवरिजी को सौंपी और क्रुद्ध केहरी से दहाड़ते हुए 25 हजार रणबाँकुरों की सेना साथ लेकर वे मंदिर मुक्ति-संग्राम में जा कूदे। उन्हें पता चला कि समर बाँकुरे हठीले वीर देवीदीन पांडेय की खोपड़ी उस घनघोर युद्ध में फट गई थी किंतु उस पर कसकर फेंटा बाँधकर वे नरसिंह रण में आगे ही आगे बढ़ता रहा और शत्रु के असंख्य सैनिकों को मौत की नींद सुलाकर ही धरती पर गिरा। राजा रणविजयसिंह भी उसी बलिदानी राह पर बढ़ते हुए धर्मयुद्ध में शहीद हो गए। विधर्मियों से अपने धर्म की रक्षा करने के लिए छेड़े गए उस संग्राम को धर्मयुद्ध ही तो कहा जाएगा! अपने पति के वीरगति पाने की सूचना पाकर महारानी जयकुँवरि युद्धस्थल में आ डटीं। उनका साथ देने को आनंद संप्रदाय के महंत स्वामी महेश्वरानंद भी रणभूमि में आ जमे।

जब-जब हमारे राष्ट्रीय स्वाभिमान को चुनौती मिलती है, जब-जब

हमारे मान-बिंदुओं पर आघात होता है तथा जब-जब भी हमारी क्षमा-परंपरा और सहज सहिष्णुता को कायरता मानकर हमें निगल जाने को कोई अजगर जबड़ा खोलता है, तब-तब हम बाँसुरी फेंककर चक्र उठा लेते हैं। हमारी वीणा शांतिपाठ का मधुर संगीत त्यागकर रणचंडी को रिझाने वाला अग्निगान सुनाने लगती है। ऐसे ही अवसरों पर हम प्रभु-वंदना की मधुर संगीत आरती भूलकर, पांचजन्य को हाथ में लेते हैं और पूरी शक्ति से उसे फूँककर अपने शत्रु को रण का निमंत्रण देते हैं।

शत्रु की इच्छानुसार 'शापादपि शरादपि' देने वाले परम तपस्वी महाप्रतापी परशुराम का यह देश विश्व को बुद्ध और युद्ध एक साथ देने में सदैव समर्थ रहा है। यही कारण था कि शास्त्रों को अपने मठों, मंदिरों और अखाड़ों में रखकर असंख्य नागा संप्रदायी, गोरक्षपंथी, दिगंबर, निर्मोही, निर्मले तथा निर्वाणी साधु-संतों ने अपने हाथों में शस्त्र उठा लिये और स्वामी महेश्वरानंद के नेतृत्व में शत्रु पर टूट पड़े। छापामार युद्धों से महारानी जयकुँवरि तथा रुद्रावतार स्वामी महेश्वरानंद ने शत्रु सेना के होश उड़ा दिए। मीर बाकी इतना भयभीत हो गया कि बाबर ने उसे छुट्टी देकर उसके घर ताशकंद भेज दिया।

मस्जिद का निर्माण और दैवी व्यवधान

श्रीराम मंदिर को धराध्वस्त करके उसी के मलबे से हिंदू वीरों के रक्त से गारा सानकर मस्जिद बनाने का प्रयास बार-बार विफल हुआ। दिन में जितनी दीवार उठाई जाती थी, रात में ढह जाती थी। सारी शक्ति, युक्ति और बुद्धि लगाकर भी मुगल उस व्यक्ति या दैवी शक्ति का पता नहीं लगा पाए, जो बार-बार दीवार ढहाकर उन्हें चुनौती देती हुई उनका उपहास कर रही थी। हार-झख मारकर बाबर ही अयोध्या आया। एक अंग्रेज इतिहासकार के अनुसार, उसने अयोध्या से तीन कोस दूर पड़ाव डाला और सात-आठ दिनों तक वहाँ रहकर साधु-संतों से मिन्नतें करता रहा कि वे ही कोई उपाय बताएँ। उसने फकीर के हठ का हवाला देकर खुद को निर्दोष बताने का

भी प्रयास किया। अपनी नाक बचाने के लिए वह साधु-संतों की कोई भी शर्त मानने पर तैयार हो गया। उसने अपनी आत्मकथा 'तुजुक-ए-बाबरी' में लिखा भी है—

"मीर बाकी ने मेरे पास खत लिखा कि अयोध्या के राममंदिर को मिसमार करके जो मस्जिद तामीर की जा रही है, उसकी दीवारें शाम को खुद-ब-खुद गिर जाती हैं। इस पर मैंने खुद जाकर सारी बातें अपनी आँखों से देखकर चंद हिंदू, औलियाओं, फकीरों को बुलाकर यह मसला सामने रखा। उन लोगों में वे कई दिनों तक गौर करने के बाद मस्जिद में चंद तरमीमों (परिवर्तनों) की राय दी, जिनमें पाँच बातें खास थीं—यदि मस्जिद का नाम सीता पाक (सीतारसोई) रखा जाए, परिक्रमा रहने दी जाए, सदर गुंबद दरवाजे में लकड़ी लगा दी जाए, मीनारें गिरा दी जाए और हिंदू महात्माओं को भजन पाठ करने दिया जाए। उनकी राय मैंने मान ली, तब मस्जिद तैयार हो सकी।"

(तुजुक-ए-बाबरी, पृष्ठ 523)

बाबर के पुत्र हुमायूँ के शासन काल में भी महारानी जयकुँवरि तथा स्वामी महेश्वरानंद ने निरंतर आक्रमण जारी रखे। दसवें आक्रमण में वे विजयी हुए और दो-तीन वर्ष के लिए श्रीरामजन्मभूमि मुक्त रही। आगे चलकर मुगलों के विशाल सैन्य बल से टकराते हुए ये दोनों योद्धा भी परलोक सिधार गए।

अकबर के राज्यकाल में मुक्ति संग्राम की रणभेरी कोयंबटूर से आए रामानुज संप्रदाय के स्वामी बलराम आचार्य ने बजाई। उनके नेतृत्व में हिंदुओं ने 20 आक्रमण किए। अंत में बीरबल और टोडरमल के परामर्श पर अकबर ने उस स्थान पर एक छोटा-सा मंदिर बनवाकर पूजा-पाठ करने की अनुमति दे दी। शाहजहाँ के समय तक वहाँ निर्विघ्न पूजा-अर्चना चलती रही। उसी राम चबूतरे पर 90 वर्ष तक भजन-कीर्तन होते रहे और मेले भरते रहे।

औरंगजेब अपनी धर्मांधता और हिंदू द्रोह के कारण सर्वाधिक क्रूर

मुगल शासक सिद्ध हुआ। उसने श्रीराम मंदिर को पुनः नष्ट कर दिया। इस कार्य के लिए अपने सिपहसालार जांबाज खाँ को सेना के साथ भेजा। उस समय अयोध्या के अहल्या घाट पर परशुराम मठ था। इसमें समर्थ गुरु रामदास के शिष्य बाबा वैष्णवदास रहते थे। उनके साथ चिमटाधारी साधुओं की विशाल शिष्य मंडली भी थी। वे सब उस विकट विपद वेला में चिमटे तथा त्रिशूल लेकर कुछ अन्य योद्धाओं के साथ मंदिर की रक्षार्थ मैदान में कूद पड़े। जांबाज खाँ को ऐसी मार पड़ी कि चिल्लाता-कराहता अपने स्वामी औरंगजेब के पास ही जाकर रुका।

अगली बार औरंगजेब ने सैयद हसन अली को विशाल सेना के साथ आक्रमण करने को भेजा। उधर बाबा वैष्णवदास ने तब तक गुरु गोविंदसिंहजी से संपर्क साध लिया था। वे आनन-फानन में अपनी दुर्जेय सेना सहित अयोध्या जा धमके। उन्होंने साधु सेना के साथ मिलकर मुगल सेना का भुर्ता बना डाला। सैयद हसन अली को भी सआदतगंज के उस मोर्चे पर यमलोक पहुँचाने वाली गाड़ी में बैठाकर विदा कर दिया गया। अंत में स्वयं औरंगजेब एक विशाल एवं शक्तिशाली सेना लेकर आक्रमण करने गया। तब तक गुरु गोविंदसिंह वापस लौट चुके थे। उसने चबूतरे पर बने उस लघु मंदिर को खुदवाकर वहाँ गड्ढा बनवा दिया। यह बात सन् 1664 ई. की है। इसके बाद भी रामभक्त हिंदू सारे देश से आ आकर उसी स्थान पर श्रद्धा-सुमन अर्पित करते रहे।

मंदिर-मुक्ति का वह संघर्ष अनवरत चलता ही रहा। अमेठी के राजा गुरुदत्तसिंह तथा पिपरा ने राजकुमारसिंह ने नवाब सादत अली की सेना से मोर्चा लेकर इस क्रम को आगे बढ़ाया। कर्नल हंट ने लखनऊ गजेटियर में लिखा—

''हिंदुओं के निरंतर हमलों से तंग आकर नवाब ने हिंदू और मुसलमानों को साथ-साथ भजन-पूजन और नमाज की अनुमति दे दी। इसके बाद ही संघर्ष शांत हुआ।''

नवाब नासिरुद्दीन के समय में भी इस संघर्ष की दुंदुभी गूँजती ही

रही। चौथे युद्ध में शाही सेना पराजित हो गई और जन्मभूमि पर हिंदुओं का अधिकार हो गया। परंतु तीन दिन बाद पुनः नवाब की भारी सेना के हमले के कारण वह उनके हाथ से निकल गई।

तमाशबीन शाही सेना

नवाब वाजिद अलीशाह के समय में बाबा उद्धवदास और रामचरनदास ने अपूर्व पराक्रम का परिचय देते हुए राम चबूतरे पर अधिकार करके उस पर पुनः मंदिर का निर्माण करा दिया। दो दिन तक चले उस भयंकर युद्ध में शाही सेना तटस्थ होकर तमाशा देखती रही। वाजिदअली शाह के सामने उपस्थित होकर उत्तप्त-संतप्त मुल्ला-मौलवियों ने जब गुहार लगाई तो हँसते हुए बादशाह बोले—

हम इश्क के बंदे हैं, मजहब से नहीं वाकिफ।
काबा हुआ तो क्या, बुतखाना हुआ तो क्या।।

बादशाह का यह निर्णय राजा मानसिंह और टिकैतराय के परामर्श पर आधारित था।

अंग्रेजों की कूटनीति

सन् 1857 का स्वाधीनता-संग्राम भारत के हिंदुओं और मुसलमानों के बीच भ्रातृभाव एवं राष्ट्रभक्ति बढ़ाने की दिशा में अत्यंत उपयोगी था। भारतमाता के सच्चे सुपुत्रों की भाँति अपनी संपूर्ण शक्ति के साथ वे स्वातंत्र्य-समर में कंधे-से-कंधा मिलाकर कूद पड़े थे। अयोध्या क्षेत्र में गोंडा नरेश बख्शसिंह, बाबा रामचरणदास, बाबा उद्धवदास तथा अमीर अली ने क्रांति की मशाल थाम ली। अमीर अली ने फैजाबाद और अयोध्या के मुसलमानों को इकट्ठा करके समझाया—

"बहादुरशाह को देश का बादशाह हमारे हिंदू भाइयों ने ही बनाया है। वे हमारे लिए अपना खून बहा रहे हैं। इसलिए फर्जे इलाही हमें मजबूर करता है कि हिंदुओं के खुदा श्रीरामजी की पैदाइशी जगह पर जो बाबरी मस्जिद बनी

है, वह उन्हें सुपुर्द कर दें क्योंकि हिंदू, मुस्लिम नाइत्तफाकी की सबसे बड़ी जड़ यही है। ऐसा करके हम उनके दिलों पर फतह पा लेंगे।''

अमीर अली के इस प्रस्ताव का मुसलमानों ने पुरजोर समर्थन किया। इस सूचना से अंग्रेज चौकन्ने हो गए। उन्होंने अमीर अली और बाबा रामचरणदास को कुबेर टेकरी पर खड़े इमली के पेड़ पर लटकाकर 18 मार्च, 1858 को फाँसी दे दी। सुल्तानपुर गजेटियर में कर्नल मार्टिन ने लिखा है—

''अयोध्या की बाबरी मस्जिद को मुसलमानों द्वारा हिंदुओं को वापिस किए जाने की खबर सुनकर हम लोगों में घबराहट फैल गई। हमें विश्वास हो गया कि हिंदुस्तान से अब अंग्रेज खत्म हो जाएँगे। लेकिन अच्छा हुआ कि गदर का पाँसा पलट गया और अमीर अली तथा बलवाई बाबा रामचरणदास को फाँसी पर लटका दिया गया।''

काश! देशभक्त वीर अमीर अली का प्रयास सफल हो गया होता तो शायद हम मातृभूमि के विभाजन के पाप से भी बच जाते और हिंदू-मुसलमान भारतमाता की दो आँखों के समान शोभा बढ़ा रहे होते। रहीम, रसखान, जायसी, बशीर अहमद मयूख, बशीर बद्र, अब्दुल जब्बार, मोहम्मद सद्दीक तथा सालिक अजीजी जैसे वंदनीय राष्ट्रभक्त कवि अशफाक उल्ला तथा अब्दुल हमीद जैसे देशभक्त राजनेता तो इस धरती पर आते ही रहे हैं, परंतु दुर्भाग्य की बात यह रही है कि उनके सद्प्रयासों को स्वार्थी शासक सदैव पलीता लगाते रहे हैं।

पराधीन भारत में अंतिम मुक्ति संग्राम

सन् 1934-35 में हिंदुओं ने अपने आराध्यदेव श्रीराम की जन्मभूमि को मुक्त कराने का एक और जोरदार प्रयास किया। इसमें वे सफल भी हुए। भीतर बैठे तीन मुसलमानों को मौत के घाट उतारकर वहाँ मूर्ति की स्थापना कर दी गई। फैजाबाद के डिप्टी कमिश्नर ओ.पी. निकल्सन ने पुनः मस्जिद तो बनवा दी, परंतु नमाज भी बंद करा दी।

भारत के स्वाधीन होने पर जन्मस्थान पर पुनः कीर्तन और रामायण

पाठ का आयोजन आरंभ हो गया। मुसलमानों की शिकायत पर जिलाधीश श्री कृष्णकुमार नायर ने सिटी मजिस्ट्रेट ठाकुर गुरुदत्तसिंह को फैजाबाद से अयोध्या भेजा। उनके आग्रह पर पूजा-पाठ तो बंद नहीं हो सका, परंतु नमाज पढ़ने की अनुमति बाद में अवश्य मिल गई। साथ ही पुलिस के चौबीसों घंटे पहरे का प्रबंध भी कर दिया गया। पुलिस संरक्षण के बाद भी मुसलमानों ने वहाँ नमाज नहीं पढ़ी, क्योंकि वहाँ मूर्ति स्थापित थी।

इस प्रकार स्वाधीनता से पूर्व श्रीरामजन्मभूमि को मुक्त कराने के लिए सतहत्तर युद्धों में लगभग साढ़े तीन लाख हिंदू वीर अपने प्राणों की आहुति दे चुके हैं। अपने ही शासन में अपने ही प्रधानमंत्री विश्वनाथ प्रतापसिंह भी राष्ट्रीय गौरव से जुड़े इस प्रश्न का समाधान नहीं कर सके। उल्टे उनके सिपहसालार मुलायमसिंह यादव ने क्रूर अंग्रेज जनरल डायर की भूमिका दोहराते हुए अठहत्तरवें किंतु पूर्ण अहिंसक मुक्ति आंदोलन में भाग ले रहे निहत्थे कारसेवकों को गोलियों से भुनवा डाला। हजारों कारसेवक जय श्रीराम कहते हुए, अपनी ही हत्यारी पुलिस की गोलियों के शिकार हो गए।

(ख) भये प्रकट कृपाला

हिंदू का हृदय कभी संकीर्ण रहा ही नहीं है। हमने तो कण-कण में प्रभु का निवास माना है। हमारे संतों ने तो मस्जिद को माता की गोद के समान पवित्र मानकर उसे 'मस्जिद माई' कहा है। भगवान् श्रीराम के अनन्य उपासक और रामचरितमानस के रचयिता तुलसीदासजी ने तो अपने मस्जिद में सोने तक का उल्लेख करते हुए कहा है—

''माँगि के खाइबो मसीत को सोइबो,
लैबे को एक न दैबै को दोऊ।''

हमारी संस्कृति ने तो जड़-चेतन में भी अंतर न करने की सीख हमें दी है। इसीलिए हम 'ईश्वर अल्ला तेरे नाम' का संकीर्तन मंदिरों में पूर्ण श्रद्धा भाव से करते आ रहे हैं। काश! कभी मस्जिदों से भी इस कीर्तन से स्वर उभरकर राष्ट्रीय एकता का संदेश देते।

हमारी मान्यता रही है कि प्रभु की दृष्टि में सब जीव समान हैं। अतएव उनकी भक्ति पर सबका समान रूप से अधिकार है, और सचमुच कृपालु परमेश्वर हैं भी ऐसे ही। अलवर (राजस्थान) के मुंडावर नामक कस्बे में जन्मे कृष्णभक्त लोक कवि अलीबख्श को इस क्षेत्र का रसखान कहा जाता है। उम्र भर वे भगवान् श्रीकृष्ण की भक्ति के पद और खयाल रचते और गाते रहे। ब्रज क्षेत्र में भगवान् श्रीकृष्ण के दर्शनार्थ जब उन्हें मंदिर में मुसलमान होने के कारण कुछ कट्टरपंथी पुजारियों ने नहीं जाने दिया तो बाहर गली में ही उन्होंने अपना मंच लगा दिया और गायन आरंभ कर दिया। भक्त की पुकार पर भगवान् न आए यह तो हो ही नहीं सकता, ऐसा ही हुआ! लीलाबिहारीजी के मंदिर की प्रतिमा अपने स्थान से गायब हो गई। आश्चर्य के साथ सबने देखा कि बंशीधर गोपालकृष्ण अपने भक्त के मंच पर बाहर ही आ विराजे हैं। उपस्थित भक्तों व पुजारियों ने अलीबख्शजी को सादर मंदिर में प्रवेश कर दर्शन करने की प्रार्थना की। प्रभु पुनः अपने स्थान पर पधारे। इस घटना का विवरण पुजारी तथा कुछ अन्य लोगों की साक्षी सहित आज भी मंदिर में उपलब्ध बताया जाता है।

कुछ ऐसा ही चमत्कार अयोध्या में भी घटित हुआ। भगवान श्रीराम की जन्मभूमि पर सरकारी पहरा बिठा दिया गया था। अब्दुल बरकत नाम का नेकदिल सिपाही पहरे पर था। फैजाबाद के जिलाधीश के.के. नायर के समक्ष दिए गए अपने बयान में उसने इस चमत्कार का विवरण देते हुए बताया—

''22-23 दिसंबर, 1941 के बीच की रात जब वह पहरे की ड्यूटी पर था तो रात के करीब दो बजे बाबरी मस्जिद में मद्धिम रोशनी सी नजर आई। मैं गौर से उसे देखने लगा! मुझे मालूम हुआ कि वह रोशनी खुदाई है और मस्जिद के भीतर से आ रही है। धीरे-धीरे वह सुनहरी हो चली। उसके भीतर ही मुझे एक निहायत खूबसूरत चार-पाँच साल के बच्चे की सूरत नजर आई। उसके सिर के बाल घुँघराले थे और बदन मोटा-ताजा, तंदुरुस्त था। मैंने ऐसा खूबसूरत बच्चा अपनी जिंदगी में कभी नहीं देखा। उसे देखकर मैं सकते की हालत में आ गया। मैं कह नहीं सकता कि मेरी ऐसी हालत कब

तक रही। जब होश आया तो देखता हूँ कि सदर दरवाजे का ताला टूटकर जमीन पर पड़ा हुआ है और मस्जिद के भीतर हिंदुओं की बेशुमार भीड़ घुसी हुई है। एक सिंहासन पर कोई बुत रखा हुआ है। उसकी आरती 'भये प्रकट कृपाला दीनदयाला' कहकर उतारी जा रही है।''

इस घटना का समाचार पाते ही उत्तर प्रदेश के प्रशासन में हड़कंप मच गया। पुलिस उप महानिरीक्षक सरदारसिंह तुरंत वस्तुस्थिति की जाँच करने अयोध्या पहुँचे। वहाँ उपस्थित हिंदुओं की अपार भीड़ देखकर वे आश्चर्य में डूब गए! उच्च अधिकारियों की भागदौड़ शुरू हो गई। तत्काल उस स्थान को विवादग्रस्त घोषित करते हुए तत्कालीन नगरपालिका अध्यक्ष प्रियदत्तराम को आदाता (रिसीवर) नियुक्त कर दिया गया। उन्होंने 5 जनवरी, 1950 के दिन अपना कार्यभार सँभाला और व्यवस्था दी कि मूर्ति की पूजा पुजारी कर सकेंगे। शेष भक्तजन खिड़की में से ही दर्शन कर सकेंगे। तब से लेकर ताला खोले जाने के दिन 1 फरवरी, 1986 तक यही क्रम चलता रहा।

□

विश्व हिंदू परिषद् का आंदोलन

(क) मुक्ति यज्ञ से मुक्ति संकल्प तक

श्रीरामजन्मभूमि को मुक्त कराकर उस स्थान पर भव्य मंदिर के निर्माणार्थ विश्व हिंदू परिषद् ने एक व्यापक कार्यक्रम की रूपरेखा बनाई। धार्मिक स्थल रक्षा समिति के संयोजक श्री दाऊदयाल खन्ना के माध्यम से तत्कालीन प्रधानमंत्री श्रीमती इंदिरा गांधी को एक पत्र प्रेषित कर माँग की गई कि काशी में स्थित भगवान् विश्वनाथ के ऐतिहासिक मंदिर सहित श्रीरामजन्मभूमि एवं श्रीकृष्ण जन्मभूमि के स्थान हिंदुओं को सौंपे जाएँ। उसके बाद श्रीरामजन्मभूमि यज्ञ समिति का गठन किया गया। 7-8 अप्रैल, 1984 को विज्ञान भवन दिल्ली में प्रथम धर्म संसद् बुलाई गई। इसमें देशभर से सभी संप्रदायों के लगभग 300 संत पधारे। अयोध्या के प्रमुख धर्माचार्यों की सभा में श्री दाऊदयाल खन्ना को श्रीरामजन्मभूमि मुक्ति यज्ञ समिति का सर्वसम्मति से संयोजक चुना गया। दूसरी सभा 21 जुलाई, 1984 को अयोध्या के वाल्मीकि भवन में हुई, जिसमें महंत अवैद्यनाथजी को सर्व सम्मति से अध्यक्ष मनोनीत किया गया।

महंत अवैद्यनाथजी ने श्रीरामजन्मभूमि मुक्ति यज्ञ समिति की कार्यकारिणी का विस्तार करते हुए सर्व श्री महंत नृत्यगोपालदास, परमहंस महंत रामचंद्रदास को उपाध्यक्ष तथा सर्वश्री ओंकार भावे, महेशनारायणसिंह और दिनेश त्यागी को मंत्री बनाया। कोषाध्यक्ष के पद पर श्री जगदंबाप्रसाद को नियुक्त किया गया। 35 धर्माचार्यों का एक संरक्षक मंडल भी बनाया गया। यह भी निश्चय

किया गया कि 7 अक्तूबर, 1984 को अयोध्या में सरयू के तट पर संकल्प दिवस का आयोजन हो। 14 अक्तूबर को लखनऊ में विशाल हिंदू सम्मेलन करने का भी निर्णय लिया गया।

श्रीराम-जानकी-रथयात्रा

माता जानकीजी के जन्मस्थान, सीतामढ़ी (बिहार) से श्रीराम-जानकी-रथयात्रा की भव्य यात्रा 25 सितंबर, 1984 को आरंभ हुई। लाखों भक्तों द्वारा पूजित-अर्चित होता हुआ वह रथ बिहार के अनेक नगरों से गुजरा। इनमें मधुबनी, दरभंगा, पटना, रक्सौल, समस्तीपुर, मुजफ्फरपुर, छपरा, सिवान, गोपालगंज आदि प्रमुख हैं। 5 अक्तूबर को रथ का आगमन उत्तर प्रदेश में देवरिया जिले के प्रसिद्ध संत देवरहा बाबा के स्थान पर हुआ। रात में रथ गोरखपुर के गोरखनाथ मंदिर में पहुँचा जहाँ गोरख पीठाधीश्वर महंत श्री अवैद्यनाथ के नेतृत्व में उसका स्वागत व पूजन किया गया। 6 अक्तूबर को खलीलाबाद और बस्ती होता हुआ रथ रात 9 बजे अयोध्या पहुँचा, जहाँ प्रात:काल से ही हजारों नर-नारी उसके आगमन की प्रतीक्षा कर रहे थे। कई बैंड-बाजों के साथ कीर्तन आदि करते हुए वहाँ रथ का भव्य स्वागत हुआ। भगवदाचार्य स्मारक में आधी रात तक लोग रथ में विराजमान श्रीराम-जानकी के पावन दर्शन करते रहे।

और वह वज्र संकल्प

7 अक्तूबर, 1984 को पावन सरयू के तीर पर संकल्प दिवस का आयोजन किया गया। योगी शेषपालजी के शंखनाद और मंगलाचरण के साथ आरंभ हुए कार्यक्रम में इतना विशाल जनसमूह उमड़ पड़ा जितना अयोध्या के इतिहास में कभी नहीं देखा गया था। इस अवसर पर केरल से पधारे श्री भूमानंदजी ने पहले संस्कृत में संकल्प पढ़ा, जिसे हिंदी में बोलकर जगद्गुरु रामानंदाचार्य श्री शिवरामाचार्यजी महाराज ने उपस्थित जनसमूह से दोहरवाया।

संकल्प समारोह में देश भर में असंख्य साधु-संत तथा धर्माचार्य पधारे।

इस अवसर पर पारित प्रस्ताव में सरकार से माँग की गई कि—

1. भगवान् श्रीराम की जन्मभूमि पर लगा ताला अविलंब खोला जाए, वह स्थान हिंदू समाज को दिया जाए।
2. मथुरा में श्रीकृष्ण जन्मभूमि पर बनाई गई, ईदगाह का स्थान तथा काशी में भगवान् विश्वनाथ के स्थान पर बनी मस्जिद की भूमि भी हिंदुओं को सौंपी जाए।

एक अन्य प्रस्ताव में मुस्लिम समाज से माँग की गई कि वह हिंदू मंदिरों पर कब्जा करके ली गई, सभी भूमि वापिस करते हुए समिति के कार्यों में सहयोग प्रदान करें।

धर्मयात्रा-पदयात्रा-रथयात्रा

पूर्व निश्चय के अनुसार अयोध्या से लखनऊ तक एक विशाल पदयात्रा होनी थी। इस धर्मयात्रा की तिथि 6 अक्तूबर, 1984 निश्चित की गई थी। आज वह तिथि आ पहुँची। प्रात: 8 बजे श्रीराम-जानकी रथ ने पूजन के पश्चात् श्री भगवदाचार्य स्मारक अयोध्या से लखनऊ की ओर प्रस्थान किया। उसके आगे चले देश की संस्कृति के ध्वजवाहक तथा निर्देशक, हजारों धर्माचार्य, साधु-संत तथा विश्व हिंदू परिषद् के केंद्रीय एवं प्रांतीय अधिकारी। रथ का अनुगमन करती हुई रामभक्तों की अपार भीड़ असीम श्रद्धा एवं शक्ति-भक्तिपूर्वक नारे लगा रही थी—आगे बढ़कर जोर से बोलो, जन्मभूमि का ताला खोलो। बजरंग दल की है ललकार, ताला खोले ये सरकार। जब तक ताला नहीं खुलेगा, तब तक हिंदू चैन न लेगा आदि।

इस धर्मयात्रा में शामिल होने वाले श्रद्धालुओं की संख्या कल्पना और अपेक्षा से कई गुना बढ़ गई थी। अपार धर्मयात्री-समूह के साथ श्रीराम-जानकी रथ 8 अक्तूबर को फैजाबाद होते हुए सुहासबल पहुँच गया। भेलसर, सफदरगंज, बाराबंकी, चिनहट होते हुए 14 अक्तूबर को निर्धारित कार्यक्रम के अनुसार धर्मयात्रा लखनऊ पहुँच गई। उस दिन बेगम हजरत महल पार्क में जो विशाल हिंदू सम्मेलन हुआ, वह लखनऊ के इतिहास में अविस्मरणीय

हो गया। दस लाख व्यक्ति उसमें उपस्थित थे। सेवानिवृत्त पुलिस महानिदेशक श्रीशचंद्र दीक्षित ने स्वागताध्यक्ष के रूप में सभी धर्माचार्यों का माल्यार्पण द्वारा स्वागत किया। अध्यक्षता जगद्गुरु रामानंदाचार्य, श्रीस्वामी शिवरामाचार्यजी ने की। इस अभूतपूर्व हिंदू सम्मेलन में सरकार से माँग की गई कि बेगम हजरत महल पार्क का नाम बदलकर 'उर्मिला वाटिका' तथा लखनऊ शहर का नाम 'लक्ष्मणपुरी' रखा जाए।

अगले दिन धर्मरथ नेमिषारण्य की ओर बढ़ चला। पदयात्रा अब समाप्त हो चुकी थी। प्रयाग, चित्रकूट, बाँदा, उरई, झाँसी, आगरा, मथुरा होता रथ जब दिल्ली की ओर बढ़ रहा था तो 31 अक्तूबर, 1984 को उसे गाजियाबाद पहुँचना था। तभी देश के इतिहास में एक दुःखद, निंदनीय और अकल्पित घटना घटी। भारत की प्रधानमंत्री श्रीमती इंदिरा गांधी की जघन्य और नृशंस हत्या उन्हीं के प्रहरियों ने गोलियों की निर्मम बौछार करके कर डाली। सारा विश्व स्तब्ध रह गया! इस अनहोनी आकस्मिक घटना से देशवासी किंकर्तव्यविमूढ़ से हो गए। ऐसे क्षोभकारक समय में रथ यात्रा रोक देना अनिवार्य ही था। अत: रथ गाजियाबाद न जाकर सीधे दिल्ली आया और उसे विश्व हिंदू परिषद् के रामकृष्णपुरम स्थित कार्यालय में खड़ा कर दिया गया। 1 से 30 नवंबर तक के आगे के सभी कार्यक्रम भी निरस्त कर दिए गए। उसके उपरांत देश में चुनाव होने वाले थे। अत: सभी कार्यक्रम स्थगित रखना ही उचित समझा गया।

1985 के पृष्ठों से

वर्ष 1985 भी स्मरणीय घटनाओं का साल रहा। 26 मार्च को एक महत्त्वपूर्ण सम्मेलन में निर्णय लिया गया कि 50 लाख रामभक्तों के ऐसे वीरव्रती जत्थे तैयार किए जाएँ जो रामकाज के लिए आवश्यकता पड़ने पर प्राणोत्सर्ग करने को भी तत्पर रहें। विजयादशमी, 23 अक्तूबर के दिन, दिल्ली में सात रथों पर श्रीराम-जानकी की झाँकियाँ निकाली गईं। उडुप्पी (कर्नाटक) में 31 अक्तूबर व 1 नवंबर को धर्म संसद् का द्वितीय मार्गदर्शक विराट

सम्मेलन हुआ। इसी में 'जन्मभूमि ताला तोड़ो' समिति का गठन 800 संतों की उपस्थिति में किया गया। दिगंबर अखाड़े के महंत परमहंस रामचंद्रदासजी द्वारा घोषणा कर दी गई कि शिवरात्रि 8 मार्च, 1986 से पूर्व ताला नहीं खोला गया तो वे आत्मदाह कर लेंगे। विश्व हिंदू परिषद् के अध्यक्ष श्री शिवनाथ काटजू 19 दिसंबर, 1985 को उत्तर प्रदेश के मुख्यमंत्री श्री वीरबहादुर सिंह से मिले। उनके इस प्रश्न का सरकार के पास कोई उत्तर नहीं था कि ताला किस दंडाधिकारी के आदेश से लगाया गया है।

(ख) रामशिला पूजन तथा शिलान्यास

आस्थाओं की ऋचाओं का अर्थ समझाने के लिए कोई सरल टीका नहीं लिखी जाती। माँ की ममता को नापने वाले यंत्र का आविष्कार भी अब तक नहीं हो पाया है। भक्ति की तीव्रता और गहराई का विश्लेषण करने वाले उपकरण भी आज तक विज्ञान तैयार नहीं कर सका। अपने आराध्य देव श्रीराम की पावन प्रतिमा पर, वह भी उसके प्राकट्य स्थल और भगवान् की जन्मभूमि में स्थित होते हुए, ताला पड़ा था। उस पीड़ा, आक्रोश और क्षोभ का आवेग कितना अधिक था और श्रद्धालुओं का मन उसके कारण कितना उद्वेलित था, इसकी केवल कल्पना ही की जा सकती है। उस अपमानकारक अनुचित तालाबंदी के विरुद्ध सतत संघर्ष जारी था। आवेदन, आंदोलन, प्रदर्शन सभी कुछ किया जा रहा था। सरकार भी अनिश्चय की स्थिति में झूल रही थी।

और लो, ताला खुल गया

विधिवेत्ता श्री उमेशचंद्र पांडेय ने फैजाबाद न्यायालय में आवेदन प्रस्तुत करते हुए इस विक्षोभकारी, अनधिकृत और अनुचित-अनावश्यक तालाबंदी को अविलंब समाप्त करने के लिए एक याचिका दायर की। उन्होंने तर्क दिया कि न्यायालय ने जब पूजा-अर्चना की अनुमति दे रखी है, तो ताला लगा रहने पर कोई कैसे पूजा कर सकता है। अदालती जाँच के बाद पाया गया कि वह

ताला तो बिना ही किसी न्यायालय के आदेश के वहाँ लटका हुआ है। अतएव उसे खोलने की अनुमति देने में बाधा ही नहीं है। एक चिर प्रतीक्षित साध, एक सुदीर्घ प्रतीक्षा और एक अकारण विलंबित न्याय। सबकुछ ठीक-ठाक करते हुए फरवरी 1986 की पहली तारीख के ऐतिहासिक दिन फैजाबाद न्यायालय ने निर्णय सुनाते हुए श्रीरामजन्मभूमि के मंदिर पर लटका हुआ ताला खोलने का आदेश दे दिया। जिलाधीश महोदय ने भरी अदालत में स्पष्ट रूप से स्वीकार किया कि प्रांगण में ताला लगाए जाने का आदेश किसी दंडाधिकारी अथवा न्यायालय द्वारा पारित नहीं था। इसके साथ ही वरिष्ठ पुलिस अधीक्षक ने भी कहा कि ताला खुलने के बाद भी शांति और व्यवस्था बनाए रखने में उन्हें कोई परेशानी नहीं होगी।

न्यायालय के आदेश का समाचार बिजली की चमक की भाँति पलों-क्षणों में ही सर्वत्र पहुँच गया। लोग आनंदविभोर होकर राहों, गलियों, सड़कों, चौराहों पर नाचने-गाने लगे। बाजे बजाते, खुशियाँ मनाते, 'जब श्रीराम' के नारों से गगन गुँजाते तथा भक्तिगीत गाते एक विशाल जन समूह मंदिर के सामने पहुँच गया। 'कहाँ है ताली', 'जल्दी खोलो', अरे, तोड़ भी दो इसे अब तो, जैसे अनेक स्वर हवा में तैरने लगे। जिनके रामलला उनके इतने पास होकर भी लोहे के सरियों के पीछे ताले में बंद होने के कारण बरसों से इतनी दूर रहे हों, भला उन्हें चैन कहाँ? सब्र कहाँ? चाबी को तो जाने कौन कहाँ रखकर कब का भूल चुका था। वह न मिलनी थी और न मिली। 'जय सियाराम' कर एक गगनभेदी नारा, उसके बाद दो बार खटाक-खटाक की ध्वनि और लो टूटकर दूर जा गिरा जंग खाया वह मनहूस ताला। भीड़ के पैरों में पड़ा वह भक्तों से मानों प्रार्थना कर रहा था—'अरे भाई! आज तक तो मैं श्रीरामजी की ड्योढ़ी का दरबान रहा हूँ। मुझे उठाकर श्रीरामलला के पावन चरणों में तो डाल दो। शायद अहिल्या की भाँति मेरा भी उद्धार हो जाए।' पर उसकी वहाँ सुनता कौन?

भक्तों की भीड़ मानों हर्ष में पागल हो चली थी। पूजन-अर्चन का ऐसा समाँ बँधा कि समय के पाँव रुक गए। सूरज के रथ के घोड़ों ने आगे बढ़ने से

इनकार कर दिया। हवाओं ने पंख बंद कर लिये। आकाश इस मनोहरी दृश्य को निकट से देखने के लिए इतना नीचे झुक आया था कि उसे बाँह फैलाकर स्पर्श किया जा सकता था। सबकुछ राममय हो गया था उस क्षण। हमारे राम के दरबार में अब हम बेरोक-टोक जा सकेंगे। विश्व हिंदू परिषद् की जय हो, बजरंग दल अमर रहे, संत-महंत और धर्माचार्य प्रभु-भक्ति का अमर प्रसाद पावें। हिंदू जागरण की इस प्रथम विजय और उपलब्धि को प्रणाम।

वे फुँकारे, हम ललकारे

शाहबानो प्रकरण जैसे संवेदनशील मानवीय मसले पर भी न्यायालय के आदेश की खुली अवहेलना करना तथा जजों को हत्या की धमकी देना, जिनकी मनोवृत्ति रही हो वे लोग भला मंदिर का ताला खोलने के आदेश पर चुप रह सकते थे? परिणामस्वरूप देश के अनेक भागों में दंगे भड़काए गए। काश्मीर में कई मंदिर तोड़ डाले गए। तुरत-फुरत कथित बाबरी एक्शन कमेटी बनाई गई। भारत माता को डायन कहने वाले लोग उसके उच्च पदों पर बैठे। स्वाधीन भारत में भी परिणाम की चिंता किए बिना यह धमकी दी गई कि गणतंत्र दिवस का बहिष्कार करके काला दिवस मनाया जाएगा। सैयद शाहबुद्दीन जैसे देशद्रोही मानसिकता वाले व्यक्ति के नेतृत्व में संविधान का विरोध करते हुए दिल्ली के बोट क्लब पर खुलेआम राष्ट्रद्रोही गतिविधियों का प्रदर्शन किया गया।

अगस्त 1988 में देश भर के मुसलमानों ने धमकी दी कि वे अयोध्या के श्रीराम मंदिर पर नमाज पढ़ने के लिए एक छोटा और दूसरा बड़ा प्रयाण (मार्च) करेंगे। यह उद्दंडता की पराकाष्ठा थी। इसका तुर्की-बेतुर्की जवाब दिया बजरंग दल के महावीरों ने। 8 अक्तूबर, 1988 को मुसलमानों की बेहूदा और उत्तेजक घोषणा के विरोध में उत्तर-प्रदेश की सभी शिक्षण संस्थाएँ बंद रहीं। 12 से 14 अक्तूबर तक उत्तर-प्रदेश में ऐतिहासिक बंद रखा गया। बजरंग दल ने दिल्ली की जामा मस्जिद में 'हनुमान चालीसा' का पाठ करने की घोषणा कर दी। इतना ही नहीं, राजस्थान, महाराष्ट्र तथा मध्य प्रदेश के

अनेक युवा संगठनों ने भी अपने-अपने क्षेत्रों में स्थित मस्जिदों में कीर्तन करने तथा हनुमान चालीसा पढ़ने की घोषणा कर दी। गीदड़ भभकी देने वाले मियाँ शाहबुद्दीन ने बिना शर्त अपना निर्णय वापिस ले लिया, जिसके तहत लंबा मार्च करके अयोध्या मंदिर में वे नमाज पढ़ने वाले थे।

चली शिला श्रीराम की

सन् 1989 के महाकुंभ के अवसर पर प्रयाग में देशभर से आए असंख्य संतों ने पूज्य देवरहा बाबा के सान्निध्य में निर्णय लिया कि 30 सितंबर से ग्राम-ग्राम में 'श्रीराम' के नाम से अंकित रामशिलाएँ ले जाई जाएँगी और वहाँ उनका पूजन किया जाएगा। देश के प्रत्येक गाँव के सभी घरों से पूजित शिलाएँ प्रखंड स्तरों पर श्रीराम महायज्ञों के आयोजन करते हुए 9 नवंबर तक अयोध्या पहुँचेंगी। देवोत्थान एकादशी, 9 नवंबर, 1989 को भूमि पूजन तथा 10 नवंबर को श्रीराम मंदिर का शिलान्यास किया जाएगा।

इस व्यापक योजना की सफल क्रियान्विति के लिए पूरे देश को ग्यारह क्षेत्रों में बाँटा गया। राष्ट्रीय स्वयंसेवक संघ तथा विश्व हिंदू परिषद् के संगठन के कुशल और अनुभवी अधिकारियों ने निष्ठावान तथा संकल्पशील कार्यकर्ताओं के साथ बैठकर पूरी व्यूह रचना को अंतिम रूप दिया। सभी प्रांतों की बैठकों में विचार-विमर्श करने के बाद नागपुर में 26-27 जुलाई, 1989 को एक वृहद् बैठक बुलाई गई, जिसमें क्रियान्वयन के प्रत्येक चरण पर गहन चर्चा हुई।

19 अगस्त, 1989 को श्रीराम शिला का सर्वप्रथम पूजन श्रीबदरीनाथ मंदिर में श्रीज्योतिषपीठ के वरिष्ठ शंकराचार्य पूज्य श्री स्वामी शांतानंदजी महाराज द्वारा संपन्न हुआ। वहाँ की शत-प्रतिशत जनता ने इसमें भाग लिया। इसी प्रकार का दृश्य भारतीय सीमा के अंतिम ग्राम माणा में देखने को मिला। वहाँ भी जनजाति के समस्त परिवारों ने कार्यक्रम में भाग लिया।

नवरात्र प्रारंभ से श्रीराम शिला पूजन का यह क्रम आरंभ होकर संपूर्ण देश में फैल गया। स्थान-स्थान पर प्रशासन ने इस पर रोक भी लगाई। इसके

विरुद्ध तरह-तरह से भ्रामक प्रचार किया गया। अपनी दुष्ट प्रवृत्ति के ही अनुरूप बहुत से सिरफिरे मुसलमानों ने स्थान-स्थान पर सांप्रदायिक दंगे भी भड़काए। साम्यवादी दलों के पेट में मरोड़ उठना तो अनिवार्य ही था। देश को संगठित करने वाले हर कार्य में उन्हें अपनी मौत दिखाई देती है। ऐसे हर अवसर पर वे अपनी घिसीपिटी, रटी-रटाई शब्दावली में देश को फासिस्टों से बचाने तथा सांप्रदायिकता के भूत को भगाने के लिए झाड़-फूँक करने का हास्यास्पद नाटक शुरू कर देते हैं। सो तब वे अपनी करनी से बाज कैसे आ सकते थे।

ऐसा नहीं है कि सभी मुसलमान देशद्रोही तथा प्रत्येक हिंदू पूर्णत: देशभक्त हों। देशप्रेम पर किसी का भी एकाधिकार नहीं हो सकता। अनेक स्थानों पर मुसलमान भाइयों ने भी पूरे श्रद्धाभाव से रामशिलाओं का पूजन किया। राजस्थान के कोटा शहर में प्रसिद्ध कवि बशीर अहमद मयूख रहते हैं, जिन्होंने ऋग्वेद का पद्यानुवाद ही नहीं किया, बल्कि जिस शुद्धता और तन्मयता से वे वेद मंत्रों का (कंठस्थ) पाठ करते हैं, वह अत्यंत मधुर तथा मनोमुग्धकारी है। उन्होंने अपने ही व्यय से बनवाए गए शिवमंदिर में अत्यंत श्रद्धा एवं मंत्रोच्चारण द्वारा श्रीराम शिलाओं का पूजन किया। भाव-विह्वल होकर अश्रुपूरित नयनों से शिलाओं को निहारते हुए कहा कि मंदिर-मस्जिद तो हजारों हो सकते हैं, परंतु श्रीराम की जन्मभूमि तो एक ही है। वहाँ मंदिर-निर्माण तो होना ही चाहिए। इसी प्रकार झुंझुनूँ (राजस्थान) के उदयपुरवाटी ग्राम में अनेक प्रतिष्ठित मुसलमानों ने श्रीराम शिला का पूजन करके 101 रुपए दक्षिणा भी दी। देश के अन्य स्थानों पर भी ईसाई तथा मुस्लिम बंधुओं ने शिलापूजन किया।

साम्यवादी मित्रों के घर में तो और भी मजेदार दृश्य देखने को मिले। पतियों के घोर विरोध करने पर भी माताएँ-बहनें श्रीराम शिलाओं का पूजन करने के लिए जब गलियों में आ गईं तो बेचारे कामरेडों के चेहरे देखने लायक थे।

विदेशों में शिलापूजन

कई अन्य देशों में भी श्रीराम-शिला-पूजन के कार्यक्रम संपन्न होकर पूजित शिलाएँ भारत पहुँचीं। नार्वे में 30 सितंबर को शिला-पूजन समारोह हुआ। श्री कैलाशचंद्र अपने परिवार सहित श्रीराम शिलाएँ लेकर भारत आएँ। हवाई अड्डे पर शिलाओं का स्वागत नार्वे के काउंसलर तथा विश्व हिंदू परिषद् के न्यासी श्री मोहनसिंह, संयुक्त मंत्री श्री हरिबाबू कंसल तथा टी. लक्ष्मीनारायणजी ने किया। ग्रेट ब्रिटेन में मिल्टन कींस में विराट हिंदू सम्मेलन हुआ। आचार्य गिरिराज किशोर विश्व हिंदू परिषद् के संयुक्त महामंत्री के रूप में वहाँ आमंत्रित थे। उन्हें ही पूजित राम शिलाएँ सौंपी गईं। अमेरिका में महात्मा गांधी के पौत्र श्री शरद गांधी को पूजित रामशिला सौंपी गई। वे 6 सितंबर को उन्हें लेकर भारत आए। एक अन्य शिला अमेरिका से ही प्रोफेसर जगदीशचंद्र गुप्त भारत लाए, जिसका भव्य जुलूस पिलखुवा (उ.प्र.) में निकाला गया। पश्चिमी जर्मनी में रह रहे हिंदुओं ने बड़ी संख्या में पूजन समारोह में उपस्थित होकर पूजित शिला भारत ले जाने के लिए श्री हरिबाबू कंसल को सौंपी। कनाडा में टोरेंटो नामक नगर से तीन पूजित शिलाएँ लेकर श्री सब्बरवाल भारत पहुँचे। इसी प्रकार हांगकांग में भी अनेक स्थानों पर शिलापूजन हुए। थाईलैंड की हिंदू धर्म सभा ने पूजन की व्यवस्था तथा रामशिलाओं को भारत भेजने की जिम्मेदारी अपने ऊपर ले ली।

याद रहेंगी, ये बातें भी

इस अभियान के दौरान अनेक स्मरणीय प्रसंग भी आए। आंध्र के मुसलमान बंधु श्री अकबर पाशा तथा मध्य प्रदेश के मुस्लिम नेता सलीम शाह ने शिला पूजन के साथ भाषण करते हुए अपने धर्म बंधुओं से रामजन्मभूमि हिंदुओं को सौंपने की भी अपील की। दूसरी ओर राजस्थान के बीकानेर शहर में श्रीराम शिलापूजन अभियान के संदर्भ में निकाले जाने वाले जुलूस में 'भारत माता की जय' का नारा लगाने पर ही वहाँ के हिंदू जिलाधीश ने प्रतिबंध लगा दिया। उनका तर्क था कि इससे कुछ लोगों की भावनाएँ भड़केंगी। इसी शहर के मुस्लिम यूथ

फेडरेशन के अध्यक्ष खुर्शीद अहमद तथा महामंत्री एडवोकेट मुमताज अली ने जिलाधीश को करारा उत्तर देते हुए घोषणा कर दी कि अल्पसंख्यक समुदाय को 'भारत माता की जय' के नारे पर कोई आपत्ति नहीं है।

टोंक (राजस्थान) जिले के एक गाँव में जिलाधीश एवं पुलिस अधीक्षक ने शिला पूजन तो किया ही साथ ही पुलिस अधीक्षक ने भाषण भी दिया। राजस्थान के ही धौलपुर क्षेत्र के कार्यकर्ता जब चंबल के बीहड़ों से राम शिलाएँ लेकर सुदूर ग्रामों में जा रहे थे तो डाकुओं ने उन्हें घेर लिया। जब कार्यकर्ताओं ने उन्हें श्रीराम मंदिर निर्माण और शिला पूजन का महत्त्व समझाया तो डाकू बेहद प्रसन्न हुए। उन्होंने अपनी ओर से 51 रुपए भेंट करते हुए शिला पूजन किया और निश्चिंत होकर सबको काम करने देने का आश्वासन भी दिया।

इस पवित्र अभियान ने राजनीतिक दीवारें भी तोड़ डालीं। एक स्थान बायतू में 21 कांग्रेसी सरपंचों ने शिलापूजन किया और कहा कि पहले हम हिंदू हैं, बाद में कुछ और। वे अपने सिरों पर शिलाएँ लेकर पैदल अपने ग्रामों तक गए। एक पिछड़ी बस्ती में एक भिखारिन माता मिली। श्रीराम शिला को देखकर उसकी आँखों में श्रद्धा के आँसू छलछला आए। उसने कहा—

"आज मेरा जन्म सफल हो गया। रामजी स्वयं मेरे घर आए हैं।" हाथ धोकर उसने शिला पूजन किया और 101 रुपए भेंट करते हुए बोली— "पगलो! सवा रुपया ले रहे हो, ऐसे राम मंदिर कैसे बनेगा?"

अनेक कवियों ने राम शिला अभियान पर श्रेष्ठ गीत भी लिखे। श्री सुखदेवजी (रेनवाल) के राजस्थानी गीत की कुछ पंक्तियाँ—

म्हे तो राम शिला ले जावाँला चौड़े-धाड़े,
रामकाज तो होकर रहसी मत राखो दिल संका।
दुनिया रे चौखूँटे माही बजे राम का डंका,
ज्याँरो नाम लिख्या पत्थर तैरया रे चौड़े-धाड़े।

इसी प्रकार आचार्य रामनाथ सुमन (धौलाना-उ.प्र.) ने लिखा—

यह शिला लेकर चली है, महाराणा की रवानी।

यह शिला लेकर चली है, मात तुलजा की निशानी।।
बाबरी मस्जिद कहानी, अब सदा को बंद होगी।
राम की पूजा अवध में अब सदा स्वच्छंद होगी।।

डॉ. हर्षे ने भी एक श्रेष्ठ गीत की रचना की—

अब न झुकेंगे, अब न सहेंगे घटनाएँ अपमान की।
ग्राम-ग्राम से अवधपुरी को चली शिला श्रीराम की।।
जय बोलो हनुमान की।
जय बोलो श्रीराम की।।

बाधा पर बाधा

इधर तो शिला-पूजन अभियान चल रहा था और उधर इसकी सफलता एवं लोकप्रियता से कांग्रेसी शासन जलभुन रहा था। इसे विफल करने के लिए तरह-तरह के जाल बिछाए जा रहे थे। सांप्रदायिक दंगे भड़काए जा रहे थे। कम्युनिस्ट, कांग्रेस और मुस्लिम संस्थाओं का तिगड्डा, देश और समाज को कितनी भी हानि पहुँचाकर इस अभियान को बदनाम करने पर तुला था। स्थान-स्थान पर निषेधाज्ञा जारी की गई। धर्माचार्यों में फूट डालने के प्रयास भी किए गए। न्यायालय से स्थगन आदेश प्राप्त करने का प्रयास भी शासन ने किया, परंतु उसमें सफलता नहीं मिली।

बात यहीं तक नहीं रही। शासन ने इलाहाबाद उच्च न्यायालय में याचिका प्रस्तुत करते हुए शिलान्यास रुकवाने का प्रयास किया। 7 नवंबर को न्यायालय ने निर्णय दिया कि प्रस्तावित स्थल पर शिलान्यास नहीं हो सकता। इस बीच आम चुनाव सिर पर आ गए। प्रधानमंत्री राजीव गांधी को अयोध्या में खुद को रामभक्त कहना पड़ा। गृहमंत्री बूटासिंह ने देवरहा बाबा के चरण पकड़े। रामराज्य लाने की बात कांग्रेस की तरफ से की जाने लगी और अंत में राममंदिर के विरोध से चुनाव में पराजय निश्चित जानते हुए 8 नवंबर को नारायणदत्त तिवारी तथा गृहमंत्री बूटासिंह ने बिना शर्त शिलान्यास की अनुमति दिए जाने का ऐलान कर दिया।

आखिर शिलान्यास हो ही गया

देश-विदेश से पूजित रामशिलाएँ निर्धारित कार्यक्रमानुसार अयोध्या पहुँच गईं। पहले तो पुलिस देश भर में असफल छापे मारती घूमती रही, मगर यह पता नहीं लगा पाई कि राम नाम अंकित वे ईंटें किन भट्ठों में तैयार हो रही हैं, जिन्हें श्रीराम शिला कहा गया है। बाद में अयोध्या के घरों की तलाशी लेकर पता लगाने का प्रयास किया कि आखिर इतनी बड़ी संख्या में रामशिलाएँ छुपाई कहाँ गई हैं। मंदिरों और अखाड़ों की तलाशी लेने में भी कसर नहीं छोड़ी गई। किंतु पुलिस अंत तक कोई सुराग नहीं लगा पाई।

और अब आखिर आ ही गई वह पावन घड़ी, जिसमें शिलान्यास का शुभारंभ होना था। 9 नवंबर, 1989 को देवोत्थान एकादशी के दिन भूमि पूजन किया गया। 10 तारीख को दोपहर एक बजकर, 35 मिनट पर भगवान् श्रीराम के भव्य मंदिर की प्रथम शिला नींव में रखी गई। काशी के विद्वान् पंडितों ने यही शुभ मुहूर्त निर्धारित किया था। हिंदू समाज ने अपने विरोधियों के आरोपों का मुँहतोड़ उत्तर देते हुए एक हरिजन भक्त कामेश्वर के हाथों से भगवान् के मंदिर के शिलान्यास की प्रथम शिला रखवाकर अपनी सहज उदारता का परिचय दिया। उस पावन, ऐतिहासिक क्षण में पूरा अयोध्या नगर हर्ष में झूम उठा। शंखों, घड़ियालों, कीर्तन, भजन, वेदमंत्रों की सम्मिलित सम्मोहक ध्वनियों से दसों दिशाएँ गूँज उठीं। देशभर के नर-नारी अयोध्या की ओर मुख करके पुष्पार्पण करते हुए श्रीराम के पूजन का संकल्प भी उसी क्षण कर रहे थे।

(ग) शिलान्यास के आगे-पीछे

कोई भी श्रेष्ठ कार्य निर्विघ्न संपन्न हो जाए अथवा उसके संपन्न होने से पूर्व तथा उसकी समाप्ति के पश्चात् भी बाधक तत्त्वों की बौखलाहट कुछ-न-कुछ अनिष्ट करती ही रहती है। हिंदुस्तान में और वह भी श्रीराम की जन्मभूमि पर भव्य मंदिर बने इसका भी विरोध करने वाले कुतर्क महारथी

अपने जीर्ण-शीर्ण तूणीरों से जंग खाए, भोंथरे वाग्बाणों की वर्षा बहुत दिनों तक करते रहे। यह बात भिन्न है कि उनके हाथों तथा उधार लिये खिलौना धनुषों में इतनी सामर्थ्य नहीं थी कि 'रामभक्ति करिबे को आतुर' भक्तों तक वे निष्फल तर्क-तीर पहुँचा भी सकें।

कश्मीर में देशद्रोही पाकिस्तान समर्थक तत्त्वों द्वारा खुले आम 'पाकिस्तान जिंदाबाद' का नारा लगाने पर जो मूक दर्शक बने रहे, गणतंत्र दिवस पर दिल्ली में काले और कश्मीर में पाकिस्तान के चाँद-सितारों वाले हरे झंडे लहराए जाने पर भी जिनकी बाँहें नहीं फड़कीं तथा आँखों में लाल डोरे नहीं उतरे और इमाम अब्दुल्ला बुखारी के देशघाती बयानों, कारनामों का विरोध करने की हिम्मत जो न कर सके, और तो और देश का विभाजन करने वाली मुस्लिम लीग तथा हिंदुस्तान को ईसाई देश बनाने में जुटे, चर्च के चुनावी समझौता करने में भी जिन्हें शर्म नहीं आई, वे ही कांग्रेसी श्रीराम मंदिर निर्माण को राष्ट्र के विघटन का कारण बनने का हौवा बताकर उसका विरोध कर रहे थे।

9 अक्तूबर, 1989 को जब श्री कमलापति त्रिपाठी ने वाराणसी में अपना सत्याग्रह का निर्णय दोहराया तो श्रीरामजन्मभूमि न्यास के कार्यकारी अध्यक्ष महंत रामचंद्रदासजी महाराज को कहना पड़ा—

''यदि त्रिपाठीजी को सत्याग्रह करना ही है, तो वे उस स्थान पर जाकर करें जहाँ सरदार पटेल ने सोमनाथ के मंदिर का निर्माण करके, गुलामी के चिह्नों को समाप्त करने का कार्य शुरू किया था। हम तो केवल उनके द्वारा शुरू किए गए उस कार्य को पूरा कर रहे हैं, जो उनकी मृत्यु के कारण अधूरा रह गया था।''

हिंदी के महान् लेखक श्री अमृतलाल नागर ने एक मार्मिक वक्तव्य में हिंदुओं को ललकारते हुए तथा मंदिर को मस्जिद बताने वालों को फटकारते हुए कहा—

''श्रीरामजन्मभूमि से कोई श्रीराम को हटा दें तो मैं समझूँगा कि हिंदू कायर हैं। मेरा यह ध्रुव विश्वास है कि अयोध्या में विवादग्रस्त स्थल पर मंदिर

ही था। मैं उसके चारों ओर एक नहीं, अनेक बार परिक्रमा कर चुका हूँ। 20-25 वर्षों से मैं बड़ी सूक्ष्म दृष्टि से वर्षों देखता रहा हूँ। दिगंबर अखाड़ा जिधर है वहाँ एक पत्थर की मूर्ति है। उसका सिर गायब है परंतु गले में सर्प है। उसे जैन मूर्ति कैसे मान लें? वह तो शिव हैं। मंदिर के अंदर जो खंभे हैं वे कसौटी के तथा दूसरी-तीसरी शताब्दी के हैं और गुप्त कालीन कला के नमूने हैं। उन्हें कैसे झुठलाया जा सकता है। मंदिर तोड़ने के कारण जो बड़े-बड़े संघर्ष हुए, कोई उन्हें कैसे असत्य करार दे सकता है?

श्रीरामजन्मभूमि का साक्ष्य है, इस देश की कोटि-कोटि जनता का विश्वास और आस्था। जनता की भावना, आस्था और विश्वास का आदर किया ही जाना चाहिए। आज विवेकी राम से अविवेकी रावण युद्ध कर रहा है। श्रीराम की हार न हो जाए यही ध्यान हमें रखना है।"

पूर्व प्रधानमंत्री श्री विश्वनाथ प्रतापसिंह का तो कहना ही क्या? एक ओर तो चुनाव से पूर्व कामरेडों को अपना स्वाभाविक मित्र बताते हुए राष्ट्रीय मोर्चे और भारतीय जनता पार्टी में समझौते के बावजूद भी ऐसे मंचों पर चढ़कर भाषण देने से उन्होंने मना कर दिया, जो संयुक्त रूप से बनाए गए थे और जहाँ इसी कारण भाजपा के बैनर व झंडे लगे थे, दूसरी ओर दिल्ली की जामा मस्जिद के शाही इमाम अब्दुल्ला बुखारी को लिखित वचन दे आए कि गृहमंत्री मुसलमान को ही बनाएँगे तथा मंत्रिमंडल में मुसलमान मंत्री पहले से ज्यादा होंगे।

वे ही सिंह चुनाव जीतने पर प्रधानमंत्री की कुर्सी हथियाने के लोभ में सारे आदर्श और सीमाएँ लाँघकर श्री लालकृष्ण आडवाणी और अटलजी की देहरी पर मत्था टेकने जा पहुँचे। यही नहीं, सारा विश्व दंग रह गया जब श्री अरुण शौरी ने 'इंडियन एक्सप्रेस' से हटाए जाने का संकट मोल लेकर भी रहस्योद्घाटन करते हुए, रोमांचक लेख प्रकाशित करा दिया जिसमें श्री विश्वनाथ प्रतापसिंह की विश्व हिंदू परिषद्, भारतीय जनता पार्टी तथा राष्ट्रीय स्वयंसेवक संघ के नेताओं से हुई भेंट का वर्णन था। इसमें श्रीसिंह ने कहा था—

"अरे भाई! मस्जिद है ही कहाँ? आप उसे मस्जिद कहते ही क्यों हो?

वह तो रामलला का मंदिर ही है। उसे तोड़ने की जरूरत ही कहाँ है? एक धक्का दोगे तो वह गिर जाएगी। और अगर आप एक-एक ईंट घर ले जाएँगे तो वहाँ कुछ रहेगा ही नहीं।''

वही वी.पी. सिंह शिला पूजन समारोहों को स्थगित करने की सलाह दे रहे थे। साथ ही वे जनता दल के हमराहियों को खुलकर मैदान में आकर इन जुलूसों को रोकने के लिए भी ललकार रहे थे।

राजस्थान की शिवचरण माथुर वाली कांग्रेसी सरकार ने परम तपस्वी महान् हिंदू विचारक संत श्रीमान् 'रामचंद्रवीरजी' के यशस्वी सुपुत्र क्रांतिधर्मा ओजस्वी वक्ता तथा तेजस्वी व्यक्तित्व के धनी धर्मेंद्रजी महाराज को शांति और व्यवस्था के नाम पर बंदी बना लिया। शिलापूजन जुलूसों पर भी राजस्थान में अनेक स्थानों पर पाबंदी लगा दी गई।

इतना सबकुछ होते हुए भी मंदिर के शिलान्यास के लिए विश्व के 30 देशों से श्रीराम शिलाएँ अयोध्या पहुँचीं। चीन से 15 × 3.6 से. मी. आकार की नील पाषाण की बहुमूल्य शिला रामायण के प्रसिद्ध विद्वान डॉ. डिंग्होने के सहयोग से आई। नीदरलैंड से श्वेत संगमरमर तथा सूरीनाम से काले संगमरमर की शिला भेजी गई। केन्या, श्रीलंका, थाईलैंड, इंग्लैंड, बोसवाना, अमेरिका, हांगकांग, कनाडा, इजराइल, एमस्टरडम आदि में असंख्य लोगों ने शिला पूजन समारोहों में भाग लिया। इंग्लैंड में तो मिल्टन कींस के मेयर ने ईसाई होते हुए भी एक लाख हिंदुओं के सामने विधि-विधानपूर्वक शिलापूजन करने के पश्चात् घोषणा की कि श्रीराम मंदिर पूर्ण हो जाने पर वे उसका दर्शन कर अपने पूर्वजों के पापों का प्रायश्चित्त करेंगे।

हिंदू समाज को ऊँची-नीची, सवर्ण-अछूत, शोषक-शोषित आदि अनेक जातियों में बाँटने का षड्यंत्र करने वाले कुचक्री लोगों के मुँह पर करारा तमाचा मारते हुए, धर्माचार्यों ने श्रीराम मंदिर की प्रथम पवित्र आधारशिला एक हरिजन बंधु श्री कामेश्वर प्रसाद चौपाल के हाथों वेदमंत्रों के साथ रखवाई। यह भी वह शिला थी जो बँगला देश में किए गए 56 यज्ञों की पावन भस्मी से तैयार की गई थी। गुप्तदान में प्राप्त एक ठोस चाँदी की

शिला भी वहाँ रखी गई। आठ फुट लंबे-चौड़े और इतने ही गहरे स्थल में इससे पूर्व विश्व हिंदू परिषद् के उपाध्यक्ष श्रीशचंद्र दीक्षित तथा भूमिदानकर्ता अयोध्या के संत धर्मदास पहलवान सहित अन्य विशिष्ठ व्यक्तियों द्वारा पूजित वासुकी एवं कच्छप की स्थापना की गई।

शिलान्यास कूप में ही श्रीराम की एक प्रतिमा भी रख दी गई। इस स्थल पर प्रस्तावित मंदिर का परिमाप इस प्रकार निर्धारित किया गया है—

मंदिर की कुल-लंबाई 270 फीट, चौड़ाई 126 फीट तथा ऊँचाई 132 फीट होगी। इसमें 212 खंभे होंगे। गर्भगृह की लंबाई-चौड़ाई 20 × 20 फीट तथा रंग मंडप और नृत्य मंडप 63 × 63 फीट लंबे-चौड़े होंगे।

शिलान्यास शांतिपूर्वक संपन्न हो गया। यही बात दुष्ट तत्त्वों को अप्रीतिकर लगी। देश के कई भागों में सांप्रदायिक दंगे भड़काए गए। शिलान्यास की इस ऐतिहासिक घटना पर भले लोग आह्लादित, धर्मान्ध, मुस्लिम दुःखी, कम्युनिस्ट परेशान और पत्रकार आश्चर्यचकित हो उठे। पाकिस्तान और बंगला देश में मंदिरों पर हमले किए गए। यही नहीं बल्कि वहाँ की सरकारों ने भी भारत सरकार को अपना विरोध जताया। भारतीय जनता पार्टी के नेता श्री अटल बिहारी वाजपेयी ने अनेक मुस्लिम देशों की इस हरकत को हमारे देश के आंतरिक मामलों में हस्तक्षेप बताते हुए, भारत सरकार से आग्रह किया कि वह उनका कड़ा विरोध करें।

□

श्रीराम-ज्योति का पुण्यालोक और कारसेवा का शंखनाद

विश्व हिंदू परिषद् के पास एक से बढ़कर एक ऐसी अनूठी और अमोघ योजनाएँ हैं, जो जन-जागरण, राष्ट्रीय चेतना, हिंदू संगठन और भारतीय संस्कृति को उजागर करने की दिशा में खरी ही नहीं उतरीं बल्कि बड़े-बड़े राजनेताओं, सामाजिक संगठनों तथा तेज तर्रार पत्रकारों को भी हैरत में डालती रही हैं। आरंभ में तो वे इन्हें दकियानूसी सनक, बचकाना प्रयास तथा ठाले-बैठे दिमागों की फालतू कसरत जैसे नाम देकर उनकी खिल्ली उड़ाते रहे हैं। परंतु जब वे देखते हैं कि संपूर्ण हिंदू समाज एकजुट होकर इन योजनाओं की क्रियान्विति में लगा है तो वे सोचते हैं कि इतनी छोटी-सी योजना के प्रस्तोता बनने की बात उनके दिमाग में क्यों नहीं आई? तब भला उन्हें कौन समझाए कि जैसे युद्ध में शस्त्र नहीं, सुदृढ़ हृदय लड़ा करते हैं, वैसे ही बड़े-से-बड़ी श्रेष्ठतम योजनाएँ भी निश्छल मन, सुदृढ़ निश्चय और फौलादी संकल्प रखने वाले तपस्वी कार्यकर्ताओं के अभाव में जन्म लेते ही दम तोड़ दिया करती हैं। स्पष्ट है, ऐसे कार्यकर्ताओं को अहर्निश तैयार करनेवाली जो एक मात्र फैक्ट्री इस देश में है, उसे 'राष्ट्रीय स्वयंसेवक संघ' नाम से पहचाना जाता है। विश्व हिंदू परिषद् जैसी कई सौ संस्थाओं को ऐसे समर्पित संगठन, कुशल, निस्स्वार्थ, चरित्रवान, विश्वसनीय तथा अनूठे कार्यकर्ता देशभक्ति के इसी खुले विश्वविद्यालय से मिले हैं। तभी तो समाज के हर क्षेत्र में उनके द्वारा संचालित संस्थाओं एवं प्रकल्पों को देखकर संसार आश्चर्यचकित है और

स्वार्थी, पदलोलुप, अवसरवादी तथा राष्ट्रविरोधी तत्त्व इनके हाथों अपना अंत सुनिश्चित मानते हुए इन्हें कोसने के बहाने ढूँढ़ते रहते हैं।

जब इस देश के धर्माचार्यों, संतों, महंतों और मनीषियों ने भगवान् श्रीराम की जन्मभूमि को मुक्त कराकर उस स्थान पर भव्य मंदिर के निर्माण का संकल्प लिया तो राम का कार्य संपन्न करने को सदैव तत्पर और आवश्यकता होने पर प्राण भी समर्पित करने में न झिझकने वाले कार्यकर्ताओं की सेना की आवश्यकता पर उनका ध्यान जाना स्वाभाविक था। इसके लिए उन्हें अधिक कष्ट उठाने और समय गँवाने की आवश्यकता नहीं पड़ी। तत्काल ही राष्ट्रीय स्वयंसेवक संघ के रूप में मनचाही श्रीराम वाहिनी मिल गई।

शिलान्यास के पश्चात् अगला चरण क्या हो, जिससे हिंदू समाज के हृदयों में अंकुरित राष्ट्रीय चेतना और रणभक्ति का वह शुभ-संकल्प-पौधा मुरझाने न पाए। 30 अक्तूबर का दिन मंदिर के निर्माणारंभ के लिए तय हो चुका था। प्रधानमंत्री विश्वनाथ प्रतापसिंह की सरकार द्वारा माँगी गई कुछ महीनों के समय की अवधि समाप्त होने जा रही थी। अभी तक एक भी गंभीर प्रयास विवाद सुलझाने की दिशा में सरकार द्वारा नहीं किया गया था। कारसेवकों की भरती का अभियान शुरू कर दिया गया। दीपावली का पावन ज्योति पर्व सामने था।

एक सुविचारित निर्णय के अनुसार तय किया गया कि अयोध्या से धर्माचार्यों की देखरेख में वैदिक रीति से अरणि-मंथन द्वारा पवित्र अग्नि प्रज्वलित की जाए। उसमें से एक-एक ज्योति काशी और मथुरा ले जाकर प्रतिष्ठित की जाए। तदनंतर पूरे देश में योजनापूर्वक गाँव-गाँव, नगर-नगर उन्हीं में से ली गई श्रीराम ज्योतियाँ पहुँचाई जाएँ। हर मोहल्ले में श्रीराम ज्योति किसी मंदिर या अन्य अच्छे स्थान पर रहे और सन् 1990 की दीवाली के दीप प्रत्येक घर में उसी पावन ज्योति से जलाए जाएँ। यह योजना हिंदू समाज के अंत:करण में श्रीराम के प्रति सहज श्रद्धा का भाव जगाने की दिशा में एक सीधा-सादा किंतु चमत्कारी कदम था।

निर्धारित योजनानुसार 1 सितंबर, 1990 के शुभ दिन अरणि-मंथन से

उद्भूत श्रीराम-ज्योति भव्य ज्योति जुलूसों से रूप में अयोध्या से चलकर देश के प्रत्येक ग्राम व नगर में पहुँच गई। श्रीराम-ज्योति-रथों को देखने तथा ज्योति दर्शन से तन-मन-नयन पावन करने के लिए स्थान-स्थान पर श्रद्धालुओं के मेले लग गए। इतिहास में पहली बार एक ही ज्योति से देश के घर-घर में दीपावली के दीप जगमगाए।

अयोध्या जाणो है

अब एक ही नारा दिग्दिगंत में गूँजने लगा—

''हमें अयोध्या जाना है।
मंदिर भव्य बनाना है।।''

राजस्थान की वीर प्रसूता बलिदानी धरती से हुंकार उठी—

''कसो लँगोटो, ले ल्यो सोटो,
अबै अयोध्या जाणो है।
रामकाज करवाणो है।।''

कोई और तो क्या जानता था, उत्तर प्रदेश के शाहजहाँपुर जिले में जलालाबाद नामक स्थान पर रहनेवाले सरल, निश्छल व्यक्तित्व के धनी, कवि-सम्मेलनों की जोड़-तोड़ तथा आपाधापी वाली दुनिया से अलिप्त रहकर शब्द साधना करने वाले कवि को इसका रंचमात्र अनुमान नहीं रहा होगा कि उनका लिखा गीत भारत के घर-घर, गली-गली और संसार के कोने-कोने में इतना गूँज उठेगा और उसकी प्रथम पंक्तियाँ रामभक्तों के लिए प्रेरणा-संजीवनी तथा कारसेवकों के लिए प्रयाण-गीत बन जाएँगी। 'सौगंध राम की खाते हैं, हम मंदिर वहीं बनाएँगे।' इन शब्दों के सहारे यह पूरा मुक्ति अभियान चला और ऐतिहासिक अठहत्तरवाँ अद्वितीय, किंतु अहिंसक युद्ध लड़ा गया। इंदिरा गांधी द्वारा लगाए गए निम्न आपातकाल के विरुद्ध भी इस देश की तरुणाई ने एक अहिंसक संग्राम महाकवि दिनकर की ऐसी ही प्रेरणादायी पंक्तियों के सहारे लड़ा था—

''सिंहासन खाली करो,

कि जनता आती है।''

राष्ट्रभक्ति और श्रीरामभक्ति का विनम्र नैतिक दायित्व है कि कविवर विष्णुचंद्र गुप्त 'विष्णु' का वह अमर गीत यहाँ उद्धृत किया जाए—

"कोटि-कोटि हिंदू जन का, हम ज्वार उठाकर मानेंगे।
सौगंध राम की खाते हैं, हम मंदिर वहीं बनाएँगे।।"

इस लोकप्रिय जन-जन के कंठहार गीत के रचयिता कवि पर माँ सरस्वती की कृपा-छाया जन्म-जन्मांतरों तक बनी रहे, यही प्रभु श्रीरामचंद्रजी से विनती है।

तो बात कारसेवा के शंखनाद की चल रही थी।

'रामलला हम आएँगे, मंदिर वहीं बनाएँगे।'

'बच्चा-बच्चा राम का, जन्मभूमि के काम का।'

'जिस हिंदू का खून न खौले, खून नहीं वो पानी है।'

'अपने देवों का अपमान, नहीं सहेगा हिंदुस्तान।'

'भारत में यदि रहना होगा, वंदेमातरम् कहना होगा।'

इन्हीं जैसे और अनेक नारों के साथ कारसेवकों के दल तैयार होने लगे। रेलवे स्टेशनों तथा बस अड्डों पर प्रतिदिन कारसेवकों के मतवाले दल आने लगे। नगर-नगर, ग्राम-ग्राम से उमड़ चले ये दल-बादल। मस्तक पर तिलक लगाकर, आरती उतारकर, पुष्प हार पहनाकर माताओं ने लाड़ले लालों, बहनों ने जामण जाए वीरों तथा कुलवधुओं ने अपने वीर पतियों को आनंदाश्रुओं सहित विदाई दी। 'आप चलो हम आते हैं, यह विश्वास दिलाते हैं' के नारों के बीच बैंड-बाजों के साथ जुलूस बनाकर अपार जनसमूहों ने उनके सेनानियों को रेलवे स्टेशनों और बस अड्डों तक पहुँचाया। एक बार देश का चप्पा-चप्पा राममय हो उठा। यज्ञापवीत की भाँति केसरिया दुपट्टा धारे, सिर पर श्रीराम नाम की पट्टी बाँधे, कंधे पर भूदानी थैला लटकाए जिसमें एक दो जोड़ी वस्त्र, एक लोटा एवं कुछ अन्य आवश्यक साधारण-सा सामान तथा कंधे पर कंबल डाले ये राम सैनिक कारसेवक इतने उत्साह में थे मानो जन्म-जन्म की साध पूरी करने का अवसर पा गए हो! उत्तर

प्रदेश के मुख्यमंत्री मुलायमसिंह ने सैकड़ों तथा कथित सद्भावना रैलियों में हिंदुओं के विरुद्ध विष उगलकर, मुसलमानों को प्रत्यक्ष दो-दो हाथ करने के लिए भड़काकर तथा कारसेवा अभियान के विषय में एकदम झूठी बातें बतलाकर ऐसा वातावरण बना दिया था, जिसमें माहौल एकदम ज्वालामुखी के विस्फोट जैसा हो चला था। उन्होंने बार-बार दंभपूर्वक ऐलान किया था कि बाबरी मस्जिद तक पहुँचना तो दूर, वहाँ परिंदा भी पर नहीं मार सकेगा। ऐसी दुर्भेध व्यूह रचना सचमुच की भी गई थी। मार्ग में खड़ी की गई सैकड़ों अकल्पित बाधाएँ, जेल का खतरा तथा गोली चलने का पक्का भरोसा कारसेवकों को था।

ऐसे वायुमंडल में प्राणों का मोह त्यागकर, अपने परिवारों तथा मित्रों आदि से अंतिम विदा लेकर वे बलिदानी जा रहे थे। एक ही प्रण था उनका—'श्रीराम मंदिर का निर्माण आरंभ करके ही लौटेंगे।' एक ही विश्वास का प्रतीक थे वे—'मंदिर पूरा हो जाने तक रुक सकता यह अभियान नहीं।' इसीलिए वे अपनी बलवती भुजाएँ उठाकर कसी मुट्टियाँ तानकर हुंकार रहे थे—'ये दीवाने कहाँ चले, अवध चले भाई अवध चले।' उनके साथ पाथेय के रूप में था केवल जौ का भुना आटा और गुड़ अर्थात् सत्तू का सामान और कुछ चना-चबैना।

एकदम निहत्थे, एक बालिश्त भर की लकड़ी भी साथ ले जाने की अनुमति नहीं। जीभ पर राम का नाम, मन में राम की भक्ति, बदन पर रामनामी का कवच। इसी रणवेश में सजकर निकले थे वे रणबाँकुरे, एक अहंकारी, निर्मम, राम विरोधी, क्रूर शासन की शक्ति से टकराने का वज्र संकल्प लेकर।

अनिष्ट की आशंका से धड़कते हृदयों को थामकर, आँसुओं के उमड़ते निर्झरों को आँखों से बाहर न छलकने की कसम देकर माताएँ, बहनें और कुलवधुएँ उन्हें बस एक ही बात आग्रहपूर्वक कह रही थीं—

"चिट्ठी जल्दी-जल्दी डालते रहना। रास्ते में अपना ध्यान रखना।" और वे प्रणवीर स्वीकृतिसूचक शीश हिलाकर सबको आश्वस्त करते हुए रेलों-बसों में सवार होकर, जोर-जोर से नारे लगाने लगते थे—'राम लला

हम आएँगे, मंदिर वहीं बनाएँगे?' अन्य यात्री भी भावावेश में इन्हीं नारों को दोहराने लगते थे।

ट्रेन धीरे-धीरे सरकने लगती। विदाई में लहराते हाथों और गूँजते नारों की गति और तेज हो जाती। ये दृश्य कई सप्ताहों तक पूरे देश की जनता ने देखे हैं।

30 अक्तूबर, 1990 को किसी भी अवस्था में अयोध्या पहुँचना ही है। पुलिस से किसी भी अवस्था में झगड़ा नहीं करना है। उनके पैर छूकर, विनती करके, राम का नाम लेकर अपने गंतव्य की ओर बढ़ना है। बिना टिकट यात्रा भी नहीं करनी है। कोई उत्तेजक नारा नहीं लगाना है। एक सच्चे रामभक्त की उदारता, सहिष्णुता एवं शालीनता का प्रदर्शन पूरे मार्ग में करते हुए जाना है। हमारे कारण किसी भी यात्री को कष्ट न हो, इसका विशेष ध्यान रखना है। ये निर्देश सभी कारसेवकों को बार-बार दिए जाकर उन्हें स्मरण रखने और इन पर आचरण करने का आदेश भी दिया गया था। किसी भी कारसेवक ने कहीं भी इनका उल्लंघन किया हो, इसका उदाहरण खोजे नहीं मिलेगा।

(क) शासन का कपट जाल : संकल्प का हनुमान

रावण ने अपनी स्वर्णमयी लंका को दुर्भेद्य बनाया था तो भी महाबली हनुमान तो वहाँ पहुँच ही गए। यह रावण की पराजय का पहला निश्चित संकेत था। मुलायमसिंह ने तो उससे भी बढ़कर प्रबंध किए। हमने पाकिस्तान और चीन से युद्ध लड़े हैं। उनमें भी ऐसे प्रबंध देखने-सुनने को नहीं मिले। पूरा देश चकित था, विदेशी पत्रकार विस्मित थे और उत्तर प्रदेश के मुख्यमंत्री मुलायमसिंह गर्वित, आह्लादित तथा अमर्यादित होकर चीखते घूम रहे थे कि हम देखेंगे कैसे कोई परिंदा भी अयोध्या में दाखिल होकर बाबरी मस्जिद (?) की छाया तक को छू सकने में सफल हो सकता है।

आइए देखें, उन्होंने क्या-क्या प्रबंध अपनी इस गर्वोक्ति को सही सिद्ध करने को किए थे। उत्तर प्रदेश की सारी सीमाएँ हफ्तों पहले सील कर दी गईं।

बारातों तक को घंटों तलाशी एवं छानबीन के बाद प्रवेश करने दिया जा रहा था। कदम-कदम पर बैरियर और पुलिस चौकियाँ बनाकर वाहनों की तलाशी ली जा रही थी। बाहरी राज्यों से आने-जाने वाली यात्री-बसों को निरस्त कर दिया गया। थोड़ी-बहुत जो सेवाएँ जारी रहीं उनको भी अत्यधिक छानबीन के बाद ही आगे बढ़ने दिया गया। प्रदेश से गुजरने वाली 144 रेलगाड़ियाँ 21 अक्तूबर से ही रोक दी गईं। रेलों और बसों से जबरदस्ती यात्रियों को जंगल में उतार दिया गया। निरस्त की गई गाड़ियों के यात्रियों के टिकटों के पैसे वापस नहीं किए गए। जो साधु-संत या भगवा वस्त्रधारी, कंठी-मालाधारी मिला उसे ही गिरफ्तार कर जेल में डाल दिया गया। सड़कों पर खाइयाँ खोदकर उनमें पानी भर दिया गया, ताकि कारसेवक साइकिल से या पैदल भी आगे न जा सकें। अयोध्या जाने वाले पैदल यात्रियों पर भी रोक लगाकर शिष्टाचार की सभी सीमाएँ लाँघ दीं।

भारतीय जनता पार्टी द्वारा शासित होने के कारण मध्य प्रदेश व राजस्थान की सीमाओं वाली सड़कों पर दीवारें खड़ी कर दी गईं और वहाँ सेना के जवान तैनात कर दिए गए, जिनके पास मशीनगनें थीं। नदी किनारे पर भी पहरे बैठा दिए गए और मल्लाहों की नावें जब्त कर ली गईं। प्रदेश के 24 जिलों में कर्फ्यू लगा दिया गया। कई समाचार-पत्रों के संपादकों को गिरफ्तार कर लिया गया। राष्ट्रधर्म (लखनऊ) के श्री वीरेश्वर द्विवेदी को पहले तथा 'स्वतंत्र चेतना' के प्रधान संपादक आर.सी. गुप्त को कारसेवा के बाद गिरफ्तार करके मीडिया का गला दबाने का प्रयत्न किया गया।

न्यायालय को खुली चुनौती देते हुए उसके स्पष्ट आदेशों की अवहेलना करते हुए युग-युग से चली आ रही पंचकोसी तथा चौदह कोसी परिक्रमा पर रोक लगा दी गई, ताकि इस बहाने भी कारसेवक अयोध्या न पहुँच सकें। सरयू के पुल पर सशस्त्र बलों का कड़ा पहरा बैठा दिया गया। श्रीरामजन्मभूमि की ओर बढ़ना तो लगभग असंभव ही बना दिया गया। बड़े-बड़े धातु खोजी यंत्रों से गुजरकर भी जो भक्त उधर जाता था, उसकी पग-पग की छवि क्लोज सर्किट टी.वी. सेटों के परदों पर तत्काल उभरकर सशस्त्र जवानों तथा

अधिकारियों को हर गतिविधि से अवगत रख रही थी। आकाश में नीची उड़ान भरते हुए हैलीकॉप्टर जंगलों व खेतों पर भी निगरानी रख रहे थे, ताकि वहाँ कारसेवक छुपने में सफल न हो पाएँ।

ऐसी दुरूह, दुर्लंघ्य किलेबंदी देखकर ही तो आडवाणीजी को गुब्बारे में बैठाकर अयोध्या में प्रवेश कराने की बात सोची गई थी।

उत्तर प्रदेश की जेलों में अधिकतम 20 हजार कैदियों को ही रखने की क्षमता है। इस पर भी लाखों कारसेवकों को गिरफ्तार कर अस्थायी खुली जेलों में डाल दिया गया। शिक्षण संस्थाओं तथा धर्मशालाओं को भी जेलों में बदल दिया गया। शव यात्राओं में 'राम नाम सत्य है' बोलने पर भी पाबंदी लगाने तक का घिनौना कृत्य कर डाला गया। अरथियों को रुकवाकर मुर्दों के कफन हटाकर जाँच की गई कि कहीं वे जीवित कारसेवक तो नहीं हैं।

पत्रकारों की जुबानी

दैनिक जागरण के 28 अक्तूबर वाले अंक में सरितासिंह ने लिखा कि प्रेस पार्टी की जिप्सी को लखनऊ से फैजाबाद तक 12 बैरियरों पर रोका गया और हर बार घंटों पूछताछ की गई। उनकी तलाशी का समाचार सब तरफ वायरलैस सेटों से दिया गया। हर पंद्रह कदम पर वायरलैस तथा हर दो किलोमीटर पर क्लोज सर्किट टी.वी. लगे थे। रोड रोलर खड़े करके सड़कें रोकी गई थीं। हमारी तरफ जवान ऐसे झपटते थे मानो हम विदेशी घुसपैठिए हों। वे आगे लिखती हैं कि उन्हें रामचरितमानस का प्रसंग स्मरण हो आया—

"अति हरिकृपा जाहि पर होई
पाँव देय यहि मारग सोई।।"

इसी अंक में छावनी बनी अयोध्या का फोटो देकर लिखा गया—

"क्या यह वही अयोध्या है, जिसमें कभी साधुओं की धूनी का धुआँ उठा करता था, रामधुन गूँजा करती थी तथा श्रद्धालुओं के गले में रामनामी दुपट्टे लहराते थे। आज माहौल बदल गया है। रामधुन की जगह वायरलैस सेटों की गड़गड़ाती आवाजें हैं। धूनी का धुआँ नहीं, बल्कि हर ओर हवा तक

की निगरानी करता क्लोज सर्किट टी.वी. है। रामनामी दुपट्टे की जगह खाकी वर्दियाँ हैं। साधुओं की जगह पुलिस और अर्द्ध सैनिक जवान हैं। सड़कों पर अवरोधक हैं। बदला माहौल है। कर्फ्यू है। सरयू के घाटों पर गहरा सन्नाटा है। अब सिर्फ कमी है तो आकाश बाँधने की।''

'स्वतंत्र चेतना' में 28 अक्तूबर, 1990 के अंक में दुर्गादास वैश्य लिखते हैं—

''इस कर्फ्यू में यह सोचकर ही दिल दहलता है कि शहरों से कर्फ्यू हटने के बाद लोगों की लाशें ही घरों से न निकलें, क्योंकि हमें पता ही है कि इस महँगाई में कोई भी नागरिक अपने घर में पत्नी का जेवर बेचकर दस दिन से ज्यादा का सामान नहीं जुटा पाया होगा।''

दैनिक जागरण ने 28 अक्तूबर के अंक में 14 कोसी परिक्रमा तथा अयोध्या में प्रवेश पर रोक की स्थिति का आकलन करते हुए शीर्षक लगाया—

सूना रहा सरयू का तट, बंद रहे मंदिरों के पट।

पुलिस के कुछ मुलायमसिंह भक्त अफसरों ने यहाँ तक दुस्साहस कर डाला कि भिखारियों और ब्राह्मणों की रामनामी तक उतरवा दी, तभी आगे बढ़ने दिया गया। एक विकलांग कारसेवक जम्मू से हरदोई तक जैसे-तैसे पहुँच गया। वैसाखी के सहारे चल रहे उस अपाहिज कारसेवक पप्पू शर्मा को भी हरदोई पुलिस ने बर्बर लाठीचार्ज से नहीं बख्शा। उसके हाथ तोड़ डाले गए।

उन्नाव जेल में तो योजनापूर्वक गुंडे कैदियों को उकसाकर कारसेवकों पर बर्बर आक्रमण कराया गया। इसमें 300 कारसेवक बुरी तरह घायल हुए और दो की मृत्यु हो गई। यही नहीं बल्कि दरिंदगी का आलम यह था कि महिला कारसेवकों के साथ बेशर्मी पूर्वक अभद्र व्यवहार करते हुए उनके शील हरण का कुत्सित प्रयास भी किया गया। डाकू-पुलिस ने उन्नाव की जेल में रामभक्तों के एक लाख रुपए भी लूट लिये। इटावा की पुलिस भला क्यों पीछे रहती? उसने बूँदी (राजस्थान) के 60 वर्षीय साधू स्वामी रामनाथदास को बेड़ियों में जकड़ अस्पताल में बिस्तर पर डाल दिया। उनके

पाँव बेड़ियों से छिल गए। पेट दर्द में वे बुरी तरह छटपटाते रहे, परंतु बेड़ियाँ नहीं खोली गईं। 'स्वतंत्र भारत' ने 28 अक्तूबर को उसका फोटो छापा।

फैजाबाद और अयोध्या में 26 अक्तूबर की रात से ही अनिश्चितकालीन कर्फ्यू लगा दिया गया। इस स्थिति पर 'स्वतंत्र चेतना' के संपादकीय में श्री आर.सी. गुप्ता ने लिखा—अब अयोध्या में लंका।

वाराणसी में पायनियर, स्वतंत्र भारत, जागरण, आज आदि अनेक अखबारों की बिक्री पर रोक लगा दी गई। इलाहाबाद में नार्दन इंडिया, अमृत प्रभात आदि अखबारों की प्रतियाँ जब्त कर ली गईं। बदायूँ के एक संपादक को धारा 506 के तहत गिरफ्तार कर लिया गया।

कहीं दरिया रुके भी हैं

एक गीत की बड़ी ही प्रेरक पंक्तियाँ हैं—

''कहीं पर्वत झुके भी हैं, कहीं दरिया रुके भी हैं।
नहीं झुकती जवानी है, नहीं रुकती रवानी है।''

इस गीत के बोलों को जांबाज कारसेवकों ने सच कर दिखलाया। सारी बाधाएँ प्रभु कृपा से वैसे ही दूर हो गईं, जैसे जेल के फाटक खुले, ताले टूटे, प्रहरी सो गए, यमुना का उफान शांत हो गया और बालक कृष्ण उस पार पहुँच गया। मेरे निकटतम मित्र एक रिटायर्ड कर्नल को जब मैंने सूचित किया कि लाखों कारसेवक अयोध्या में पहुँच गए और भगवा ध्वज भी उन्होंने गुंबदों पर लहरा दिए हैं तो वे मुझे अयोध्या की व्यूह रचना समझाने लगे तथा शर्त लगाने को तैयार हो गए कि एक भी कारसेवक मंदिर तक पहुँच गया हो तो जो कहें हार जाऊँ। मैंने कारसेवा आरंभ होने और ध्वज फहराने के एक घंटा बाद ही उन्हें सूचना दे दी थी। वे कहने लगे कि जिलाधीश के पास तो वायरलैस का प्रबंध है, उन्हें ही सूचना नहीं तो आपको कैसे मिली? मैंने उन्हें राष्ट्रीय स्वयंसेवक संघ की योजनाओं की निश्चित सफलता का रहस्य समझाते हुए बताया कि हम लोग शाखा के मैदान पर ट्रेनिंग लेते हैं, वह आपकी सेना की ट्रेनिंग से भी अधिक सटीक और निर्दोष होती है। उन्हें मैंने

तुरंत एस.टी.डी. पर लखनऊ बात करा दी तो वे माथा पकड़कर बैठ गए और आश्चर्य ही करते रहे कि भई कमाल है।

आखिर मुलायमसिंह के सारे प्रबंध धरे रह गए। करोड़ों रुपए फूँककर भी वे कारसेवकों का सैलाब अयोध्या जाने से नहीं रोक पाए। उनके काठ के उल्लू खुशामदी चाकरों को तो भनक भी नहीं लग पाई कि 300 किलोमीटर तक पैदल चलकर, ईख के खेतों में होकर श्रीराम की वे अनूठी सेना अयोध्या की ओर बढ़ती चली जा रही है, जो कभी दस खेत भी पैदल नहीं चले, वे सैकड़ों किलोमीटर दिन-रात चले। खुले आसमान के नीचे ओस से तरबतर ईख के खेतों में जमीन पर चद्दरें बिछाकर सोए। पैरों में छाले पड़े, सूजन चढ़ी और अंत में लहू-लुहान हो गए। सारे सुख, सारे मोहबंधन तथा सारे रिश्ते-नाते पीछे छोड़कर राम की जन्मभूमि को मुक्त कराकर उस स्थान पर भव्य मंदिर के निर्माण का संकल्प लेकर चल रहे थे वे दीवाने।

राजस्थान की रेवदर तहसील के सतीश कुमार ट्रेन पर चढ़ ही रहे थे कि दादाजी की मृत्यु का समाचार मिला। सबने लौट जाने का आग्रह किया तो बिना विचलित हुए बोल उठे—

"मेरे लौटने से दादाजी जीवित तो होने वाले नहीं हैं। दादाजी रामजी के पास ही गए हैं। मैं अयोध्या जाकर ही विश्राम लूँगा।"

इसी तहसील के जोगी जाति के एक कारसेवक ने तो दिलेरी की हद ही कर दी। अपनी प्रिय पत्नी से बोले—

"10-15 दिन तो लौटने की प्रतीक्षा करना। बाद में समझ लेना कि श्रीरामजी के काज में काम आ गया हूँ। तुम अभी जवान हो। समाज के ताने सुनने के बजाय न्यातरे (दूसरा विवाह करना) चली जाना।" आशय दूसरी शादी कर लेने से था।

पाँच कारसेवक घरों से हल-बैल लेकर खेत जोतने का बहाना करके आ गए। खेतों में ही बेलों को छोड़कर अयोध्या की राह पकड़ ली।

एक का विवाह हाल ही में हुआ था। अयोध्या का निर्णय सुनते ही पत्नी

बेहोश होकर गिर पड़ी। परंतु वह वीर उसे उसी दशा में छोड़कर कारसेवा के लिए बढ़ चला।

भला ऐसे फौलादी संकल्प वाले बहादुरों को कोई मुलायमसिंह कैसे रोक सकता था? अनेक बार गिरफ्तार करके पुलिस जाने कहाँ-कहाँ छोड़ आई, लेकिन फिर-फिर कदम बढ़े अयोध्या की ही तरफ। जेलों में भूखे-प्यासे तड़पाकर निर्मम पिटाई की गई। मथुरा का नरहोली थाना तो जल्लादों का अड्डा ही सिद्ध हुआ। लेकिन वाह रे समर बाँकुरो! तुम अपमान और जुल्म का वह हलाहल भी पी गए। तुम्हारे संकल्प, श्रद्धा और साहस के सामने कवियों की कलमें प्रणाम की मुद्रा में सदा झुकी खड़ी रहेंगी।

(ख) पथ के कंटक बन गए फूल

जो लोग भारतीय समाज की प्रकृति से अपरिचित हैं, जिन्हें हमारी संस्कृति की अंतर्धारा का ज्ञान नहीं है और जो हिंदू जाति की ईश्वर भक्ति, धार्मिक आस्था तथा करुणा के आवेग में कभी सम्मिलित ही नहीं हुए हैं, वे ही कारसेवकों की उन टोलियों की ओर उपेक्षा भारी दृष्टि से देखकर 'ऊँह' करते हुए गरदन झटका कर हाथ मटकाकर कहते थे कि ये सब कल शाम तक पिट-कुटकर लौट आएँगे। जब उन्हीं प्रणपालक कारसेवकों ने भारत की आजादी के बाद की सर्वाधिक सुदृढ़ नाकेबंदी को फूँक से उड़ाकर दिखा दिया तो वे भाषणवीर, तर्क बहादुर, दक्ष योद्धा कारसेवकों के शौर्य, बलिदान और जगजाहिर संकल्प शक्ति की चर्चा सुनते ही चुपचाप खिसक लेते हैं, ताकि शर्मिंदा न होना पड़े।

हर घर मंदिर, हर नर राम

आंध्र प्रदेश के कुछ विद्वान् दिल्ली में आयोजित अखिल भारतीय साहित्य परिषद् की केंद्रीय कार्यकारिणी की बैठक में भाग लेने आए थे। विश्व साहित्य मनीषी और परिषद् के राष्ट्रीय अध्यक्ष डॉ. विद्यानिवास मिश्र द्वारा कारसेवा

की चर्चा चलाने पर आंध्रवासी साहित्यकारों ने सजल नयन होकर गद्गद कंठ से बताया कि दक्षिण भारत के लोगों को प्रत्यक्ष अनुभव हुआ है कि उत्तर भारत में आज भी हर घर में देवता निवास करते हैं।

आरक्षण आंदोलन की लपटों में देश जल रहा था। सत्तालोलुप राजनेताओं ने ऊँच-नीच, अगड़ी-पिछड़ी और न जाने क्या-क्या संज्ञाएँ देकर समाज को तार-तार बिखेर देने की चालें चल रखी थीं। अल्पसंख्यकों के नाम पर एकपक्षीय तुष्टीकरण को ही सच्ची धर्मनिरपेक्षता बताने की घातक कोशिशें जारी थीं। ऐसे माहौल में भी मतभेदों और निजी हित-अनहित को भूलकर अपने धर्म की रक्षार्थ पूरा हिंदू समाज एक राष्ट्र के रूप में खड़ा हो गया और अपनी अस्मिता, स्वाभिमान तथा पहचान को बचाने के लिए श्रीरामजन्मभूमि पर पावन मंदिर बनाने के लिए निकल पड़ा, यह एक चमत्कार ही था। थाने भी मंदिर बन गए। भगवान् राम की वन यात्रा के दौरान जैसे कदम-कदम पर भक्तों की सेवा सुलभ हो गई वैसा ही दृश्य कलियुग में एक बार पुनः उपस्थित हो गया। लाखों कारसेवकों के लाखों ही रोमांचक अनुभव तथा अविस्मरणीय संस्मरण इतिहास में जुड़ गए। नन्ही-सी लेखनी कैसे उन सबका बखान करे। तो भी कुछ को तो प्रस्तुत करना ही है।

रामगढ़ शेखावटी (राजस्थान) से एक अंधा अपाहिज रामभक्त भी कारसेवा करने पहुँचा। यहीं के बाबा रामदेव स्वामी की आयु 80 वर्ष की होने पर भी 20 दिन पहले से थैले में पाँच किलो वजन भरकर मीलों पैदल चलने का अभ्यास वे करने लगे थे। लक्ष्मणगढ़ (सीकर) के बनवारीलाल शास्त्री ने बताया कि एक स्थान पर छोटा-सा बालक दौड़ता हुआ पीछे आया और अयोध्या का सुरक्षित मार्ग कारसेवकों को बताकर ही वापस मुड़ा। एक गाँव की मस्जिद के सामने खड़े सरपंच मोहम्मद मसूद ने साथ चलकर पुलिस से बचकर निकलने का मार्ग समझाया और मुख्यमंत्री मुलायमसिंह को गुस्से में कई गालियाँ दीं।

रामनगर के पास कांग्रेसी कृष्ण बिहारीजी ने कांग्रेसी विधायक श्री ब्रजभूषण तिवारी के निर्देश पर कारसेवकों को सुरक्षित आगे बढ़ने में सप्ताहों

तक मदद की। प्यासी पुरवा का अनुभव तो आँखें गीली कर देने वाला है। एक युवा गृहिणी का पति बाहर गया हुआ था। उसने अपने दो वर्ष के पुत्र को बाहर खड़ा कर रखा था। दरवाजे की ओट में खड़ी रहकर वह उसे निर्देश दिए जा रही थी और यह नन्हा बालक 'जय छियाराम' कहकर अपनी तोतली प्यारी बोली में कारसेवकों का स्वागत कर रहा था। किन्नूरपुर तक सुरक्षित पहुँचाने का दायित्व आत्म समर्पण कर चुका डाकू पृथ्वीपाल निभाता मिला। एक गाँव के नौजवानों ने कारसेवकों को पकड़ने आ रही पुलिस की सूचना मिलते ही मैदान में भाले गाड़ दिए और हुंकारते हुए घोषणा कर दी कि हमारे रहते देखें कौन इन्हें हाथ लगाता है। कुछ कारसेवकों की कहानी उन्हीं की जुबानी यहाँ प्रस्तुत है—

अधबीच से लौटने की पीड़ा

श्रीरामजन्मभूमि अयोध्या पर प्रस्तावित राममंदिर पुनर्निर्माण को लेकर विश्व हिंदू परिषद् द्वारा आयोजित कारसेवा के दौरान संपूर्ण देश में हिंदुत्व का ज्वार उमड़ पड़ा, किंतु समूचे उत्तर प्रदेश में रामजन्मभूमि पर मंदिर निर्माण को लेकर जो जन उत्साह देखा गया, उसने पूर्व की राजीव और तत्कालीन वी.पी. सिंह सरकार की ओर से आकाशवाणी और दूरदर्शन द्वारा प्रसारित किए जाते रहे उन भ्रामक प्रचारों की धज्जियाँ उड़ाकर रख दी, जिनके जरिए यह बताए जाने का प्रयास किया जाता रहा कि अयोध्या सहित पूरे उत्तर प्रदेश में राममंदिर को लेकर वहाँ के लोगों में कोई उत्साह नहीं है और वे नहीं चाहते कि राममंदिर निर्माण को मुद्दा बनाकर शांत अयोध्या में अशांति का माहौल पैदा किया जाए।

देश के कोने-कोने से गए कारसेवकों को वहाँ की जनता का जो स्नेह, मातृत्व, आतिथ्य एवं मार्गदर्शन मिला उससे लगा कि समूचे प्रदेश में राममंदिर को लेकर जो भावना व्याप्त है, वह अकल्पनीय है।

सुमेरपुर खंड (जिला-पाली) के कारसेवकों सहित शिवगंज (सिरोही) तथा बाली (पाली) के जत्थे गत 24 अक्तूबर को रवाना हुए। बाली के जत्थे

के साथ विधायक अमृत परमार भी साथ थे। करीब 200 कारसेवकों के साथ हम दूसरे दिन दिल्ली पहुँचे तब तक राजस्थान के भीलवाड़ा, मांडलगढ़, शाहपुरा आदि स्थानों के कारसेवकों सहित यह संख्या एक हजार को पार कर गई। 26 अक्तूबर को प्रातः ट्रेन से लखनऊ के लिए रवाना हुए। दोपहर को अचेसर स्टेशन पर पुलिस तलाशी के दौरान बहुत से कारसेवक पकड़ लिए गए। ढ़ाई बजे हम मुरादाबाद पहुँचे। वहाँ तलाशी एवं जाँच-पड़ताल के दौरान आधे से अधिक पकड़ लिये गए। अमृत परमार तथा मुझे पकड़ते ही अन्य कारसेवक भी नीचे उतर आए और रामलला हम आएँगे, मंदिर वहीं बनाएँगे, बच्चा-बच्चा राम का···आदि उद्घोषों से पूरे माहौल को राममय बना दिया। नारे लगाते हुए करीब 800 कारसेवक ट्रेन के आगे पटरी पर जाकर बैठ गए तथा लगभग साढ़े तीन घंटे ट्रेन रोके रखी। इस बीच एस.पी., डी.एस.पी. एवं अन्य अधिकारीगण सहित करीब 250 पुलिसकर्मियों के बीच हम पूर्व में पकड़े गए कारसेवकों के समुचित प्रबंध के लिए वहीं पर सत्याग्रह कर धरने पर बैठ गए। मुरादाबाद के कार्यकर्ता एवं कई स्थानीय पत्रकार भी वहाँ आ चुके थे तथा उनके द्वारा हमारे लिए फलों तथा भोजन की व्यवस्था की गई। पोस्टकार्ड भी महिला कार्यकर्ताओं द्वारा सभी को दिए गए, जिससे घर पर समाचार दिए जा सके। तीन घंटे के वातावरण का इतना प्रभाव हुआ कि वहाँ तैनात पुलिसकर्मी तथा डी.एस.पी. तक जो श्रीराम की जय के नारे एस.पी. की मौजूदगी में ही लगाने लगे।

मुरादाबाद में हमें बताया गया कि आने वाले कारसेवकों के लिए स्थानीय लोगों द्वारा 19 धर्मशालाओं में ठहरने व खाने-पीने का प्रबंध किया गया है। जिनमें प्रतिदिन 12,000 लोगों का भोजन बन रहा है। उनके इस अथाह प्रेम ने हमें आत्म-विभोर कर दिया। इसी दौरान सुमेरपुर जत्थे के आठ कारसेवक पुलिस से नजरें बचाकर उसी ट्रेन से आगे बढ़ गए। गिरफ्तारी की कार्यवाही के समय मुझे भी मौका मिल गया और अपने छह साथियों सहित स्टेशन से बाहर आ गया। वहाँ से विभिन्न वाहनों द्वारा हमें शहर से दूर रेलवे पटरी के पास बिठा दिया गया और बताया कि काशी एक्सप्रेस आ रही है, जिसमें हमारे

कार्यकर्ता अंदर चढ़ गए हैं तथा वहाँ से जंजीर खींच लेंगे। ट्रेन वहाँ आने पर रोके जाने पर हम सभी उसमें चढ़ गए। चढ़ने वाले करीब 40 जने थे।

हमारे चढ़ने की सूचना बरेली न जाने कैसे पहुँच चुकी थी। वहाँ पर 5 जनों को पकड़ लिया गया। कुछ कारसेवक सीटों के नीचे दुबक गए तथा मैं प्लेटफॉर्म की बेंच पर बैठ गया। किंतु गुप्तचरों की नजर से बच नहीं सका और वे मेरे साथ लग गए। वे ट्रेन में मेरे ठीक सामने बैठ गए तब मेरा संदेह पक्का हो गया कि कुर्ते, पाजामे की वजह से पहचान लिया गया हूँ। मेरे पास जो कपड़े, कंबल थैला इत्यादि थे, वे मुरादाबाद ही रह गए थे। अन्य कोई कपड़े थे नहीं। सो हम सातों ने शुद्ध मारवाड़ी में आगे का कार्यक्रम बनाया, जिसके अनुसार रात्रि 12:30 बजे करीब एक छोटे से स्टेशन को पार करने के बाद किसी कारणवश ट्रेन की गति कुछ धीमी हुई। हम सब एक साथ उठे और एक-एक कर अँधेरे में चलती ट्रेन से कूद गए। हमारे कूदने पर गुप्तचर कर्मियों द्वारा 'धत् तेरे की' कहने तथा हमारे द्वारा प्रत्युतर दिए जाने के फलस्वरूप स्टेशन मास्टर को पता चल गया। उसने हमें आवाज लगाकर रुकने को कहा, किंतु हम पटरी के साथ-साथ आगे बढ़ गए। लगभग एक कि.मी. तक टॉर्च लेकर हमारा पीछा किया गया। रात्रि तीन बजे तक हम चलते रहे फिर एक रेलवे क्रासिंग पर स्थित गुमटी (कमरा) में हमने दो-ढाई घंटे विश्राम किया तथा सवेरे-सवेरे पुनः रवाना हो गए। आठ बजे हम अगले स्टेशन 'कौढ़ा' पहुँचे। वहाँ स्टेशन कर्मी आपसी बातचीत में मुलायम सरकार की निंदा कर रहे थे। इस दृष्टि से हमने उनसे अयोध्या जाने के लिए जानकारी चाही और पिछली रात का वृत्तांत सुनाया। तब उन्होंने पिछले स्टेशन जहाँ हम ट्रेन से उतरे थे, का नाम 'बेटा गोगल' बताया तथा पीछा करने की वजह उन्होंने वहाँ के स्टेशन मास्टर का मुसलमान होना बताया। कौढ़ा स्टेशन के निवासियों को जब हमारे बारे में पता चला तो 8-10 लोग आए तथा वहीं पर रुकने, खाने-पीने व विश्राम करने का आग्रह करने लगे। उनके आग्रह पर हम गद्गद हो गए। किंतु समयाभाव के कारण हम साढ़े आठ बजे ट्रेन द्वारा 'बालाभाऊ' के लिए रवाना हो गए। 'हरदाई' पर चैकिंग से किसी तरह

बचकर अपराह्न हम वहाँ पहुँचे। अंतिम स्टेशन होने से वहाँ पर प्रत्येक यात्री से गहन पूछताछ की जा रही थी। वहाँ से बचकर किसी तरह हम स्टेशन से बाहर हो बाजार पहुँचे। वहाँ पर पुलिस जीप द्वारा लगातार गश्त लगाई जा रही थी। हम अनजान रास्तों से सहमे हुए आपसी दूरी बनाए आगे बढ़ रहे थे। इतने में एक दुकान पर भगवी झंडी दिखी। वहाँ मिलने पर उन्होंने हमें सुरक्षित जगह पहुँचाया। कुछ ही समय में 15 कार्यकर्ता वहाँ आकर हमसे मिले। हमारे खाने, पीने, नहाने का प्रबंध किया तथा उन्होंने बताया कि प्रतिदिन हम घूम-फिरकर अनजान लोगों से पूछताछ कर कारसेवकों को पूर्ण सहयोग देते हैं तथा उन्हें आगे बढ़ाते हैं।

अखबार द्वारा ज्ञात हुआ कि राजस्थान के विधायकों को जयपुर बुलाया गया है। इस दृष्टि से भारी मन से मेरे छह साथियों को सूचना दी कि मैं जयपुर जा रहा हूँ। बालाभाऊ से अगले दिन प्रातः ही करीब 400 कारसेवकों का जत्था अयोध्या रवाना हो रहा था। मेरे साथियों को उनके साथ जाने को कहकर मैंने उनसे विदा ली।

—गुलाबसिंह राजपुरोहित, सुमेरपुर

जोधपुर से अयोध्या तक

मैंने दृढ़ संकल्प किया था कि राम की जन्म-स्थली अयोध्या में राममंदिर निर्माण के लिए होने वाली कारसेवा में कठिन-से-कठिन परिस्थितियों व बाधाओं को पारकर उसमें सम्मिलित होकर अपने धर्म के प्रति कर्तव्य का पालन करूँगा, चाहे मुझे इस कर्तव्य पालन में अपना बलिदान भी देना पड़े तो भी पीछे नहीं हटूँगा।

अपने इस दृढ़ संकल्प के साथ विश्व हिंदू परिषद् के नेतृत्व में कारसेवा के लिए अयोध्या रवाना हुए जत्थे के साथ दिनांक 27-10-90 को दिल्ली मेल से रवाना हुआ। दिल्ली दिनांक 28-10-90 को सुबह 6:30 बजे पहुँचा और फिर वहाँ से 8:30 बजे कालका मेल में कारसेवकों के साथ रवाना

हुआ। मेरे साथ प्रो. महेंद्रनाथ अरोड़ा व शुद्धराज लोढ़ा थे। हम तीनों का रेलवे टिकट संयुक्त रूप से एक साथ आरक्षित था। इटावा रेलवे स्टेशन पर पुलिस अधिकारियों के नेतृत्व में उत्तर प्रदेश की सशस्त्र पुलिस टुकड़ियों ने सभी डिब्बों में सफर कर रहे लोगों के सामान की तलाशी ली और रेल में अयोध्या जा रहे कारसेवकों के साथ-साथ झोला लटकाए सफर कर रहे यात्रियों को भी बंदूक की नोक के साथ-साथ जबरदस्ती उतारकर गैर-कानूनी रूप से गिरफ्तार कर लिया। पुलिस की इस सशस्त्र टुकड़ी ने हमारी भी तलाशी ली। हमारे पास कारसेवक होने का प्रमाण नहीं मिला फिर भी पुलिस ने हमें डिब्बे से नीचे उतार दिया। हम तीनों को भी अन्य गिरफ्तार किए गए कारसेवकों के साथ इटावा सेंट्रल जेल के परिसर में बंद कर दिया और बाद में उन्हें बिना आरोप जेल में ठूँस दिया गया। हम तीनों ने बिना आरोप-पत्र गैर-कानूनी गिरफ्तारी का विरोध किया और कहा कि हमें चाहे गोली भी क्यों न खानी पड़े, हम सेंट्रल जेल में नहीं जाएँगे। इस पर हम तीनों को पुलिस उप अधीक्षक के सामने पेश किया और हमने उन्हें भी बिना वारंट जेल में जाने से इनकार कर दिया और अपना तीव्र विरोध जताया। जिसके पश्चात् हम तीनों को न्यायिक मजिस्ट्रेट के सामने पेश किया गया। हमने मजिस्ट्रेट साहब को बताया कि हम तीर्थ यात्री हैं और इलाहाबाद हर वर्ष की भाँति एकादशी के धार्मिक त्योहार पर त्रिवेणी में पवित्र स्नान करने जा रहे हैं। हमें पुलिस ने अकारण ही गिरफ्तार कर लिया और दिन भर से हमें गैर-कानूनी रूप से बंद कर रखा है। हमारे पास कारसेवक होने का प्रमाण नहीं मिलने के बावजूद भी बिना आरोप पत्र गिरफ्तार कर लिया और हमारा पक्ष सुनने से स्पष्ट इनकार कर दिया। अब आप जो न्याय के रक्षक हैं, हमारी फरियाद नहीं सुनेंगे तो इस प्रदेश में हमारी कौन सुनेगा। हम तीनों ने इसी प्रकार से अलग-अलग बयान दिए और गिरफ्तारी का विरोध किया। पुलिस ने मजिस्ट्रेट को बताया कि ये तीनों व्यक्ति दिन भर से कारसेवकों को भड़कीले भाषणों से पुलिस के खिलाफ भड़का रहे हैं, अत: पहले इन तीनों का गिरफ्तारी वारंट बना कर जेल भेजा जाए। हमारी हठधर्मिता व हमारे विरुद्ध आरोप सिद्ध नहीं होने के कारण मजिस्ट्रेट साहब ने

हमें इस शर्त पर रिहा कर दिया कि हम कारसेवकों से नहीं मिलेंगे। मजिस्ट्रेट के आदेश के बाद पुलिस ने हम तीनों को जेल के फाटक के बाहर ले जाकर छोड़ा और हमें अन्य कारसेवकों से नहीं मिलने दिया गया।

मैंने अरोड़ाजी व लोढ़ाजी के साथ ही दिनांक 28-10-90 को रात्रि में 10:30 बजे इटावा से रेल पकड़ी और 29-10-90 को हम प्रात: 06:00 बजे इलाहाबाद पहुँचे। हमने वहाँ त्रिवेणी के पवित्र संगम में एकादशी के धार्मिक पर्व पर स्नान किया।

हमने इलाहाबाद में देखा कि अयोध्या जाने के तमाम रास्ते प्रशासन ने बंद कर दिए। रेलें बंद कर दीं, बसें बंद कर दीं। सड़कों पर पुलिस की सख्त नाकेबंदी थी। सड़क यातायात भी अवरुद्ध था और चारों ओर भय व आतंक का माहौल था। अयोध्या जाने वाली सड़कों पर कर्फ्यू था। हमने ऐसी स्थिति में गाँवों के दुर्गम कच्चे रास्तों से अयोध्या पहुँचने का निश्चय किया। हम इलाहाबाद से गाँवों में जाने वाली एक निजी बस को पकड़ कर प्रात: 10:00 बजे जौनपुर गाँव पहुँचे और वहाँ हमने डी.डी. कॉलेज में अरोड़ाजी के परिचित प्रोफेसर साहब से संपर्क किया और आग्रह किया कि अयोध्या जाने के लिए कच्चे रास्तों का मार्ग प्रशस्त करने को हमारे साथ रास्ते के अनुभवी व्यक्ति को भेजें तो उन्होंने हमारे साथ डी.डी. सिंह व जैन साहब को भेजा जो रास्ते के जानकार और कारसेवा के लिए अयोध्या जाने को तैयार थे। हम पाँचों व्यक्ति कुटीर पुस्तक वाले पंडितजी की जीप से पुलिस नाकेबंदी से बचते हुए शाम को 8:00 बजे तक पहुँचे, जहाँ से आगे जीप द्वारा पहुँचना पुलिस नाकेबंदी के कारण संभव नहीं हो सका। इसलिए हम पाँचों ने दोस्तपुर से अयोध्या पैदल जाने का दृढ़ निश्चय किया। दोस्तपुर से हमने एक हरिजन बस्ती को पार किया। इस हरिजन बस्ती के लोगों ने हमारी आवभगत की। हमें विश्राम करवाया, पानी व दूध पिलाया, और हमें आगे का रास्ता बताने के लिए हमारे साथ दो जवानों को लाठी लेकर भेजा। ये हरिजन जवान हमें गाँव की सीमा पर नदी में से पैदल 10 किलोमीटर का रास्ता पार करवाकर वापस अपने गाँव लौट गए। हम पाँचों नदी पार करने

के बाद 7-8 किलोमीटर लगभग पैदल चलने पर रात्रि के एक बजे एक गाँव पहुँचे, वहाँ हमने रात्रि में एक किसान के घर विश्राम किया। उत्तर प्रदेश के सात कारसेवक और मिले। अगले दिन दिनांक 30-10-90 को प्रातः 6:00 बजे किसान के घर से चाय व नाश्ता करके हमारा 12 कारसेवकों का जत्था पैदल राम घोष करता हुआ रवाना हुआ। रास्ते में आने वाले गाँवों के लोगों ने हमारी हर्षोल्लास से आवभगत की। हम 15-16 किलोमीटर के बाद एक गाँव में क्षणभर थकावट दूर करने रुके। उस गाँव में हमें चाय, नाश्ता व गुड़ की शिकंजी आदि खिलाई और गाँव की सीमा पार कराने के लिए बारह साइकिलें लेकर जवानों को हमारे साथ भेजा। उन्होंने एक-एक कारसेवक को साइकिल पर बैठाया और हमें 10-12 किलोमीटर के लगभग का रास्ता पार करवाया। अगले गाँव से हमने उन साइकिल सवारों को वापस भेज दिया। इस गाँव में भी लोगों ने हमें चाय, पानी करवाया और आगे का रास्ता बताया। हम 12 व्यक्ति इस गाँव के दुर्गम कच्चे रास्ते, खेतों, खलियानों व झाड़ियों में पुलिस से छिपते-छिपाते पैदल 20 किलोमीटर का रास्ता पार करते हुए सायं 6:00 बजे अगले गाँव पहुँचे। वहाँ हमने प्रधानजी के घर रात्रि विश्राम किया। हम पैदल चलते-चलते इतने थक चुके थे कि घायल से हो गए। हमारे पैरों में छाले पड़ गए और घुटनों में इतना दर्द हो रहा था कि हमारे लिए आगे एक कदम चलना भी कठिन हो गया। प्रधानजी के घर हमें भोजन कराया गया, हमारे पैरों की मालिश की गई और हमारा अतिथि सत्कार ऐसा किया कि हम भाव विभोर हो गए। प्रधानजी के यहाँ उनके पुत्रों ने जो अयोध्या में कारसेवा में भाग लेकर लौटे थे, बताया कि आज दिनांक 30-10-90 को निर्धारित कार्यक्रम के अनुसार कारसेवा का शुभारंभ हो गया। पुलिस की सख्त नाकेबंदी को तोड़कर हम राममंदिर पर विजय पताका को फहराने में सफल हो गए हैं। यह समाचार सुनते ही हम घायलों में फिर से चेतना आ गई। हम गद्गद हो उठे और आपस में गले मिले तथा गुड़ बाँट कर खुशियाँ मनाईं। हमारा आत्मबल बढ़ा और तीव्र हार्दिक इच्छा हुई कि हम शीघ्र ही अयोध्या पहुँचें और 02-11-90 को कारसेवा के दूसरे चरण

में किसी भी कठिन-से-कठिन परिस्थिति में भाग लें। हम रात्रि विश्राम कर 31-10-90 को सुबह 6:00 बजे नाश्ता करके प्रधानजी के घर से पैदल रवाना हुए और लगभग पूरे दिन पैदल चलते हुए 30 किलोमीटर का कठिन रास्ता पार करते हुए सायं 6:00 बजे एक गाँव पहुँचे, जहाँ से अयोध्या 25-30 किलोमीटर दूर था। उस गाँव में सिंगापुर के एक व्यापारी श्री राजेंद्रसिंह ने अपने घर विशिष्ट अतिथियों की तरह ठहराकर भोजन की व्यवस्था की। रात्रि विश्राम के बाद अगले दिन 1-11-90 को प्रात 6:00 बजे उस गाँव से रवाना हुए। श्री राजेंद्रसिंह ने पुलिस नाकेबंदी तक 17-18 किलोमीटर का रास्ता अपने ट्रेक्टर से पार करवाया। पुलिस नाकेबंदी के पहले वे हमें खेतों में से कच्चा रास्ता दिखलाकर वापस लौट गए, वहाँ से अयोध्या 8-9 किलोमीटर के लगभग था। वहाँ पुलिस का इतना भारी पुख्ता बंदोबस्त था कि कोई भी व्यक्ति चाहे कारसेवक हो, तीर्थ यात्री हो या बाहर से अपने घर आया अयोध्या का नागरिक हो, अयोध्या में प्रवेश नहीं कर सकता। हमने इस विकट परिस्थिति में भी हिम्मत नहीं हारी और खेतों, खलियानों में छिपते-छिपाते घुटनों के बल रेंगते हुए, पुलिस की आँखों में धूल झोंकते हुए अयोध्या की सीमा तक बड़ी मुश्किल से पहुँच गए, परंतु वहाँ से आगे पुलिस छावनी के समीप हमने देखा कि एक गंदे नाले में से एक-एक करके कारसेवक अयोध्या में पुलिस से आँख मिचौनी करते पार हो रहे हैं। हम भी उस गंदे नाले में उतर गए। उस नाले में दुर्गंध इतनी ज्यादा थी कि उसको बरदाश्त करना कठिन था, फिर भी हमने उस नाले को पार किया और 11:00 बजे के लगभग अयोध्या में प्रवेश कर कारसेवकों की टोलियों में सम्मिलित हो गए।

मैं, अरोड़ाजी व लोढ़ाजी दिगंबर अखाड़े में राजस्थान के कारसेवकों के साथ ठहर गए। हमारे साथ के कारसेवक अपने-अपने खेमों से चले गए। हमने दिगंबर अखाड़े में भोजन किया और विश्राम किया। उसके बाद 4 बजे छोटी छावनी में स्थित चार धाम मंदिर में कारसेवकों की बैठक में भाग लिया और 02-11-90 को होने वाली कारसेवा का कार्यक्रम का मार्गदर्शन प्राप्त

किया। इस बैठक में कारसेवकों को दिशा निर्देशन श्री अशोक सिंघल, साध्वी उमा भारती, गोपालदास सहित हिंदू महासभा, बजरंग दल, राष्ट्रीय स्वयंसेवक संघ व भारत के विभिन्न प्रदेशों से आए धार्मिक मठाधीशों ने किया।

—गणेश जांगिड़, जोधपुर

अयोध्या के बजाय सहारनपुर

इंतजार की घड़ियाँ समाप्त हुईं। राष्ट्रीय अस्मिता के स्वाभिमान की रक्षा के लिए अयोध्या जाने को जो जन ज्वार उमड़ रहा था, मीठी-मीठी शरद ऋतु के आँचल में 23 अक्तूबर को सुबह पौ फटते ही 'राम काज करिबे को आतुर' बलिदानी कारसेवकों का जत्था संघ कार्यालय से रक्षा सूत्र बाँधकर व तिलक लगाकर अलवर के मुख्य मार्गों से होता हुआ 'राम नाम' जय घोष के साथ नारों से सारे शहर व प्रकृति को गुंजायमान करते हुए जैसे ही रेलवे स्टेशन पहुँचा तो ऐसा प्रतीत हो रहा था, जैसे शहर विदा करने के लिए भावविभोर होकर एकत्रित हुआ हो।

सारा वातावरण राममय था। ऐसी भावभीनी विदाई व कारसेवकों के मन में राम नाम पर मर-मिटने की ललक हृदय को भाव-विह्वल कर रही थी। जो जा रहे थे, वे अपना अहोभाग्य समझ रहे थे और जो विदा कर रहे थे, वे जाने वालों के उत्साहवर्धन में यह नारा लगा रहे थे 'आप चलो हम आते हैं, यह विश्वास दिलाते हैं।'

तभी महाराणा प्रताप का चेतक एक्सप्रेस नामी घोड़ा अपना नाम सार्थक करता हुआ, सभी कारसेवकों को अपने ऊपर बिठाकर आगे बढ़ने को व्याकुल था। बाहर प्लेटफॉर्म पर खड़े सभी रामभक्त गगनभेदी नारों से सारे वातावरण को गुंजायमान कर रहे थे। पुष्पवृष्टि कर रहे थे कि तभी चेतक की हिनहिनाहट के साथ सभी कारसेवक रवाना हुए। प्रत्येक का मन उत्साह से भरा हुआ था, अयोध्या पहुँचने की जल्दी थी, साथ में जन्मभूमि तक पहुँचने में कालनेमियों द्वारा उत्पन्न अवरोध न आए, इस बात की चिंता भी। अत:

स्थिति का जायजा लेती नजरों ने एक बार फिर नारों की गूँज से सारा डिब्बा गुंजा दिया, इन्हीं उत्साही गूँजों के साथ हमारे सभी साथी दोपहर 2:45 बजे पर दिल्ली जंक्शन पर पहुँचे, जहाँ विश्व हिंदू परिषद् की ओर से सभी को भोजन व चने के पैकेट वितरित किए गए। ऐसी आत्मीयता और सेवाभाव भारत-भूमि पर ही संभव है।

सरकार द्वारा अधिकतर गाड़ियाँ रद्द कर दी गई थीं, अत: सीधी लखनऊ के लिए कोई गाड़ी उपलब्ध न होने के कारण ऐसा निश्चय किया गया कि यात्रा रात्रि में की जाए, जिससे बिना किसी बाधा के लखनऊ तक पहुँचा जा सके। ऐसा सोचकर शहीद एक्सप्रेस का चयन किया गया, जो अमृतसर से गोरखपुर वाया बरेली होकर जाती है। लगभग 9:30 बजे रात को जैसे ही गाड़ी आई तो उसमें पहले से ही इतनी भीड़ थी कि चढ़ना भी असंभव सा दिखाई देने लगा। हमारे सभी साथी अलग-अलग डिब्बों में बैठ गए। हम लोग जिसमें बैठे थे, वह आरक्षण वाला डिब्बा था, जिसमें पहले से ही हरियाणा और पंजाब के कारसेवक बैठे हुए थे, इसकी जानकारी हमें गिरफ्तारी के बाद हुई। इससे पहले हम सभी एक दूसरे से नजरें चुरा रहे थे कि किसी को मालूम न हो कि हम लोग कारसेवक हैं अत: तिलक व अन्य सबूत भी मिटा दिए थे।

रात का आलम और डिब्बे में छाई खामोशी के बीच तेज रफ्तार से चलती गाड़ी अचानक झटके के साथ रुकी। ऐसा महसूस हुआ, मानो दिल की धड़कन भी रुक गई हो। अप्रत्याशित भय के कारण सभी यह जानने की चेष्टा कर रहे थे, कि गाड़ी अचानक क्यों रुक गई! तभी हमारा एक साथी विकास तिवारी, जिसको पुलिस ने नीचे उतार लिया था, सामान लेने के बहाने ऊपर आया और दूसरे साथी महेंद्र को बताया कि नीचे काफी संख्या में पुलिसवाले खड़े हैं। तब तक कई पुलिसवाले एक साथ ऊपर आकर सभी से पूछताछ करने लगे और सिर्फ लखनऊ का टिकट होने के नाम पर नीचे उतारना शुरू कर दिया। इस तरह हम चार कारसेवक पुलिस की गिरफ्त में आ गए। हमारे साथ ही हरियाणा, पंजाब और दिल्ली के 76 कारसेवक नीचे

उतारे जा चुके थे। नीचे उतरकर मालूम हुआ कि पंजाब के कारसेवकों द्वारा सोनीपत में नारेबाजी करने के कारण इस बात की सूचना पहले ही मिल चुकी थी कि इस डिब्बे में कारसेवक जा रहे हैं। वैसे तो पूरी ट्रेन ही कारसेवकों से भरी हुई थी, उसे कारसेवक एक्सप्रेस नाम देना ही ज्यादा समीचीन होगा।

मन खट्टा हो गया कि अब अयोध्या नहीं पहुँच सकेंगे, लेकिन इस बात की खुशी भी थी कि हमारे बाकी साथी बच गए हैं। उस समय रात्रि के लगभग 12:30 बज रहे थे। सारा वातावरण शांत था कि तभी गगनभेदी नारे गूँजने लगे, क्योंकि पकड़े जाना वाला भय तब समाप्त हो गया था। वह स्थान कुचेसर रोड था, जो हापुड़ और मुरादाबाद के बीच एक छोटा रेलवे स्टेशन था, जहाँ सिर्फ पैसेंजर ही रुकती है, लेकिन गाड़ी चैक करने के उद्देश्य से ही रुकवाई गई थी। 6:00 बजे सुबह सहारनपुर के लिए भेज दिया गया।

हमारे साथ बस में जो पुलिसवाले जा रहे थे, उनमें एक सब-इंस्पेक्टर शर्माजी थे। जब उनसे पूछा कि 'क्या आप लोग भी सरकार की तरह हम लोगों को असामाजिक तत्त्व समझते हैं' तो उनका जवाब था कि फर्क इतना ही है कि तुम कह सकते हो और हम कह नहीं सकते, खानापूर्ति तो करनी ही पड़ती है।

कलयुग में त्रेतायुग के दर्शन

जैसे ही हम सहारनपुर जेल के दरवाजे पर पहुँचे तो अंदर जाने में लगभग आधा घंटे का समय लगा। तब तक वहाँ लगभग 200 महिलाएँ व पुरुष हाथ में रोली की कटोरी लेकर एकत्रित हो गए थे, जो हम सभी कारसेवकों को तिलक लगाकर गले मिल रहे थे। एक ऐसा दृश्य उपस्थित हो गया था जिसमें सभी वादों का पतन हो गया था। न जातिवाद, न प्रांतवाद और न राजनीतिवाद। ऐसा सम्मान सिर्फ रामवाद में ही संभव है। अभी तक रामराज्य के बारे में सुनते आए हैं कि राजनेताओं के द्वारा हम रामराज्य लाएँगे, लेकिन देखने का सौभाग्य अभी तक नहीं मिला था। जिसका प्रत्यक्ष दर्शन हुआ तो ऐसा प्रतीत हो रहा था, जैसे कई जन्मों के बिछुड़े हुए भाई

मिल रहे हैं। जैसे ही जेल के अंदर पहुँचे, तो वहाँ भी हमारे कुछ साथी पहले से ही जेल के अंदर मौजूद थे। सभी आपस में गले मिल रहे थे। उस समय जो आनंद की अनुभूति हुई, उसे शब्दों में बाँधना मेरे लिए असंभव है।

कारागार की आचार संहिता

अंदर जाकर मालूम हुआ कि वहाँ पर अपने कुछ नियम बनाए गए हैं। श्री राजकृपालजी जिला संघचालक गाजियाबाद उसके प्रमुख हैं। उसी आधार पर हम सबको चलना है।

प्रातः से सायं तक प्रभात फेरी, शाखा लगाना, हवन करना, सत्संग गोष्ठी, संध्या वंदना कार्यक्रम निर्धारित किए गए।

संघ के वरिष्ठ कार्यकर्ता श्री दरबारीलालजी की कर्मठता विशेष रूप से याद रहेगी, जिन्होंने अपने प्रयास से सभी कार्यकर्ताओं को एक ध्वज तले एकत्रित किया। सभी को जाकर जगाना और शाखा के लिए प्रेरित करना, यही उनका दायित्व था।

इसके अलावा कुछ कार्यक्रम ऐसे थे जो अलग-अलग बैरकों के हिसाब से भी चलते थे, लेकिन उससे सामूहिक कार्यक्रमों में रुकावट नहीं आती थी। हमारे साथ ही हरियाणा से आए हुए शिवमंदिर के स्वामी कार्तिकानंद सरस्वती के द्वारा 27 अक्तूबर को अखंड रामायण का पाठ शुरू किया गया, जिसकी व्यवस्था व्यापार मंडल द्वारा की गई थी।

30 अक्तूबर को जैसे ही हम लोगों को मालूम हुआ, कि कारसेवा शुरू कर दी गई है, सभी लोग अत्यधिक प्रसन्नता के कारण पागलों की भाँति दौड़ रहे थे। जेल से मिली हुई थाली और कटोरी को बजाते हुए एक जगह एकत्रित होकर नारे लगे, 'अयोध्या हुई हमारी है, अब मथुरा की बारी है।' कारसेवक हर्षोल्लास के कारण नाच रहे थे। उस समय इतनी प्रसन्नता हो रही थी कि उसे सहन करना भी असंभव लग रहा था।

वट गणेश मंदिर का शिलान्यास

30 अक्तूबर को जिला कारागार में ही शाम को 5.30 बजे आत्मानंद सरस्वती व कार्तिकानंद सरस्वतीजी के द्वारा वट गणेश मंदिर का शिलान्यास किया गया। जेल में ही बनी हुई एक मजार के पास स्थित बरगद के पेड़ से एक प्राकृतिक गणेशजी की प्रतिमा का दर्शन हुआ था। देखते-ही-देखते सैकड़ों ईंटों को जेल से उखाड़कर बरगद के पेड़ के नीचे इकट्ठा कर दिया गया, और गारा मिट्टी से चबूतरा बनाकर स्थान बना दिया गया। शिलान्यास के साथ जेलर भी उपस्थित था।

31 अक्तूबर धिक्कार दिवस के रूप में मनाया गया। वी.पी. सिंह, मुलायमसिंह व लालू यादव के पुतले जेल प्रांगण में जलाए गए। जेलर शर्माजी का स्थानांतरण कर दिया गया, क्योंकि वे हर तरह से कारसेवकों को सहयोग दे रहे थे। प्रशासन को यह सहन नहीं हुआ। उनके स्थान पर दूसरा जेलर आ गया।

2 नवंबर को अयोध्या में शहीद हुए कारसेवकों को श्रद्धांजलि अर्पित की गई, सामूहिक उपवास रखा गया व सभी ने शपथ ली कि जब तक हत्यारों से बदला नहीं ले लेते और अधूरे कार्य को पूरा नहीं कर लेते, हम चैन से नहीं बैठेंगे। 30 अक्तूबर को जो खुशी मिली थी, उसे 2 नवंबर के एक और जलियाँवाला कांड में जो अपने ही लोगों के द्वारा किया गया, समस्त वातावरण को गमगीन बना दिया। उस दिन प्रकृति भी रो रही थी, ऐसे पैशाचिक दुष्कृत्य के लिए, जो निहत्थे कारसेवकों पर किए थे। संस्कृत महाविद्यालय के प्राचार्य श्री रामकिशोर शास्त्रीजी के वक्तव्यों और युवा क्रांतिकारी कवि श्री वागीशजी 'दिनकर' की रचनाओं को सुनकर आँसुओं की झड़ी लग गई।

हम लोगों में जो आत्मीयता व प्यार था, उसको देखकर उसे लगता था, जैसे हमारा बिछुड़ा हुआ परिवार मिला हो। हमारा परिवार इतना विशाल है, इससे पहले कभी इसकी जानकारी ही नहीं थी। सहारनपुर की जनता ने

जो सहयोग दिया, उसका वर्णन नहीं किया जा सकता। ऐसी कौन-सी चीज थी, जो उनके द्वारा उपलब्ध नहीं कराई गई। बार-बार मना करने के बाद भी उन लोगों ने लाखों रुपए का सामान जेल में उपलब्ध करवाया। भोजन-फल आदि की व्यवस्था नित्यप्रति कर रखी थी। टेलीफोन, पत्राचार की व्यवस्था नि:शुल्क ही की गई थी। वे आग्रह करने पर भी पैसे नहीं लेते थे।

—सुभाष बाबू शुक्ल, अलवर

जब हमें मुसलमान समझ लिया गया

25 अक्तूबर को कर्नेलगंज, गोंडा के पास जंजीर खींचकर रेलगाड़ी से करीब 500-600 कारसेवकों के साथ हम पाँच लोग भी उतरे तथा पैदल आगे बढ़े। समय लगभग 6 बजे शाम का था। सूर्य शनै:-शनै: हमसे विदा हो रहा था। हम खेतों व जंगलों के रास्ते से होते हुए विश्राम के लिए पेड़ों के घने झुरमुटों के मध्य पहुँचे। हल्का अँधेरा व चारों तरफ वृक्ष ही वृक्ष। सुरक्षित जगह मानकर दरी बिछाई तथा जो हल्का-फुल्का था, मिल-बाँटकर खा लिया। इन्हीं वीराने झुरमुटों के बीच खुले आकाश तले सोने का मन बनाया। इतने में पेड़ों के पीछे से अचानक हाथों में मजबूत लाठियाँ, जिनके सिरे नुकीले लोहे के थे, लिये हुए 20-25 लोगों ने यकायक हमें चारों ओर से घेर लिया। हम भय के मारे पत्थर हो गए। हमें भय था कि वे लुटेरे होंगे। जैसे-जैसे बात स्पष्ट हुई, हमारा भय अधिक बढ़ गया, क्योंकि हमें एक साथ बढ़ते देख गाँव में यह अफवाह फैल गई कि दक्षिण से मुसलमान गाँव पर चढ़ आए हैं।

गाँव के इन लोगों ने हमें बताया कि प्रधान श्री परमहंस मिश्रा ने लोगों को इकट्ठा कर मुकाबले करने के लिए भेजना शुरू कर दिया। पाँच-दस मिनटों में गाँववालों की तादाद देखकर हम भयाक्रांत से काँप रहे थे।

मैंने हिम्मत बटोरकर उनकी भाषा में समझाने का प्रयास किया कि 'हम हिंदू हैं तथा अयोध्या जा रहे हैं!' इतना सुनते ही अभी तक जो भय हमें सता

रहा था और चंद मिनटों बाद होने वाली किसी संभावित दुर्घटना की कल्पना से गाँववालों को व्यग्र किए जा रहा था, तुरंत दूर हो गया।

स्थिति की नाजुकता को समझकर गाँववालों में से एक ने हम पाँच-छह लोगों को गाँव में साथ चलने का आग्रह किया, जिससे गाँव में फैल रही अफवाह को तुरंत रोका जा सके। अतः संभावित दुर्घटना को टालने के लिए मैं पाँच-छह कारसेवकों सहित तेजी से एक-डेढ़ किलोमीटर दूर गाँव की ओर उन लोगों के साथ पहुँचा। संयोगवश प्रधान वहीं चौक पर अपने लोगों के साथ हमें मिल गए, जहाँ ये गलतफहमी दूर हुई। फिर प्रधान व गाँववालों के अति-आग्रह के कारण हमें झुरमुटों से निकलकर उनके गाँव में उनका आतिथ्य स्वीकार करना पड़ा। चूँकि उस रास्ते में सर्वप्रथम यही दल निकला था अतः गाँववालों तथा कारसेवकों का यह अजीब मिलाप राम-भरत मिलाप सा लगने लगा।

ग्रामवासियों का सेवाभाव देखकर मेरे मानसपटल पर यकायक राम व शबरी की कथा चित्रित हो आई। काश! इन ग्रामवासियों जैसी जागृति देश के प्रत्येक हिंदू में हो।

—श्याम सुंदर लदरेचा

ये बातें याद रहेंगी

रास्ते में स्थान-स्थान पर कारसेवकों के लिए भोजन, चाय व फलाहार आदि की अत्यंत सुंदर व्यवस्था तथा दुर्गावाहिनी द्वारा अत्यंत दुस्साहसपूर्ण सहयोग हम सबको संपूर्ण मुसीबतों को पार कर निरंतर आगे बढ़ने की प्रेरणा देता था।

पैदल मार्ग में जाते समय ऐसा लगता था कि जैसे ग्रामीण बंधुओं को हमारे आने की पूर्व सूचना हो। वनवास के समय प्रभु राम के स्वागतार्थ लोग जिस प्रकार से अपनी पलकें बिछा देते थे, बिल्कुल उसी प्रकार ऐसा लगा कि शायद ग्रामीणों ने कारसेवकों को ही भगवान् का अवतार मान

लिया था। स्थान-स्थान पर प्रौढ ग्रामीणों द्वारा कारसेवकों के जबरन चरण स्पर्श करना, पैर दबाना, यहाँ तक कि साष्टांग प्रणाम करना तथा अधिक चलने के कारण जिन कारसेवकों के पैरों में सूजन आ गई थी, तुरंत हल्दी डाला हुआ गरम तेल मँगवाकर 1-1 घंटे तक स्वयं अपने हाथों द्वारा मालिश करना। आधे घंटे में सबकी भोजन, चाय आदि की पूर्ण व्यवस्था करना, प्रत्येक ग्रामीण समझता था कि मेरे घर की कोई न कोई वस्तु इन कारसेवकों को अवश्य दूँ। एक स्थान पर तो एक ग्रामीण ने अत्यंत दरिद्रावस्था के कारण जब घर में कुछ नहीं पाया तो चबेना खाते कारसेवकों को नमक-मिर्च का ही वितरण किया। ग्रामीण बंधुओं का यह अथाह स्नेह देखकर हमें संकोच का अनुभव होता था। लगता था कि शायद हम प्रेम की भाषा ही नहीं जानते।

अन्य स्थलों पर सी. आर. पी. एफ., पी. ए. सी. तथा पुलिस के जवानों द्वारा दिया गया सहयोग हमें न जाने भविष्य में आने वाले कौन से अत्यंत तेजस्वी समय की ओर इंगित कर रहा था।

एक बात सर्वत्र देखने में आई कि किसी भी ग्रामीण ने अपने गाँव से अयोध्या की दूरी 60-80 कि.मी. से कम नहीं बताई। फैजाबाद पहुँचने पर हमें ध्यान आया कि हमारे जल्दी पहुँचने की कामना तथा साहसवर्द्धन के लिए ग्रामीणों द्वारा दूरी अधिक बताई जाती थी। प्रत्येक ग्राम से दूसरे ग्राम तक 3-4 ग्रामीण हमारे साथ जाते थे। कारसेवकों को पुलिस कहीं दूर दराज के जंगलों में न छोड़ सके इसके लिए ग्रामीणों ने सड़कों पर बड़े-बड़े पेड़ काटकर डाल दिए थे। रात्रि को नाव न चलाने की परंपरा के विपरीत केवटों ने रात्रि के 11 बजे गोमती नदी पार करवाई तथा उतराई देने पर इसी मार्ग से पुनः आने पर अवश्य लेंगे कहकर एक बार पुनः केवट राम संवाद की याद को ताजा कर दिया। प्रभु श्रीराम उन सबको भरपूर आरोग्य तथा दीर्घायु दें तथा उनकी आशानुरूप प्रभु श्रीराम का कार्य हमारे हाथों द्वारा संपन्न कराएँ।

—रामगोपाल राजपुरिया-लोसल (सीकर)

चलो बुलावा आया है

दीपावली के दो दिन बाद से पूरे देश में से कारसेवक अयोध्या को जाने लगे थे। किंतु 23 अक्तूबर को आडवाणीजी की गिरफ्तारी के पश्चात् 24 तारीख को भारत बंद रहा और हिंसात्मक दंगों के कारण 24 तारीख से ही जयपुर में कर्फ्यू लग चुका था, जिसके कारण शहर की चारदीवारी में रहने वाले उत्सुक कारसेवकों का जाना संभव नहीं हो पाया और इसी कारण जहाँ एक ओर प्रतिदिन हजारों कारसेवक जयपुर से रवाना हो रहे थे वहाँ 25 तारीख को जयपुर मूल से सिर्फ 14 कारसेवक रवाना हो सके। इसी बलिदानी जत्थे में मैं स्वयं था। मरुधर एक्सप्रेस बंद हो जाने के कारण हम रात को पैसेंजर से रवाना होकर 26 तारीख की सुबह दिल्ली पहुँचे। वहाँ से काशी विश्वनाथ एक्सप्रेस द्वारा दोपहर 2 बजे लखनऊ के लिए रवाना हुए। चूँकि 5 कारसेवकों का दूसरा गुट कुछ साधारण था इसलिए उन्हें दूसरे डिब्बे में बैठा हम 9 लोग अलग डिब्बे में बैठ गए। हम लोगों ने तय कर लिया था कि हमें चाहे कितनी ही मुसीबतों का सामना करना पड़े, हमें हर हालत में अयोध्या पहुँचना है। इसी क्रम में हमने केसरिया दुपट्टा दिल्ली में ही त्याग दिया, जिससे अधिकतर कारसेवक पकड़े जाते थे। पहले हमने मुरादाबाद तक का टिकट लिया, ताकि पुलिस को शक नहीं हो कि हम लखनऊ होते हुए अयोध्या जा रहे हैं। ज्योंही गाड़ी ने उत्तर प्रदेश की सीमा में प्रवेश किया तो गढ़मुक्तेश्वर से थोड़ा पहले जंगल में गाड़ी को रोककर कारसेवकों को गाड़ी से नीचे उतार दिया। यहीं हमारे दूसरे गुट के 6 लोगों को गिरफ्तार कर लिया। बाद में मुरादाबाद स्टेशन पर करीब 100–150 पुलिसवालों की टोली ने कारसेवकों को पकड़ना शुरू किया और उसमें मेरा भी नंबर आ गया। मुझे सामान सहित नीचे उतार दिया और पुलिस के घेरे के बीच पहुँचा दिया। मुझे बड़ा दुःख हुआ कि मेरे अयोध्या पहुँचने का अब क्या होगा?

जहाँ चाह, वहाँ राह

ईश्वर की कृपा से बातचीत करते हुए पुलिसवालों की एक साइड से रवाना होकर गाड़ी के पीछे की साइड से प्लेटफॉर्म के विपरीत साइड में जाकर अपने पूर्व डिब्बे में आकर बैठ गया। डिब्बे में बाकी लोगों ने मुझे देखा तो हैरानी में पड़ गए। गाड़ी आगे चली और बरेली तथा हरदोई में और भी सख्त चैकिंग हुई। लेकिन अब हम सभी ने एक तरकीब अपना ली थी कि ज्यों ही गाड़ी धीरे होती हम प्लेटफॉर्म के विपरीत साइड में उतर जाते और जब गाड़ी रवाना होती तो वापस चढ़ जाते। इस तरह पुलिस की आँखों में धूल झोंकते हम लखनऊ की तरफ बढ़े जा रहे थे। मुरादाबाद निकलने के पश्चात् हमने टिकट लखनऊ तक का करवा लिया था। पूरी यात्रा के दौरान हमने अयोध्या से संबंधित अन्य यात्रियों से चर्चा नहीं की ताकि सी.आई.डी. द्वारा पकड़े ना जा सकें। हमने लखनऊ से करीब 4-5 किलोमीटर पहले रात्रि 2 बजे गाड़ी चैन खींचकर रोक दी और सभी आठों साथी भाग खड़े हुए। पुनः गाड़ी रवाना होने के पश्चात् एक अधूरे बने मकान में सुबह 5 बजे तक विश्राम किया। सुबह उठकर चिनहट जो लखनऊ से करीब 15 कि.मी. है, गए और वहाँ आनंदजी के यहाँ स्नान किया। इतने में उनकी वृद्ध माताजी ने हम लोगों को आलू के गरम पराँठे खिलाए। आगे की सब बसें, ट्रेनें बंद थीं, इसलिए हमने अपने लक्ष्य तक पैदल ही यात्रा तय करने की सोची। हमने अपना सारा सामान यहीं पर छोड़ दिया। सिर्फ पहने हुए कपड़े थे। चिनहट से अगला शहर बाराबंकी करीब 20 कि.मी. दूरी पर था लेकिन इस मार्ग पर पुलिस बैरियर कई जगह बने हुए थे। इसलिए बजाय एक साथ टोली बनाकर चलने के हमने 200-300 गज की दूरी पर अकेले अलग-अलग चलने का क्रम बनाया, ताकि पुलिस को शक न हो सके और ज्यों ही पुलिस का बैरियर हमें सड़क पर दिखता हम बगल के खेत में होकर बैरियर के आगे निकल जाते थे।

मुस्लिम बंधुओं ने चाय पिलाई

एक गाँव के रेलवे फाटक के पास चाय आदि की दुकान दिखी। हम लोग वहाँ रुक गए, पता चला कि चाय बनानेवाला तथा अन्य जो 4-5 व्यक्ति वहाँ खड़े थे, सभी मुसलमान हैं। हमारी स्थिति देखने लायक हो गई। एक तो शरीर को पानी व चाय की सख्त आवश्यकता और दूसरी तरफ यह भय कि हम यदि इनके पास चाय पियें तो कुछ गलत नहीं पिला दें या पुलिस को नहीं पकड़वा दें। लेकिन उनमें से एक मुस्लिम बंधु ने कहा कि आप कारसेवक हैं तो यहाँ आएँ तथा चाय-बिस्कुट लें। हम आपके स्थानीय कार्यकर्ता साथी को भी बुला देते हैं। आपको आश्चर्य होगा कि हम लोगों को बड़े सम्मानजनक तरीके से उन मुस्लिम बंधुओं ने चाय-पानी पिलाया तथा पैसे हमें नहीं देने दिए और अपने स्थानीय कार्यकर्ता के साथ गाँव के आश्रम में भिजवा दिया, जहाँ 2-3 संत रहते थे। उन संतों ने स्वयं भोजन बनाकर, बड़े प्रेम से हम लोगों को दोपहर का भोजन करवाया। यह गाँव था करिमुल्लापुर। वहाँ से खेतों के रास्ते छोटे-छोटे कई गाँवों में होते हुए रात्रि को एटोरा गाँव पहुँचे। प्रत्येक गाँव के लोग पलक पाँवड़े बिछाए कारसेवकों की टोली का इंतजार करते थे और ज्योंही कोई टोली गाँव के अंदर पहुँचती चारों तरफ 'जय श्रीराम', 'जय श्रीराम' के घोष लगने शुरू हो जाते। लगभग हर गाँव के बीच पेड़ों की छाँव में 5-10 खाट बिछी रहती, जहाँ कारसेवक अपने पसीने सुखाते फिर उन्हें मीठा और पानी दिया जाता।

एटोरा या देवनगरी

एटोरा गाँव के आदर-सत्कार को देख आँखों से आँसू ढलने लगते हैं। बिना किसी व्यक्तिगत परिचय के क्या इस तरह संभव है, यह आश्चर्यजनक है। कारसेवकों की व्यवस्था के लिए ज्योंही हम गाँव में घुसे, लोग हमें बड़े प्रेम से उस स्थल पर ले गए जहाँ कारसेवकों की व्यवस्था थी। रात हो चुकी थी, और बिजली नहीं थी तो उन्होंने पैट्रोमैक्स का प्रबंध किया, और फिर तुरंत

नमक–राई मिला गरम पानी भरकर तसलों में ले आए पैरों को धोने के लिए। उन्हें पता था कि ये लोग काफी थके हुए हैं और इससे इनकी थकान कुछ दूर होगी और इस दौरान जो भाव वे लोग व्यक्त कर रहे थे, हम लोग शायद ही उसके योग्य हों। कह रहे थे, ''राम से बढ़कर हमारे लिए रामभक्त हैं। आप लोग अपनी जान को जोखिम में डालकर इतने कष्ट सहते हुए आ रहे हैं तो क्या हम इस लायक भी नहीं हैं?'' पैरों को सेकने के लिए आग जलाई और फिर वहाँ के ही एक व्यक्ति ने हमारी टोली के कई लोगों के पैरों में सरसों के तेल की मालिश की। सबकुछ अद्‌भुत, बिना किसी स्वार्थ के, ऐसा दृश्य प्रत्यक्ष में मैंने अपने जीवन में पहली बार देखा। हिंदू संस्कृति का 'अतिथि देवो भव: '—भाव चरितार्थ हो गया हो।

मझोला भी कम नहीं

दोपहर को हम मझोला गाँव में पहुँचे तो देखा कि यहाँ भी वही स्थिति। देखने पर ऐसा लगता था कि जैसे सेवा के लिए पूरा गाँव ही लगा हुआ था। वहाँ के (कांग्रेस के लोगों सहित) सबके सहयोग से व्यवस्था चल रही थी। दोपहर का भोजन कर कुछ विश्राम किया तो सभी के पैरों ने जवाब दे दिया। उस समय हम वहाँ 46 कारसेवक हो चुके थे और कोई भी चलने की स्थिति में नहीं था। अगला स्थान सूजागंज लगभग 30 कि.मी. था। हमें सकते में डाल दिया कि हमारी स्थिति देख वहाँ के गाँववालों ने आधा घंटे में 46 साइकिलों तथा साइकिल सवारों की व्यवस्था कर दी, हमें सूजागंज छोड़ने के लिए। इतनी दूर ये लोग साइकिल चलाकर हमें छोड़कर वापस अपने गाँव आए। रास्ते में जिसने उन्हें बैठने के लिए कहा कि आपको वापस भी आना है तो जवाब मिला कि आपको भी तो अभी आगे बहुत दूर जाना है। यह सब हो सकता है कि काल्पनिक लगे, लेकिन जो कुछ मैंने देखा, वह सत्य था। जैसे हिंदू संस्कृति पुन: अपने पूर्व वैभव पर पहुँच चुकी है।

सूजागंज में शाम की चाय लेकर करीब रात्रि के 8:00 बजे रामनगर के

लिए रवाना हुए! वहाँ पहुँचते हमें रात्रि के 12 बज गए। वहाँ के कार्यकर्ता इस समय तक लगभग 100 कारसेवकों को भोजन कराकर सुला चुके थे कि हम लोग पहुँच गए। उन लोगों ने तपने के लिए आग जलाई तथा चाय पिलाई और फिर भोजन कराकर हम लोगों के सोने की व्यवस्था की। इस तरह उन्हें रात्रि का करीब 1:30 बज गया। सुबह हम उठे तो फिर वे कार्यकर्ता चाय बनाकर तैयार। यह देख हमें बहुत ही आश्चर्य हुआ कि निस्स्वार्थ भाव से किस तरह कई दिनों से इस गरीबी की हालत में भी ये लोग लगे हुए थे। आज 30 तारीख हो चुकी थी और हम अयोध्या नहीं पहुँच सके, इस बात का हमें बेहद दुःख था। रामनगर से सुबह रवाना होकर दोपहर में दिनकरपुर पहुँचे, जहाँ पांडेजी के यहाँ भोजन की व्यवस्था थी। रास्ते में गाँवों में जगह-जगह वो ही आदर-सत्कार। लोग यह कहते थे कि क्या करें भैया, हमारे राज्य में ऐसा पापी मुख्यमंत्री हुआ है जो आप लोगों को इतनी तकलीफ दे रहा है। हम आपका सत्कार करके उसके पापों का प्रायश्चित्त कर रहे हैं।

'दिनकरपुर' पहुँचते-पहुँचते मेरी हालत बिगड़ गई। बुखार व जुकाम हो गया तथा पैरों में मोटे-मोटे छाले पड़ गए। चलने की स्थिति बिल्कुल नहीं रही। दवाई वगैरह लेकर वहाँ कुछ विश्राम किया और फिर कुछ चावल-दाल खाए। दोपहर समाचार सुने तो हम लोगों का मन उदास हो गया कि आज सुबह कारसेवा प्रारंभ नहीं हो सकी। लेकिन करीब 4 बजे दिनकरपुर से रवाना होकर ज्योंही सड़क पर आए तो प्रेस की एक गाड़ी से कारसेवा प्रारंभ के समाचार जानकर हम लोग खुशी से झूम उठे। चारों तरफ सड़क पर जय श्रीराम के घोष लग रहे थे। इस उत्साह के नए संचार ने मेरे बुखार व पैरों का दर्द गायब कर दिया और हम तेज गति से आगे बढ़ने लगे। रात्रि को हम सुचितागंज बाजार पहुँचे। वहाँ लगभग 150-200 कारसेवक पूर्व में आए हुए थे और हम 60 कारसेवक और पहुँच गए। वहाँ दो होटलवालों ने अपनी तरफ से लंगर चला रखा था। एक परचूनी के दुकानदार के बारे में लोग बता रहे थे कि वैसे तो वह बड़ा कंजूस है, लेकिन अभी उसने कह रखा है कि कारसेवकों के भोजन के लिए जो सामान जितना चाहिए मेरे यहाँ से

ले जाएँ। सोचिए कि लोगों के भाव कितने जागृत हुए हैं। भोजन करके रात्रि को वहाँ विश्राम किया। सुबह चाय-नाश्ता करके हम लोगों ने अयोध्या के लिए प्रस्थान किया। कुछ मुस्लिम बाहुल्य गाँवों से तथा पुलिस की चौकियों से बचाते हुए ग्रामीणों ने शाम तक हमें अयोध्या पहुँचा दिया। इस क्रम में मैं यह उल्लेख करना चाहूँगा कि प्रत्येक गाँववालों ने अगले गाँव तक रास्ता बताने की दृष्टि से कोई-न-कोई व्यवस्था कर रखी थी तथा वे लोग चारों तरफ की ताजा जानकारी रखते थे, ताकि कारसेवक पकड़े ना जा सकें। वहाँ के स्थानीय लोगों के इतने प्रबल सहयोग और प्रेम के कारण ही हम अयोध्या पहुँच पाए। साथ में रखी हुई सूखी खाद्य सामग्री उपयोग में ही नहीं आई, क्योंकि आगे से आगे भोजन व्यवस्था तैयार रहती थी और यह व्यवस्था बिना किसी संचालक के कई दिनों से निर्बाध रूप से चल रही थी। उससे जुड़ा हुआ प्रत्येक व्यक्ति ही मानो संचालक हो। सुचितागंज बाजार से रवाना होकर हम पंडितपुर गाँव में पहुँचे। चूँकि अभी सुबह के 9 ही बजे थे, अतः वहाँ से सभी ने भोजन के पैकिट साथ लिये। क्योंकि आगे नहर के किनारे चलना था जहाँ भोजन व्यवस्था नहीं थी। इस तरह 5 दिन में लगभग 250 कि.मी. पैदल चलकर शाम होते-होते हम अयोध्या पहुँच गए। अयोध्या के अंदर पहुँचाने में भी यू.पी. पुलिस ने सहयोग किया। अयोध्या में पहुँचते ही लगा मानो राम की नगरी कारसेवकों का सत्कार करने के लिए उमड़ पड़ी हो। जगह-जगह चाय-भोजन की व्यवस्था। चारों तरफ कारसेवक ही कारसेवक नजर आ रहे थे। रात्रि को भोजन कर एक आश्रम में विश्राम किया तथा 30 तारीख की हुई कार्यवाही की जानकारी ली।

1 नवंबर को सुबह मनीराम छावनी में कई लोगों ने कई लोगों के भाषण प्रवचन का श्रवण किया। 5 दिन पश्चात् आज दोपहर में सरयू नदी के पवित्र जल में स्नान कर अपनी थकान मिटाई। भोजन कर वहीं विश्राम किया। इसी बीच जयपुर मंदिर जानकी घाट में मैं अपने श्रद्धेय गुरुजी से मिलने गया। उन्हें गर्व हुआ कि उनका शिष्य जन्मभूमि की कारसेवा के लिए आया है। तीर्थस्थलों से भरा यह उत्तर प्रदेश एक तरफ तो हिरण्यकश्यप

रूपी मुलायमसिंह के अत्याचारों से आतंकित था, लेकिन दूसरी तरफ इसका उज्ज्वल भविष्य परिवेश जिसका मैं वर्णन कर चुका हूँ, से लवलीन था, उसके अत्याचारों को मात दे रहा था। ये हिंदू संस्कृति के इतिहास के गर्वोक्ति के उज्ज्वल पृष्ठ हैं। लेकिन 2 नवंबर की जो घटना मैंने अपनी आँखों से देखी, वह ऐसा काला पृष्ठ है, मानो मुलायमसिंह ने जनरल डायर व बाबर-औरंगजेब को भी बहुत पीछे छोड़ दिया हो। इतना क्रूर कोई हो भी सकता है, ऐसा इतिहास ने सोचा भी न होगा।

—सत्यनारायण गुप्त, जयपुर

(ग) हे रामलला! हम आ पहुँचे

वर्तमान शताब्दी के सबसे महान् धर्मनिरपेक्ष चिंतक महात्मा गांधी ने अपने पत्र 'नवजीवन' में एक बार लिखा था—

"काशी विश्वनाथ की भव्य मूर्ति मौलाना हसरत मोहानी के नजदीक एक पत्थर का टुकड़ा हो, पर मेरे लिए तो वह ईश्वर की प्रतिमा है। मेरा हृदय उसके दर्शन करने को द्रवित होता है। यह श्रद्धा की बात है! जब मैं गाय का दर्शन करता हूँ, तब मुझे किसी भक्ष्य पशु का दर्शन नहीं होता, बल्कि उसमें मुझे एक करुण काव्य दिखाई देता है। मैं उसकी पूजा करूँगा और बार-बार करूँगा। और यह सारा जगत् मेरे विरुद्ध उठ खड़ा हो तो उसका मुकाबला करूँगा। ईश्वर मुझे पत्थर की पूजा करने की श्रद्धा प्रदान करता है।"

महात्मा गांधी का नाम लेकर अपनी कुटिल राजनीति का खोटा सिक्का लगभग 70 वर्षों तक चलाकर सत्ता-सुख भोगने वाले 'नेता' अपने बापू की एक भी बात पर न तो कभी चले हैं और न चलेंगे। उन्हें तो राजगद्दी चाहिए, भले ही इसके लिए देश, धर्म, ईमान सबकुछ बेचना पड़े। मुस्लिम तुष्टीकरण की सनक में उन्होंने हिंदुस्तान देश को 'इंडिया दैट इज भारत' कहकर संबोधित करना ठीक समझा। यही नहीं बल्कि उन्हें 'भारत' शब्द में भी दकियानूसी सांप्रदायिक और संकीर्ण होने की गंध आने लगी। पार्टी में इस

बात पर अच्छी खासी बहस छिड़ गई। इसीलिए डॉ. श्यामा प्रसाद मुखर्जी को पं. जवाहरलाल नेहरू के नाम पत्र लिखना पड़ा—

''क्या हम भारतवासी आज इतने अध:पतित हो गए हैं कि अपने प्रिय स्वदेश में उसके सच्चे और ऐतिहासिक प्राचीन नाम 'भारत' को भी बरकरार रखने में शर्म करते हैं। कांग्रेस पार्टी को क्या सूझा कि वह अपनी ही पार्टी में इस नाम को लेकर वाद-विवाद व वितंडावाद उत्पन्न कर रही है। इससे तो कहीं अच्छा होता कि इस देश को जीवित ही नहीं रखा जाए।''

नकली धर्मनिरपेक्षता के पक्षधर ये बौद्धिक वाग्विलासी तथा हजरत मुलायमसिंह यादव तो यह कल्पना भी नहीं कर सकते थे कि 29 अक्तूबर, 1990 की रात आते-आते एक प्रचंड, अहिंसक, दृढ़, निश्चयी, ऐतिहासिक तूफान अयोध्या के भीतर-बाहर दबे-पाँवों आकर बैठ चुका है। अयोध्या और फैजाबाद के घर-घर में पाँच-पाँच, दस-दस रामभक्त कारसेवक रुके हुए थे। कर्फ्यू था, किंतु हर घर के द्वार खुले थे। पुलिस की गश्त-टोली से नजर बचाकर दौड़ते हुए कारसेवकों की टोलियाँ किसी भी घर में घुस जातीं और घर के सदस्यों में मिल जाती थीं। मणिरामदास छावनी तथा दिगंबर अखाड़े जैसे प्रतिष्ठित मठों में भी हजारों कारसेवक जमा हो चुके थे। तीन लाख से ज्यादा कारसेवक तो जेलों में बंद कर दिए गए थे। तो भी 30 अक्तूबर की भोर से पूर्व कम-से-कम दो लाख कारसेवक अयोध्या पहुँच चुके थे। सरयू के पार माँझा क्षेत्र में भी 50 हजार राम सेनानी डेरा जमाए हुए थे। यह स्थान गोंडा जिले में आता है।

ऐसा भी नहीं था कि सुरक्षा बलों को इस विराट् राम-सेना की उपस्थिति की भनक ही न हो। पर उन्होंने अपने कान और नेत्र उस दिन प्रभु श्रीराम को समर्पित कर दिए थे। श्रीरामजन्मभूमि के इर्द-गिर्द कई दिनों से खेतों, झाड़ों में भूखे-प्यासे 'राम नाम' के सहारे ठिठुरते-काँपते वे कैसे रातें बिता रहे हैं, यह बात कुछ अधिकारियों और जवानों को ज्ञात थी। वे अपने भोजन में से उनको पूड़ियाँ भी देते थे, ताकि कारसेवक भूखे न रहें।

यह अंदर की बात है

देश भर में कारसेवकों ने एक नारा बड़े ही आत्मविश्वास के साथ गुँजाया—'यह अंदर की बात है, पुलिस हमारे साथ है।' और सचमुच यह बात सही थी। कुछ 'बाल-खाल-उतार सेवा' के विशेषज्ञ पुलिस के इस सहयोग को बगावत, देशद्रोह, कर्तव्यविमुखता तथा विश्वासघात जैसे भारी-भरकम नाम देकर दंडनीय अपराध बताते नहीं थकते। उन्हें शायद मंगल पांडे तथा चंदरसिंह गढ़वाली याद नहीं आते, जिन्होंने अपने ही देशवासियों पर गोली चलाने से इनकार करने के कारण इतिहास में नाम सुरक्षित कराया है। रामभक्त पुलिस ने राजकाज में भरपूर सहयोग न किया होता तो सफलता इतनी सरल नहीं थी। रामशिला पूजन, रामज्योति-यात्रा एवं कारसेवकों को अयोध्या पहुँचने में सहयोग तथा 30 अक्तूबर के ऐतिहासिक दिन कई प्रकार से मदद करके पुलिसबलों ने अविस्मरणीय कार्य किया है। मोतीगंज थाने में तो स्वयं थानेदार ने कारसेवकों के लिए जलेबी और लड्डू मँगवाए। लखनऊ के पुलिस अधीक्षक ने स्वयं को रामभक्त घोषित करते हुए कारसेवकों के लिए पूड़ी-साग का प्रबंध कराया और शिव मंदिर में उनके ठहरने की व्यवस्था कराई। लखनऊ में ही दुबग्गा सब्जी मंडी को जेल में बदल दिया गया। वहाँ महाराष्ट्र के कारसेवकों ने ईंटों से राम मंदिर का मॉडल बना डाला। उनके उत्साह के कारण आनन-फानन में 35 हजार रुपए इकट्ठे हो गए। 100 × 40 फीट का एक प्लाट खरीदा गया। कैदी कारसेवकों ने कारसेवा शुरू कर दी। शिवलिंग स्थापित हो गया। एक स्थानीय महात्मा की अध्यक्षता में निर्माण समिति बनाकर मंदिर उसे सौंप दिया गया। मंदिर का नाम रखा गया—बलिदानेश्वर महादेव।

रेलगाड़ियों में भी पुलिस ने खानापूर्ति की तलाशी लेकर रामभक्तों को आगे बढ़ने दिया। चैकपोस्ट तथा बैरियरों पर भी स्वयं ही बता दिया कि हम चार-पाँच लोग खड़े होंगे, हमें धक्का देकर आगे भाग जाना, हम पीछा नहीं करेंगे। सरयू पुल तथा जन्मभूमि परिसर में रामभक्तों पर गोली चलाने वाले कई हत्यारों को पुलिस के जवानों ने गोलियों से भून डाला। कई बंदूकों की

नालों पर डंडे मारकर निशाने गलत कराकर भी बहुत से कारसेवकों की रक्षा जवानों ने ही की। कुछ पुलिसवालों ने वर्दी सहित रामलला के दर्शन करके पूजा की तथा हथियार फेंक दिए। सेना के जवानों की कहानी भी इन्हीं से मिलती-जुलती है। पी.ए.सी. तथा पुलिस से शस्त्र रखवा लेने की कार्यवाही भी इसी बात का सबूत है। केंद्रीय रिजर्व पुलिसबल के एक जवान ने क्षुब्ध होकर कहा—

"कौन चलाना चाहता है अपने भाइयों पर गोली! मैंने तो एक भी फायर नहीं किया अब तक। लेकिन हम क्या करें, कुछ गैर-हिंदू अधिकारी साधु-संतों और नौजवानों पर गुस्सा निकालना चाहते हैं।" उसने 61वीं बटालियन के कमांडेंट के द्वारा सरयू पुल पर स्वचालित एस.एन.आर. से अंधाधुंध गोलियाँ चलाने का रहस्य भी खोल दिया। अन्य जवानों ने भी कई अफसरों के नाम ले-लेकर गालियाँ दीं। राजमाता विजयाराजे सिंधिया की गिरफ्तारी के समय भी एक जवान ने चीख-चीखकर घोषणा कर दी थी कि वह गोली नहीं चलाएगा।

रेलों की कृपा, बसों की मेहरबानी

अपने राम की जन्मभूमि के इस मुक्ति-महा अभियान में इस बार संपूर्ण राष्ट्र जुट पड़ा था। जिसके लायक जो सहयोग था उसने देने में न तो कोताही बरती और न झिझक दिखाई। बसों के ड्राइवरों तथा कंडक्टरों ने या तो पैसे ही नहीं लिये या फिर सीधे लंबे टिकट न बनाकर टुकड़ों में बनाए, ताकि रास्ते में गिरफ्तार होने पर कारसेवकों के पैसे बेकार न जाने पाएँ। कच्चे घुमावदार मार्गों से बसें आगे बढ़ाकर और भी न जाने कितनी प्रकार से कारसेवकों की सहायता उन रामभक्तों ने की!

रेलगाड़ियों के ड्राइवरों, गार्डों, टिकट चैक करने वाले दलों तथा स्टेशन मास्टरों की सेवाएँ तो इतनी हैं कि उनका संपूर्ण प्रामाणिक विवरण देने बैठें तो एक ग्रंथ उसी पर तैयार हो जाए। स्टेशनों से आगे जाकर गाड़ियाँ रोककर कारसेवकों को गाड़ियों में चढ़ाने; जंगलों और सुनसान जगहों पर गाड़ियाँ

रोककर रामभक्तों को उतारकर, खेतों में छुपने या आगे बढ़ने में मदद करने तथा प्रथम श्रेणी और वातानुकूलित डिब्बों में कारसेवकों को यात्रा कराकर अयोध्या तक पहुँचने का मार्ग प्रशस्त करने में जो अविस्मरणीय भूमिका रेल कर्मचारियों की रही है, उसे हिंदू समाज युग-युग तक दोहराएगा, याद करेगा, सराहेगा। उदयपुर (राजस्थान) के चंद्रप्रकाश चेचाणी बताते हैं कि एक टी.टी.ई. ने तो लखनऊ में 115 रुपए का नाश्ता कारसेवकों को कराया। उस डिब्बे में मुख्य गुंबद पर भगवा ध्वज फहराने वाले गंगानगर निवासी रवि भी थे। वह डिब्बा गंगा-जमुना एक्सप्रेस का वातानुकूलित था। मजे की बात यह भी थी कि सारे कारसेवक उसमें बिना टिकट बैठा लिये गए थे।

जब ऐसी होड़ मची हो रामभक्ति की, ऐसी हवा चली हो हिंदुत्व के जागरण की तथा ऐसी उत्ताल लहर उठी हो जनमानस में कारसेवा की तो कौन-सी मनहूस बाधा हो सकती थी जो अयोध्या की ओर बढ़ रहे उन सुदृढ़ चरणों को रोक पाती।

कई-कई सौ किलोमीटर पैदल चले वे इंजीनियर, प्रोफेसर, लेखक, पत्रकार, उद्योगपति, अस्सी वर्ष के वृद्ध अंधे सूरदास रामभक्त, एक टाँग और बैसाखी वाले वीर, 15 वर्ष से भी कम आयु के बालक, सर्व सुविधासंपन्न राजनेता और न जाने कौन-कौन जो कभी एक किलोमीटर भी पैदल नहीं चले थे। अंबाला के स्थूलकाय लेखक श्री बलवंतराय गर्ग 110 किलोमीटर पैदल चले। एक पुलिस इंस्पेक्टर ने मोटरसाइकिल पर बैठाकर 30 अक्तूबर को प्रात: 5 बजे उन्हें अयोध्या पहुँचाया तथा श्रीरामजन्मभूमि के पीछे स्थित ऐतिहासिक दशम पादशाही गुरुद्वारे में ठहरा दिया। यहीं से उन्होंने वह घृणित, क्रूर, पाशविक गोलीकांड अपनी आँखों से देखा और कलमबद्ध किया। 62 वर्षीय विख्यात विद्वान आचार्य विष्णुकांत शास्त्री जो 37 वर्षों तक विश्वविद्यालय में प्राध्यापक रहे, लिखते हैं—

''रात्रि आठ बजे से सुबह चार बजे तक बिना रुके हम चलते रहे।'' कविवर बच्चन की भाषा में वे कहते हैं—''चाँदनी में वह सफेदी थी कि जैसे धूप ठंडी हो गई हो। हँसते-गाते, नारे लगाते, हम लोग गाँव-गाँव

होते चले। हर गाँव में बच्चे-बच्चियाँ, बूढ़े-बूढ़ियाँ, जवान 'जय श्रीराम' कहकर हमारा स्वागत करते। अक्षरशः हम सारी रात चलते रहते थे।'' हिंडौन (राज.) के 75 वर्षीय वकील श्री सूरजमल अग्रवाल तो युवकों के प्रेरणास्रोत ही बन गए।

ओह! वह प्यार और वह सत्कार

अयोध्या के रास्ते में उत्तर प्रदेश के घर-घर में जो प्यार की गंगा बह रही थी, जो सत्कार का सागर लहरा रहा था वही तो रामभक्त कारसेवकों की प्रेरणा बना। थके-हारे कारसेवकों के पैर अपने हाथों से घंटों दबाकर पुरुषों ने अपना धर्म निभाया तो माताओं-बहनों ने उनके घायल, छालों भरे, सूजे हुए लहूलुहान पाँवों को नमक के गर्म पानी, हल्दी के सेक तथा अन्य उपचारों से राहत देने में रात-दिन एक कर दिया। रात-दिन जाग-जागकर भोजन और चाय तैयार करके वे कारसेवकों की सेवा करती रहीं। सारे घर के बिस्तर कारसेवकों को देकर पूरे के पूरे परिवार जागते रहे। इन अलौकिक दृश्यों को तथाकथित प्रगतिशील और दुराग्रही नकली धर्मनिरपेक्षता के हामी देख लेते तो देश से क्षमा माँगकर प्रायश्चित्त करते नजर आते।

सम्मुख था, ऐसा विकट व्यूह

40 हजार सुरक्षा सैनिक सामने हों तो कोई भी मान लेगा कि निहत्थे कारसेवक बीस कदम भी आगे नहीं बढ़ पाएँगे। लगभग बीस हजार आठ सौ जवान तो मंदिर की सुरक्षा के ही लिए तैनात थे। आठ हजार अयोध्या के चारों तरफ फैले थे तथा ग्यारह हजार के लगभग शहर की गलियों में अड़े थे। इन सबके बल पर ही तो मुलायमसिंह की गर्जना सुनाई पड़ रही थी कि एक चुहिया भी चलकर तथा परिंदा भी उड़कर तथाकथित बाबरी मस्जिद तक नहीं पहुँच पाएगा। लेकिन प्रशासन यह नहीं जानता था कि कारसेवक किस मिट्टी के बने हैं। सरयू के पुल को रोके दो हजार सशस्त्र जवान खड़े थे, परंतु उन्हें आभास तक नहीं था कि पुल के उस पार कम-से-कम 25

हजार कारसेवक तूफान से पहले की शांति की भाँति, डेरा डाले चुपचाप डटे हैं। और तो और चौकन्ने गुप्तचरों तथा पत्ते-पत्ते की खबर रखने वाले सुरक्षा अधिकारियों को कल्पना तक नहीं थी कि विश्व की अनूठी मानी जा सकने वाली उस अजेय, अभेद्य व्यूह रचना को भेदकर सारे अभियान के प्राण श्री अशोक सिंघल 28 तारीख को ही अयोध्या में आ चुके हैं। इतना ही नहीं, बल्कि वे अगली सारी रणनीति का निर्धारण करते हुए बैठकें भी ले रहे हैं। अयोध्या के प्रमुख संत परमहंस रामचंद्रदासजी महाराज एवं महंत नृत्यगोपालदास की छाया भी पुलिस अब तक नहीं छू पाई थी। पुल से परे हटकर सरयू घाट के रामभक्त नाविक एक बार पुनः इतिहास दोहराने को सन्नद्ध खड़े थे। बार-बार कहने पर भी उतराई न लेते हुए, वे हजारों कारसेवकों को रात भर नाव चलाकर पार भी उतार चुके थे।

वह रात, जागरण वाली थी

जी हाँ! वह जागरण की ही रात थी। मुलायमसिंह जागते रहे थे, इस चाव में कि कल 30 अक्तूबर को डेढ़ कारसेवक भी उनकी प्रिय मस्जिद की ओर नहीं बढ़ पाएगा तो मैं किन शब्दों में अपनी महान् विजय का बखान दूरदर्शन पर करूँगा? पुलिस के जवान जागते रहे, इस ऊहापोह में कि रामभक्तों पर गोली चलाने का पाप भी न करना पड़े और कर्तव्यविमुखता के दंड के भी भागी न हो पाएँ, ऐसी तरकीब क्या हो सकती है? संत, महंत, धर्माचार्य और श्री अशोक सिंघल जागते रहे, इस चिंता में कि अपने वीर निहत्थे कारसेवकों के जीवन सुरक्षित रखते हुए भगवान् की जन्मभूमि पर कारसेवा कैसे करा सकेंगे? लाखों कारसेवक जागते रहे, इस ललक, उछाह और सौभाग्य की प्रतीक्षा में कि कब दिन निकले और हमें अपने आराध्य रामलला के श्रीचरणों में जीवनपुष्प चढ़ाने का सुखद संयोग मिले। अयोध्या के निवासी जागते रहे अपने देवी-देवताओं की वंदना करके यह प्रार्थना करते हुए कि इन लाखों रामभक्तों का बाल भी बाँका न हो और सुरक्षा बलों के दिलों में बैठा उनका राम जागकर उन्हें आदेश दे-दे कि वे शस्त्र

नीचे करते हुए कारसेवकों को आगे बढ़ने दें। विश्व भर के पत्रकार और कैमरामैन जागते रहे उन स्थलों की खोज में, जहाँ से वे कल के इतिहास को अपनी आँखों, कैमरों और कलमों में उतार सकें, और हमारे रामलला जागते रहे इस उत्सुकता और जिज्ञासा में कि मेरे भक्त कल की गोलियाँ छातियों पर झेलते हैं कि पीठों पर! हवाएँ, तारकमालाएँ, अनंत आकाश और धवल चंद्रमा जागते रहे, उन रामसेनानियों पर आशीषों की वर्षा करने में जो कल अपने प्राण हथेली पर लेकर निहत्थे मशीनगनों की गोलियों की बौछारों में सीने उघाड़े अपने रामलला की जन्मभूमि पर बलिदान होने के लिए हुमक-हुमक कर आगे बढ़ेंगे। इतिहास जागता रहा, इस चिंता में कि मैं अनुपम बलिदान के उन क्षणों को कैसे सहेजकर अमर करूँगा—और माँ सरयू जाग रही थी, उस पावन रक्त के अपनी जलराशि में आ मिलने की आशंका से बहती हुई जो कल अयोध्या की गलियों और उसके पुल पर बहने वाला है। उस रात तो स्वयं नींद भी जागी थी। पल-पल का मोल अतोल और अनमोल हो उठा था। उस रात आँखें जाग रही थीं, हृदय बेतरतीब तेजी से धड़क रहे थे, मन अशांत और अस्थिर होकर बेहद आशंकित हो चले थे, साँसें कभी उत्तप्त तो कभी बर्फानी हो उठती थीं।

□

लोकशक्ति का नृसिंह प्रकटा

29 अक्तूबर की रात का जायजा लेते हुए वरिष्ठ पत्रकार और चिंतक भानुप्रताप शुक्ल कहते हैं—

"प्रात: 6 बजे से लेकर रात 11 बजे तक वे खोजी पत्रकार उन कारसेवकों की खोज करते रहे, जिन्हें कल कारसेवा करनी थी। जब उन्हें कोई कारसेवक नहीं मिला तो थककर अपने होटल के कमरे में लौट आए। कहने लगे—यहाँ आना व्यर्थ गया।"

"इस अभेद्य सुरक्षा व्यवस्था और अजेय सुरक्षा बल की दीवार भेदकर अयोध्या तक कारसेवकों का आना असंभव है। अब तो यदि कोई किसी हैलीकॉप्टर से एक फावड़ा जन्मभूमि पर गिरा दे या कहीं दूर से किसी प्रकार उस भूमि को छू भर ले तो हम यह लिख देंगे कि श्रीरामजन्मभूमि पर कारसेवा शुरू हो गई।"

कारसेवा के सत्य को समय से पूर्व प्रत्यक्ष सड़क पर देखने को उत्सुक पत्रकारों की निराशा का आलम यह था कि वे श्री भानुप्रताप शुक्ल से बोले—

"कल कारसेवा होगी, यह कहकर क्यों मजाक करते हैं आप? बहुत बढ़-चढ़कर बोलते थे विश्व हिंदू परिषद् वाले। आखिर बाजी मुलायमसिंह के ही हाथ लगी।"

'राजस्थान पत्रिका' के अत्यंत साहसी युवा संवाददाता गोपाल शर्मा, जिन्होंने सनसनाती गोलियों के बीच खड़े रहकर सबकुछ देखा था, लिखते हैं—

''सौ-सौ कदमों पर बनी स्टेनगनों से लैस जवानों की पंक्तियों के बीच से गुजरते समय सचमुच यह एहसास हुआ कि कारसेवा होना तो दूर, उसकी बात यहाँ सोचना भी एक अनहोनी कल्पना करना है। इसके बाद जब जन्मभूमि की व्यूह रचना देखी, जहाँ मंदिर में प्रवेश करने वाले गलियारे से पूर्व ही तीनों रास्तों को इस्पात के जमीन छूते बैरियरों से रोककर मंदिर के आगे सींखचे लगा दिए गए थे तो सरकार का यह दावा सच लगा था कि यहाँ परिंदा भी पर नहीं मार सकता। लोहे की रेलिंग मंदिर के चारों तरफ लगी थी, जिन पर कँटीले तार लिपटे थे और आदेश था कि इन पर हमेशा करंट दौड़ता रहना चाहिए।''

लो, आ गई एकादशी

विक्रम संवत् 2047 के कार्तिक मास का शुक्ल पक्ष और देवोत्थान एकादशी का वह ऐतिहासिक दिन। राजस्थान पत्रिका के चर्चित दिलेर संवाददाता श्री गोपाल शर्मा ने उस भोर को अयोध्या में उतरते ऐसे देखा—

"देवोत्थान एकादशी को सूर्यवंश की राजधानी रही अयोध्या में सूर्य निकला तो उसकी आभा में जैसे कुछ ज्यादा लालिमा थी। रात भर का तनाव उत्तेजना और जोशो-खरोश में बदल गया था। 29-30 अक्तूबर की रात को अयोध्या में शायद ही कोई सोया हो। तैनात जवानों की चहलकदमी, मठ-मंदिरों में रातभर कारसेवकों की धर-पकड़ और सरयू पुल के पार जमे हुए रामभक्तों को खदेड़ने की कोशिशों से पूरे अयोध्या में तनाव फैला हुआ था। लेकिन कारसेवक अडिग थे। अयोध्यावासियों के अदम्य साहस और सहयोग से रामजन्मभूमि की ओर रामभक्तों का प्रस्थान अवश्य होगा, इसमें रंचमात्र भी संदेह नहीं रह गया था। रही-सही कसर फैजाबाद के नागरिकों ने पूरी कर दी। उन्होंने फैजाबाद की सीमा पर एक किलोमीटर तक का रास्ता पेड़ काटकर, ड्रम डालकर, ट्रकों की हवा निकाल कर, उन्हें बीच में गड्ढा करके अवरुद्ध कर दिया था, ताकि पुलिस कारसेवकों को गिरफ्तार करके बाहर नहीं ले जा सके।''

प्रख्यात स्वाधीनता सेनानी तथा क्रांतिकारी लेखक, कवि और पत्रकार श्री वचनेश त्रिपाठी ने एक दिन पहले ही अर्थात् 29 अक्तूबर, 1990 को गगन के शिखर पर चमचमाते सूर्य को चेतावनी देते हुए कहा था—

दोपहर के सूर्य! इतना मत तपो, शाम होगी, तुम्हें ढलना होगा।
आज झुलसा रहे हो दुनिया को, सर्द सागर में तुम्हें गलना होगा।।
घुमड़ते मेघ दल को भूलो मत, मुँह छिपाने में शर्म आएगी।
उमड़ता आ रहा है जो तूफान, 'धूल' कहना तुम्हारी भूल होगी।
किसी की चीख पर तुम हँस रहे हो, कल तुम्हें तन्हा ही रोना होगा।।
दूर वीराने में खड़ा खामोश रूखा-सा, उसी पर्वत पर तुम्हें उगना होगा।
इस कदर मत तपो ऐ शाहे वक्त! रात होगी, तुम्हारा नामोनिशाँ क्या होगा?
सात घोड़ों पे तुम्हें आज नाज है, ये ही बिदके तो अंजाम तेरा क्या होगा?

कितना सही अनुमान लगाया था, कवि की भविष्य के भी पार देख लेने वाली कल्पना-दृष्टि ने।

और 'पाञ्चजन्य' साप्ताहिक के संपादक रह चुके लेखनी और चिंतन के धनी प्रख्यात पत्रकार श्री भानुप्रताप शुक्ल के साथ तो इतिहास ही उस दिन बतियाता चल रहा था—

"यही हुआ उस दिन। इतिहास और हम साथ-साथ चल रहे थे। हम मौन थे, किंतु इतिहास मुखर था। वह हमारे कान में हौले से कह रहा था कि देश को अपमान और पराजय के रौरव नरक से मुक्त कराए बिना तुम अपनी पहचान प्राप्त नहीं कर सकोगे। स्वयं से अपरिचित लोग किसी सराय का निर्माण तो कर सकते हैं, किंतु राष्ट्र की सृष्टि नहीं कर सकते।

मैं तुम्हारी बगल में खड़ा हूँ। मुझे देख लो और भूतकाल की कारा से मुक्त करके कम-से-कम एक बार उस भविष्य की एक झलक तो दिखा दो, जो वर्तमान का मार्गक्रमण करके तुम्हारा, तुम्हारे राष्ट्र का गौरवमय अतीत बनने की प्रतीक्षा कर रहा है।"

बिगुल बज गया, प्रस्थानों का

लो सज गए काफिले। लो बज उठा प्रयाण का बिगुल। मंदिरों पर लहराती धर्म ध्वजाओं ने आशीष बिखेरे; गूँजते घंटों-घड़ियालों और शंखनादों ने प्रशस्ति गीत गाए; पंछियों ने मधुर तान छेड़कर विजय के मंत्र पढ़े और गगन ने कुंकुम बिखेरा। मलय पवन मंगलाचरण करती हुई आगे-आगे चल रही थी। गली-गली 'जय श्रीराम' के नारों से भर उठी। नौ बजकर, दस मिनट पर मणिराम छावनी का सिंह द्वार खुला था। विश्व भर में चर्चित, वज्र संकल्प की साकार प्रतिमा, दधीचि सी देहयष्टि और उन्हीं सी अस्थिदान वाली सन्नद्धता धारे इस संपूर्ण अभियान के सर्जक और सूत्रधार श्री अशोक सिंघल प्रसन्न विजयी मुद्रा में वहाँ प्रकट हुए। मुलायमसिंह सरकार की कल्पनातीत व्यूह रचना को रौंदते हुए, वे दो दिन पूर्व ही अयोध्या में आ जमे थे। पुलिस के छद्म वेश में आने की बात उड़ाकर प्रशासन अपनी नाक बचाने और भद्द उड़ने से रोकने का असफल प्रयास कर रहा था। परंतु यह सच नहीं था। राजस्थान पत्रिका के संवाददाता श्री गोपाल शर्मा को उन्होंने स्वयं ही बताया था कि पेंट-कमीज तो मैंने जरूर पहनी थी, किंतु पुलिस अधिकारी का वेश मैंने धारण नहीं किया था।

अब अशोक सिंहल सिंह द्वार से चलकर सड़क पर आ गए थे। वाल्मीकि रामायण भवन के पिछले द्वार से भीतर जाकर जैसे ही वे बाहर आए तो महंत नृत्यगोपालदास, स्वामी वामदेव, विवेकानंदजी महाराज आदि अनेक संत उनके साथ थे। देखते-ही-देखते टिड्डीदल की भाँति उमड़ते हुए कारसेवकों के दल वहाँ आ डटे। पत्रकारों की बंद कलमें बाहर आ गईं। बोझ प्रतीत हो रहे कैमरे खटाखट करके जाग पड़े। पलक झपकते ही 50 हजार से भी अधिक कारसेवकों की विशाल वाहिनी जमा हो गई। हनुमानगढ़ी चौराहे तक आते-आते तो यह संख्या एक लाख को भी पार कर गई थी। सब हक्के-बक्के, प्रशासन हतप्रभ, पत्रकार चकित, सुरक्षा बल विस्मित और रामभक्त आह्लादित हो उठे। सचमुच उस देवोत्थान एकादशी के उन अनमोल क्षणों में अयोध्या की पावन धरती पर लोक शक्ति का नृसिंह प्रकट हुआ था। डॉ.

श्रीकांत भारद्वाज की कविता का यह अंश ऐसे अवसर पर स्मरण हो आना स्वाभाविक है—

देखता हूँ आज फिर, तूफान आते देखता हूँ।
न्याय के पथ पर इधर, पांडव खड़े आशा लगाए,
और दुर्योधन उधर, झुकता नहीं तिल भर झुकाए।
सूचिका की नोक भर भी, जो न देना चाहते हैं,
आ गया है वक्त जिनका, पर न जाना चाहते हैं।
आज उनकी ओर खुद, श्मशान आते देखता हूँ।
देखता हूँ आज फिर, तूफान आते देखता हूँ।।

और वह तूफान, रामभक्ति का पुण्य बवंडर बढ़ चला अपने रामलला की ओर। अस्सी वर्षीय परमहंस रामचंद्रजी महाराज ने तो गत नौ दिनों से अन्न-जल भी ग्रहण नहीं किया था। उन्होंने तो प्रण ठाना था कि कारसेवा के बाद ही कुछ ग्रहण करेंगे। सो चल पड़े कारसेवा के विजय अभियान में। 85 वर्षीय संत वामदेवजी महाराज की छाती में अचानक भीषण दर्द उठा परंतु किसी भी सूरत में पीछे हटने को तैयार नहीं थे। बड़ी मुश्किल से एक ठेले पर लेटने को तैयार हुए, परंतु उस दशा में आगे ही बढ़ते रहे। उस संत शक्ति के वज्र संकल्प बलिदानी तेवर तथा राम भक्ति के ज्वार को देखने की रेखा विधाता ने अंधकार प्रेमी, कृत्रिम धर्म निरपेक्षता के ढिंढोरची भाग्यहीनों के मस्तक पर खींच रखी होती तो वे औसान भूलकर जय श्रीराम का उद्घोष करते हुए नजर आते।

अभी तो हमें राष्ट्रीय अपमान के रूप में सामने खड़ी, थरथराती, खैर मनाती तथाकथित बाबरी ढाँचे के गुंबदों पर केसरिया झंडा फहराते देखना है, हम किन क्षुद्र लोगों की चर्चा में उलझ गए! तो सामने देखिए। आँसू गैस के गोले दनदनाते चले आ रहे हैं। पुलिस की लाठियों ने तड़ातड़ के भीषण प्रहारों से रामभक्तों को धुनना आरंभ कर दिया है। निहत्थे कारसेवक लहूलुहान हो चले हैं तो भी 'जय श्रीराम' उच्चारते हुए आगे ही आगे बढ़ते जा रहे हैं। इन

प्रबल भूचालों के पाँव कौन बाँध पाएगा आज? कोई नहीं। अरे! यह क्या? श्री अशोक सिंहल का कुरता सामने से लहू से तरबतर कैसे हो गया? अपने बाएँ हाथ में पकड़े गमछे को कनपटी से सटाकर वे सिर से बहते खून के फव्वारे को रोक रहे हैं। दाहिना हाथ कोहनी पर से मुड़ा है, किंतु संकल्प प्रदर्शिका मुट्ठी फिर भी कसकर भिंची है। किसी निष्ठुर सिपाही की क्रूर लाठी उस भारत माँ के लाड़ले लौहपुरुष के भाल पर पड़ी है। वे एक बार तो इस आकस्मिक प्रहार से लड़खड़ाकर भूमि पर गिर भी पड़े परंतु धरती माँ ने पीठ पर प्यार से हाथ फेरते हुए शाबाशी दी और कान में कहा—"मेरे वीर पुत्र यह तो तेरी प्रभु भक्ति का प्रथम प्रसाद है, उठ और आगे बढ़! यह तेजस्वी विजय वाहिनी तेरे आदेश की प्रतीक्षा कर रही है।" वह वीरसिंह की भाँति उछलकर फिर खड़ा हो गया और 'जय श्रीराम' की गगनभेदी हुंकार के साथ दहाड़ा—

"आगे बढ़ो! मेरी चिंता मत करो! रामलला के वीर पुत्रो! आगे बढ़ो!" उन्हें अस्पताल चलने के लिए मनाने में कार्यकर्ताओं को बहुत जोर लगाना पड़ा। सिर में तीन टाँके लगे। अब तो मतवाले कारसेवक क्रुद्ध होकर मरने-मारने पर उतारू हो चले। आँसू गैस के गोले बताशे बन गए। लाठियाँ झाड़ू की सींकें सिद्ध हुईं। एक ईंट भी शेष नहीं बचेगी आज, अपशकुनी बाबरी मस्जिद नामधारी इस इमारत की। यह निश्चय जानकर वरिष्ठ पुलिस अधिकारी दौड़े और महंत नृत्यगोपालदास, परमहंस रामचंद्रदास तथा श्रीशचंद्र दीक्षित के पैर छू-छूकर गिड़गिड़ाने लगे कि इस झंझावात को किसी भी तरह रोकें। परंतु दूसरी ओर तो एक चमत्कार घटित होने जा रहा था।

बजरंग दल के कुछ कारसेवक झुनकी वाले बाबा के आश्रम में ठहरे थे। वे किसी भी दशा में यहाँ तक कि प्राण देकर भी मंदिर तक पहुँचने की दृढ़ हठ ठानकर आए थे। प्राणों का मोह और मौत का भय तो उन्हें छू तक नहीं गया था। कुछ ऐसे ही बलिदानोत्सुक साधु भी उन्हें आश्रम में मिल गए। वह बलिदानी टोली बात की बात में लाठी प्रहार और अश्रु गैस के गोलों की बौछार को चीरती हुई हनुमान गढ़ी जा पहुँची। घेर-घारकर उन्हें

पी.ए.सी. की एक बस में बैठाकर बाहर ले जाया जा रहा था। कई बहाने गढ़कर उन्होंने बस रुकवा ली। सहसा उनका रौद्र रूप देखकर ड्राइवर भय से काँपने लगा और बस वहीं छोड़कर भाग छूटा। चार सिपाही बस में बैठे सबकुछ देख भी रहे थे किंतु उन्होंने इस ओर ज्यादा ध्यान देना उचित नहीं समझा। बस में सवार नवाबगंज (बरेली) के कारसेवक रमेशचंद्र गुप्त तथा संत रामविलाससिंह ने मिलकर उस बस को स्टार्ट कर दिया। रामलला की जय-जयकार करते अनेक कारसेवक भी उसमें सवार हो गए। विजयंत टैंक की भाँति धड़धड़ाती वह बस सीधी जन्मभूमि मंदिर की ओर बढ़ चली। पीछे-पीछे डंडे फटकारते पुलिस के अनेक जवान दौड़ पड़े। एक के बाद एक बैरियरों को धराध्वस्त करती बस पूरे वेग से आगे बढ़ रही थी। बड़ा स्थान, यज्ञशाला और कनक भवन के सामने वाले सब बैरियर टूट-टूटकर दूर जा गिरे। अब वह श्रीरामजन्मभूमि के सामने लगे फौलादी अवरोधक को टक्कर मारकर झटके से रुक गई। अब तक वह पाँच बैरियरों को धूल चटा चुकी थी।

उस समय दोपहर के पौने बारह बज रहे थे। उपस्थित सभी पुलिस अधिकारी एक-दूसरे का मुँह ताक रहे थे। पहले दिन प्रात: 9 बजे के करीब सेना, अर्द्धसैनिक बलों एवं उत्तर प्रदेश के सशस्त्र पुलिसबलों ने सामूहिक रूप से गोली चलाने से इनकार कर दिया था। केवल भारत-तिब्बत सीमा पुलिस का ही आसरा अब प्रशासन के लिए शेष बचा था। शेष जवान एक तरफ खड़े हो गए और कारसेवकों की भीड़ मंदिर परिसर में प्रवेश कर गई। लोहे के सींखचे, करंट दौड़ने वाले कँटीदार तार कुछ भी उनका रास्ता नहीं रोक पाया। 'बजरंग बली की जय' की हुंकारों के साथ रामभक्त वीरों ने अंतिम सींखचा पेड़ की टहनियों की भाँति कुचल-मसलकर परे फेंक दिया। बार-बार सुन रखा था कि कँटीदार तारों में बिजली का करंट है, लेकिन आवेग के उन क्षणों में प्राणों की परवाह थी ही किसे? कच्चे सूत के धागों की तरह तारों को नोचते-खसोटते राम की वे सेना सीधे रामलला के चरणों में जा पहुँची। उस समय तारों में करंट क्यों नहीं था, इसके लिए जिम्मेदार आदमी की खोज पुलिस अधिकारी करते दौड़ रहे थे। प्रह्लाद ने

जब दहकते-तपते खंभे को बाँहों में भर लिया था और उसका एक रोम भी नहीं झुलसा तो राम विरोधी आततायी हिरण्यकश्यप की झल्लाहट भी बिल्कुल ऐसी ही थी। उस खंभे पर मस्ती में चहलकदमी करती हुई नन्ही सी चींटी ने प्रह्लाद को इसी तरह आश्वस्त और हिरण्यकश्यप को संत्रस्त किया था।

आइए, उस महान् घड़ी में उस महान् घटना के प्रत्यक्षदर्शी सौभाग्यशाली पत्रकारों के बयान सुनें। 'नवभारत टाइम्स' के शेरे दिल संवाददाता रवींद्रसिंह कहते हैं—

"कारसेवकों ने जन्मभूमि मंदिर में अंदर जाने के लिए लोहे के मोटे ग्रिलवाले दरवाजे को हिलाना शुरू किया। मैं डर गया कि दरवाजा यदि गिरा तो दब जाऊँगा। ठीक 12 बजे यह द्वार भी टूट गया और भीड़ पागलों की तरह 'श्रीराम की जय' कहती हुई अंदर की ओर दौड़ पड़ी। पुलिसबल उन्हें लाठियों से बाहर ठेलने लगा। पीछे खड़े अधिकारियों को गोली चलाए जाने के बारे में चर्चा करते सुना तो रोंगटे खड़े हो गए।

कुछ ही क्षणों में लगभग हजार लोगों का रेला अंदर की ओर बढ़ा और मैं भी उसी के साथ अंदर चला गया। अंदर का दृश्य तो और भी अजीब था। मुख्य-द्वार से गर्भगृह तक के रास्ते में राइफलें ताने खड़े हुए अर्द्धसुरक्षा बलों के जवान रास्ते से अलग हटकर एक ओर खड़े हो गए और उन्होंने अपनी राइफलें कंधे से चिपका लीं। रामभक्त कारसेवकों की भीड़ पूरे गर्भगृह में फैल गई। जिसे जो मिला उसी से तोड़फोड़ शुरू हो गई। देखते-ही-देखते गर्भगृह की बाहरी दीवार टूटकर गिरने लगी। कुछ साधु और कारसेवक पलक झपकते ही गुंबद पर चढ़ गए और कलश उखाड़ने लगे। चारों ओर धूल के बादल उठ रहे थे। सब भौचक्के थे। जवान खामोश थे। उनकी बंदूकें रामभक्तों की ओर नहीं तनीं। खुशी से झूमते-नाचते एक रामभक्त ने मुझे गोद में उठा लिया। कुछ लोग खुशी में रो रहे थे।

साधु, पुरुष, स्त्री व बच्चे सभी ईंट-पत्थर और लोहे के सरियों से दीवार तोड़ने में जुट गए। गुस्से और उन्माद में लोग इतने उत्तेजित हो गए थे कि क्षण

भर में विवादित स्थल को धूल-धूसरित कर देना चाहते थे। चारों ओर ईंटों और मलबे का ढेर लग गया।"

अंबाला के साहसी लेखक श्री बलवंतराय लिखते हैं—

''भीड़ अब रुक नहीं सकती थी। सुरक्षा बलों ने पीछे हटना शुरू कर दिया और अपने ही अलग-अलग घेरों में सिकुड़ते चले गए। यहाँ तक कि गोली या आँसू गैस के गोले फेंकने तक का स्थान भी पुलिस को नहीं मिला। टकराव कंधे-से-कंधे का ही हो रहा था। कुछ कारसेवकों ने जिलाधिकारी को पकड़ लिया और पूछा कि शिलान्यास की छतरी कहाँ है? किसने तोड़ी? किसके आदेश से तोड़ी? इस घमासान के महासमर में एक टुकड़ी ने अब प्रवेश दीवार पर चढ़ना आरंभ किया। कुछ साधुओं ने चिमटों से दीवार तोड़ दी। संघर्ष गहन होता गया। लोहे के सरिए और सींखचे कारसेवकों के हाथों में आ गए।''

राजस्थान पत्रिका के तूफानी संवाददाता गोपाल शर्मा के अनुसार—

''जहाँ 30 अक्तूबर की सुबह तक परिंदा भी पर नहीं मार सकता था, उस जन्मभूमि के गलियारे में सैकड़ों कारसेवक आखिरी सींखचे खोलकर रामलला के गर्भगृह में प्रवेश करने को बेताब थे। उसी के ठीक ऊपर बना गुंबद का ढाँचा तब तक कारसेवकों को जैसे चुनौती दे रहा था। अचानक पीछे की ओर से नारे गूँज उठे। लोहे की रेलिंगों, कँटीले तारों और सशस्त्र बलों का अभेद्य घेरा ध्वस्त करते हुए निहत्थे और अहिंसक कारसेवकों ने जन्मभूमि में प्रवेश कर लिया। अंदर घुसते रामभक्तों पर एक भी गोली नहीं चली। तभी पीछे की ओर से घुसे कारसेवक गुंबदों के ढाँचे के बाईं ओर के टीले पर चढ़कर पेड़ का सहारा लेकर गुंबद पर चढ़ने लगे। वही क्षण रहा था जब गर्भगृह के सामने के मुख्यद्वार पर लगे सीखचों का ताला पुलिस के जवानों ने खोल दिया।''

गंभीर चिंतन और पैने विश्लेषण के विशेषज्ञ श्री भानुप्रताप शुक्ल कहते हैं—

''यह भी एक चमत्कार ही था। सचमुच का चमत्कार। श्रीरामजी का चमत्कार किसी की भी आँखें, सुरक्षा बलों की भी, इस घटना को घटते नहीं

देख पाईं। सबने केवल यह देखा कि सैकड़ों कारसेवक श्रीरामजन्मभूमि मंदिर के अंदर हैं। एक दर्जन कारसेवक मंदिर के गुंबद पर खड़े हैं। मंदिर के शिखर पर भगवाध्वज गाड़कर 'जय श्रीराम' का उद्घोष कर रहे हैं। मंदिर की चारदीवारी की खिड़कियाँ बिखरी पड़ी हैं। कारसेवक रामलला के सामने आत्मविभोर होकर नृत्य कर रहे हैं। शब्द पिघलकर अश्रु बन गए। विह्वल मन की वाणी शब्दशून्य हो गई। केवल आनंदाश्रुओं ने आवाज दी—रामलला, हम आ गए।"

श्री भानुप्रताप शुक्ल के ही शब्दों में—

"कारसेवकों ने अपने रामलला को छूआ, चूमा, छाती से लगाया। किसी ने किसी को गले लगाया तो किसी ने किसी के चरण छूए। अपनी वर्दी का तकाजा भूलकर सुरक्षा बल के जवानों ने भी श्रीरामलला की पूजा की। जय श्रीराम बोलकर विजय का उद्घोष किया।

डी.आई.जी. शर्मा रो पड़े, रामभक्ति या रामशक्ति का चमत्कार देखकर नहीं, बल्कि सुरक्षा बलों द्वारा उनके आदेश की अवहेलना के कारण। श्री गिरधारीलाल शर्मा ने जितनी बार गोली चलाने का आदेश दिया, सुरक्षा बल के जवान उतने ही कदम पीछे हटे। वे गिड़गिड़ाए—आप लोग मेरा आदेश क्यों नहीं मानते ? गोली क्यों नहीं चलाते ? मैंने आप लोगों का क्या बिगाड़ा है ?"

गुंबद-गुंबद फहरा भगवा

कारसेवा उस दिन हुई कि नहीं, इसके प्रमाण तो टूटी हुई दीवारें थीं। 12-13 खिड़की-जंगले इधर-उधर छितरे पड़े थे, जिनके सरिए हाथों में लिए कारसेवक गुंबदों पर हल्ला बोल रहे थे। साधुओं ने चिमटों से एक दीवार ढहाकर साफ कर डाली। कुछ ने तो नाखूनों से ही प्लास्टर उखाड़ डाला। कुछ लोग दौड़कर शिलान्यास स्थल पर कुछ रामशिलाएँ ही डाल आए। गुंबदों पर चढ़े कारसेवकों ने लगभग एक सौ टुकड़े वहाँ से तोड़ गिराए।

गुंबदों पर अनेक कारसेवक एक-दूसरे के कंधों पर चढ़कर जा पहुँचे

थे। तीनों गुंबदों पर उन्होंने केसरिया ध्वज फहरा दिए। इन वीर सेनानियों में से जिनके नाम ज्ञात हो पाए हैं वे ये हैं—

गाजीपुर का मिस्त्री, जो पुलिस की गोली से गुंबद पर ही शहीद हो गया। बीकानेर के शरद कोठारी, जिनकी आयु मात्र 20 वर्ष थी और जिन्हें दो नवंबर को गोली से उड़ा दिया गया। वे कलकत्ता में रह रहे थे। इन्हीं के दूसरे भाई रामकुमार कोठारी। इन्हें भी साथ ही गोली मार दी गई। रामबहादुरसिंह, जिन्हें तीन गोलियाँ लगीं। 23 वर्ष के देशपाल तथा 19 वर्ष के सतीश। इन्हीं में एक नाम रामसिंह चूड़ावत का भी है, ये राजस्थान के उदयपुर जिले में सीयाणा के निवासी हैं। इनका सचित्र साक्षात्कार 'स्वतंत्र भारत' के 3 नवंबर, 1990 के अंक में भी छपा। उसके अनुसार 20 वर्ष सेना की नौकरी करके रिटायर हुए रामसिंह पेड़ की डाल पकड़कर छत पर पहुँचे। एक साधु का रामनामी दुपट्टा ही झंडे की तरह गुंबद के कलश पर इन्होंने बाँधकर लहरा दिया। यह चित्र अधिकांश अखबारों में छपा है। जब पुलिस के जवान ऊपर चढ़कर डंडे बरसाने लगे तो वे छत से सीधे ही नीचे कूद गए।

आखिर गोली चली

तीनों गुंबदों पर भगवे झंडे शान से लहराकर हिंदुस्तान के स्वाभिमान की विजय का संदेश दे रहे थे। 'स्वतंत्र भारत' के संपादक श्री राजनाथसिंह भावुक होकर जी भर रोए। भाव विह्वल होकर उन्होंने श्री भानुप्रताप शुक्ल का हाथ पकड़ा और बोले—"भानुजी! देवता प्रसन्न हैं। सबकुछ मैंने देखा, मैं धन्य हो गया।" दूसरे पत्रकार श्री सुभाषचंद्र सिंह तो इतने भावुक हो उठे कि पागलों की भाँति सिर्फ 'कारसेवा-कारसेवा' ही पुकारे जा रहे थे। किसी भी पत्रकार का यों भावुक हो उठना एक असाधारण बात मानी जाती है।

उधर पुलिसबल भी मन-ही-मन बेहद हर्षित थे। किसी ने एक भी गोली ध्वज फहराने तक नहीं चलाई, राजस्थान पत्रिका के श्री गोपाल शर्मा से घटना स्थल पर तैनात पुलिस अधिकारी श्री बी.बी. सिंह ने भगवाध्वज फहरने के कुछ ही मिनटों बाद कहा—

"यह तो सबका काम था। पहले होमगार्ड में निलंबित हुआ था, अब एक बार फिर हो जाऊँगा। लेकिन यह सोचकर ही इस बार अयोध्या में कदम रखा था।"

इसी बीच एक हैलीकॉप्टर ने मंदिर के ऊपर उड़ान भरी। कारसेवकों ने चप्पल, जूते, पत्थर उसकी तरफ फेंके, क्योंकि उन्हें संदेह था कि उसमें मुलायमसिंह बैठे हैं। यह विश्वास आज तक कायम है कि उस हैलीकॉप्टर से कड़े निर्देश नीचे खड़े पुलिस अधिकारियों को दिए गए, तभी गोली चलाने का निर्णय हुआ। कुछ लोगों का यह भी विश्वास है कि हैलीकॉप्टर से भी गोलियाँ दागी गईं और उन्हीं से गुंबद पर चढ़े कुछ कारसेवक मरे तथा घायल हुए। जो भी हो, वरिष्ठ पुलिस अधीक्षक श्री सुभाष जोशी अपने चार-पाँच सहयोगियों के साथ आए और उन्हें गोली चलाने का आदेश दिया। गोलियाँ चलने लगीं। कई कारसेवक गुंबदों से लुढ़ककर भूमि पर आ गिरे।

उधर कारसेवा शुरू होने, मंदिर में प्रवेश करने तथा भगवे ध्वज लहराने का समाचार मिलते ही अयोध्या के नर-नारी हर्ष में उन्मत्त होकर नाचने, गाने, मिठाइयाँ बाँटने और बधाइयाँ देते हुए फावड़े, गैंतियाँ, कुदाल, कुल्हाड़ी, जो भी हाथ लगा, लेकर कारसेवा करने का चाव लेकर श्रीरामजन्मभूमि की ओर दौड़ पड़े। दुकानदारों ने दुकानें छोड़ दीं और रामभक्तों से आग्रह किया कि जितनी मिठाई चाहिए स्वयं ही उठा लें। मंदिरों में आरती के स्वर गूँज उठे। शंख बजने लगे। सड़कें रामभक्तों से भर गईं। 'अयोध्या हुई हमारी है, अब मथुरा की बारी है' के गगनभेदी नारे ठौर-ठौर गूँजने लगे।

सरयू के पुल पर संघर्ष

इसी दिन सरयू के पुल पर भी भीषण संघर्ष हुआ। कारसेवकों का प्रचंड सैलाब रोके रुक ही नहीं पा रहा था। भयानक लाठीचार्ज के बाद भी अनगिनत कारसेवक पुल पारकर गए। गोलियाँ यहाँ भी चलीं। दर्जनों रामभक्त मारे गए। कुछ सरयू में कूद गए। बहुत बड़ी मात्रा में कारसेवकों का सामान, अटैची, जूते, चप्पल, शाल, मफलर वहाँ बिखरे पड़े थे। रामधुन करते हुए

बैठे रामभक्तों पर बिना चेतावनी दिए निर्मम लाठी प्रहार किया गया। उस गोलीकांड और लाठीचार्ज में घायल हुए कारसेवकों की संख्या बहुत अधिक थी। गोंडा के जिलाधीश की देखरेख में यह जघन्य कांड घटित हुआ।

कोटा के युवराज तेजवीर सिंह ने इस संघर्ष का विस्तृत विवरण देते हुए बताया कि—

अयोध्या में कई दिनों पहले ही उ.प्र. सरकार ने कर्फ्यू लगा दिया था। संभावना थी कि शायद प्रात:काल 5 से 8 के बीच में और दिनों की भाँति कर्फ्यू में ढील दी जाए और इसी बीच अयोध्या में प्रवेश का मौका मिल जाए, किंतु फिर भी हम सभी के समक्ष चुनौती थी, सरयू पुल की जबरदस्त चौकसी में लगभग डेढ़ किमी. की दूरी पार करना, अब तक की सबसे भीषण चुनौती यही जान पड़ी। हमारे पड़ाव से सरयू पुल लगभग 5 किमी. की दूरी पर था। योजना बनी, अंततः रात्रि 12 बजे सभी कारसेवकों को अपने-अपने विभाग-प्रांतशः मैदान में एकत्र होने का निर्देश हुआ। 12 बजे से 2 बजे तक लगभग 12 प्रांतों को क्रमशः योजनाक्रम में एक के पीछे एक चलने के लिए विधिवत पंक्तिबद्ध करने का कार्य पूरा हो सका। 2 बजे रात्रि को सभी कारसेवक, जिनमें सबसे आगे प्रबुद्धगण विधायक आदि तत्पश्चात् माताएँ-बहनें अपने परिवारों के साथ उसी क्रम में अटरू कोटा सहित राजस्थान, बिहार, महाराष्ट्र, गुजरात, म.प्र., उ.प्र., तमिलनाडु, पंजाब, हरियाणा व दिल्ली के कारसेवक थे! संकरी पगडंडियों व गन्ने के बीच से गुजरते हुए सभी आगे की ओर बढ़ चले सबसे आगे स्थानीय मार्गदर्शक ग्रामीण जन दिशादर्शन करा रहे थे। चुपचाप संकेत पाते ही सभी एक के पीछे एक बैठ जाते थे, फिर इशारा होते ही चल पड़ते थे। ठीक चार बजे प्रातः जंगल से सीधे पुल पर पूरा काफिला चुपचाप पहुँच गया। वहाँ एस.पी. की कार सामने से आकर आगे रुकी और घोषणा की कि सभी अपने को गिरफ्तार समझें। सभी लोगों ने कार को धक्के से किनारे लगाया और आगे चल पड़े। पहले बैरियर पर कुछ पुलिसबल तैनात था। कारसेवकों की भीड़ ने द्रुतगति से एक के बाद एक लगभग 8-10 बैरियर तोड़ दिए और आगे

बढ़ते ही चले गए, लगभग 15,000 कारसेवक तथा पीछे 20,000 से भी अधिक आस-पास के गाँवों से लोग पंचकोसी परिक्रमा के लिए लगभग दो घंटे तक निरंतर आग्रह करते रहे। पुलिस आई.जी. व खुफिया विभाग के अधिकारी अचानक इतनी संख्या में एकत्रित भीड़ को देखकर हतप्रभ से भौचक्के थे कि 50-50 किमी. तक यहाँ कोई कारसेवक नहीं है, अचानक सीधे पुल पर हुए इस भारी भरकम हमले से हक्के-बक्के पूछने लगे—कहाँ से अवतरित हो गए इतने सारे लोग।

लगभग साढ़े सात बजे प्रचंड जनशक्ति ने भारी लाठीचार्ज के बावजूद सशस्त्र पुलिसबल को एक झटके के साथ खदेड़ दिया और सभी रामभक्त बेहताशा दौड़-दौड़कर पुल पार करने की होड़ में 'जय श्रीराम' के जयघोष के साथ आगे बढ़ गए। आगे विधायक मदन दिलावर सहित कई रामभक्तों को पुलिसकर्मियों ने बाल पकड़कर निर्ममतापूर्वक घसीटना शुरू कर दिया और पाँच-सात पुलिस जवान लाठी बरसाते हुए ले जाने लगे। भीड़ ने रोका तो भीड़ पर जमकर लाठियाँ बरसाई गईं। विधायक मदन दिलावर व अटरू के कई कार्यकर्ताओं सहित महाराष्ट्र की कई बहनों को बस में भर दिया, विधायक खिड़की से पैर निकालकर बस से बाहर कूद गए। पुलिसबल ने फिर पकड़ कर जोरदार पिटाई की। इस प्रकार यह सब लगभग 4 घंटे तक चला। लाठी खाते, गिरते, पड़ते, उठते, आगे बढ़ते रामभक्तों का यह सैलाब सरयू पुल को अंततः पार कर गया, किंतु अवरोध, बाधा फिर भी शेष थी और फिर एक बार आगे बढ़ती जनशक्ति को ठहरना पड़ा और यही नहीं, पीछे लौटने पर विवश होना पड़ा और क्रमशः भगदड़ मच गई। कुछ पुल पर लौटते लोगों के पैरों तले रौंदे जा चुके थे, कुछ सरयू में छलाँग लगा गए और जैसे-तैसे गिरते-पड़ते पुल के इसी किनारे पर आ गए और फिर दूर तक दोनों ओर खेतों में बिखर गए।

वस्तुतः पुल के दूसरी ओर योजनापूर्वक प्रशासन ने खाली बसें कुछ इस प्रकार खड़ी कर दीं, जिससे आगे जाने के लिए मात्र एक सँकरी गैलरी सी बच गई, और इसी गैलरी में फँसे रामभक्तों पर हृदयविदारक लाठियाँ बरसाना

शुरू हो गया जिसकी प्रतिक्रियास्वरूप अन्य पीछे खड़े लोग संवेदनशील होकर उन्हें लाठियों से बचाने के लिए पीछे की तरफ जैसे ही चलने लगे, पुलिसकर्मियों का मनोबल बढ़ गया और यही सिलसिला तब तक जारी रहा, जब तक पुल के इस किनारे पर आकर भीड़ खेतों में दूर-दूर तक बिखर नहीं गई। रामभक्त फिर भी डटे रहे। हम सभी लोगों ने लगभग दो घंटे बाद अयोध्या में भारी विस्फोट की आवाज सुनी।

□

दो नवंबर का नृशंस नरमेध

2 नवंबर, 1990 का मनहूस दिन। यह एक ऐसी तिथि है, जिसका लेखा-जोखा सहेजकर रखने में इतिहास भी शरमाएगा। विश्व में ऐसी निर्मम हत्याओं की मिसाल मुश्किल है। रामधुन गाते हुए निहत्थे लोग मशीनगनधारी सिपाहियों के पैर छू-छूकर प्रार्थना कर रहे हों कि हमें अपने आराध्य देव के दर्शन करने जाने दो और इस प्रार्थना के उत्तर में उनकी छातियों, माथों और कनपटियों पर मशीनगनों, राइफलों की नालें सटाकर गोलियाँ चला दी जाएँ। 22 वर्ष के रामभक्त जवान को पकड़कर उसके मुँह में बंदूक की नाल ठूँसकर घोड़ा दबा दिया जाए। एक युवक को घर के बाहर खींचकर कनपटी पर नाल सटाकर राइफल से गोली दागी जाए और जब दूसरा भाई उसके ऊपर लेट जाए तो उसे भी गोलियों से छलनी कर दिया जाए। भोजन करती हुई हजारों लोगों की पंक्तियों पर बिना चेतावनी दिए ठाँय-ठाँय करके मशीनगनों की गोलियों की धुआँधार वर्षा कर दी जाए। ऐसा घृणित पाशविक हत्याकांड करने वाले इसे उचित ठहरावें और कुछ समर्थक भी उन्हें मिल जावें, ऐसी अनहोनी मिसाल कोई कहाँ से खोजेगा। लेकिन ऐसा भी हुआ और सचमुच बुद्ध, महावीर, अशोक और गांधी के इसी देश में हुआ।

30 अक्तूबर की अपनी असफलता से चिढ़कर उत्तर प्रदेश के मुख्यमंत्री मुलायमसिंह यादव ने पुलिस अधिकारियों को लताड़ा कि गुंबदों पर केसरिया झंडे कैसे फहर गए? गोलियाँ चलाकर कारसेवकों को क्यों नहीं भूना गया? और भी जाने किस-किस प्रकार अपनी झल्लाहट प्रकट की। परिणाम भुगतने

की धमकी देकर, विश्वासपात्र होने की दुहाई देकर, यानी साम-दाम-दंड-भेद सबकुछ प्रयोग करके उन्होंने उस नरमेध की भूमिका तैयार कर दी।

सर्वप्रथम तो काशी पीठाधीश संत रामशरणदासजी महाराज के द्वारा उस नृशंस नरमेध का आँखों देखा विवरण प्रस्तुत किया जाना उचित रहेगा। वे सरदारजी का वेश बनाकर अपने आश्रम में आते-जाते रहे, परंतु पुलिस उन्हें नहीं पहचान सकी। उन्होंने स्वयं कारसेवा में प्रमुख रूप से भाग लिया था। अतएव निर्मम गोलीकांड की वह बदनाम दास्तान उन्हीं के शब्दों में पढ़ना ठीक रहेगा—

2 नवंबर, 1990 कार्तिक पूर्णिमा का वह ऐतिहासिक दिन। सुबह 8 बजे चारधाम मंदिर के प्रांगण में सभी कारसेवकों को आवश्यक अनुशासन व निहत्थे, शांति से कीर्तन करते हुए चलने का निर्देश दिया गया। इसके लिए तीन प्रमुख वाहिनियाँ बनीं। एक वाहिनी श्री मणिराम छावनी से, दूसरी श्री दिगंबर अखाड़ा से और तीसरी बड़े भक्तमाल मंदिर से। तीनों वाहिनियों को अपने-अपने निर्दिष्ट मार्गों से होते हुए हनुमानगढ़ी पर मिल करके आगे बढ़ने का निर्देश था। कुछ उत्साही युवकों के हाथ में लाठियाँ थीं, किंतु उसे भी हम लोगों से रखवाते हुए कई प्रमुख प्रेस फोटोग्राफर्स व जी.बी.सी. लंदन तक के वीडियो शूटिंग ने अपने कैमरों में कैद किया। मुलायमसिंह के उस ऐलान को झुठलाने के लिए कि अयोध्या में राम जन्मभूमि पर बाहरी राज्यों के वासियों द्वारा सशस्त्र हमला किया गया है। इसीलिए हमें इतना बड़ा खून-खराबा करना पड़ा।

किंतु हम सब तो शांति से निहत्थे और कीर्तन करते हुए नया घाट से होकर कोतवाली तक निर्विघ्न पहुँच गए। वहीं भारी-भरकम बैरियर के एक तरफ हजारों की संख्या में पुलिस फोर्स मोर्चा सँभाले थी। दूसरी तरफ हम सब निहत्थे शांति से कीर्तन करते हुए, सड़क पर हजारों की संख्या में कतारबद्ध बैठे हुए राम कारसेवक थे। आज की कारसेवा का मुख्य लक्ष्य केवल हनुमानगढ़ी तक बढ़ करके शांति से कीर्तन करके कारसेवा की इस चरण की इसी प्रकार निरंतरता बनाए रखना था। 30 तारीख की तरह की तोड़-फोड़

या वहाँ तक पहुँचने का कोई न उद्‌देश्य था और न निर्देश था। हमारी योजना यही थी कि जहाँ रोक दिए जाएँगे, वहीं बैठकर कुछ समय तक कीर्तन करके लौट आएँगे।

किंतु 30 तारीख की घटना से बौखलाया हुआ मुलायमसिंह व उसके कुछ प्रशासनिक अधिकारी तो पूर्व नियोजित योजनानुसार ही बदला लेने के लिए उतारू थे। उन्होंने तुरंत पहले कई चक्कर में आँसू गैस के गोले छोड़े। आसपास के मकानवासी उस आँसू गैस की जलन व छटपटाहट से बचाने के लिए बाल्टियाँ भर-भर करके पानी से नहलाने लगे, तब हमें कुछ राहत मिली और इतने में ही देखते-ही-देखते बिना किसी पूर्व चेतावनी के ही निशाना साध-साध करके गोलियों की बौछार होने लगी। ठाँय-ठाँय की आवाज के साथ ही कारसेवक गिरने लगे। यहाँ तक कि ऊपर पानी छिड़कने वालों को भी सामने की मंजिलों से निशाना साध कर गोलियाँ मार दी गईं।

इन क्रोधित पुलिस अफसरों की क्रोधाग्नि में भी घी डालने के लिए नकली कारसेवकों के रूप में कुछ असामाजिक तत्त्वों ने ईंट-पत्थर भी चलाने की कोशिश की, जिस भगदड़ में पुलिस फोर्स पीछे हट गई। उसी भगदड़ में मेरे नेतृत्व में एक जत्था कोतवाली को पार कर गया। कोतवाली से हम लोग परवाह किए बिना कनकभवन के अंदर से होकर उसके दक्षिण फाटक से निकलकर जन्मभूमि की ओर बढ़ गए। अब जन्मभूमि केवल पचास मीटर के लगभग दूर थी। किंतु तब तक आगे से भारी पुलिस फोर्स आ गई। लेकिन उन्होंने हमारे बार-बार आग्रह करने पर भी कि हम लोग निहत्थे हैं, कीर्तन कर रहे हैं, सीना खोल कर बैठे हैं या तो हमें गोलियों से भून कर मार डालो या जन्मभूमि जाने दो। लेकिन उन्होंने हमारी एक न सुनी और चार-चार सिपाहियों ने एक-एक को हाथ से झुलाते हुए बोरों की तरह पकड़ करके कनकभवन के फाटक के अंदर फेंक-फेंककर, जबरन ठूँसकर दक्षिण का फाटक बंद करके ताला लगा दिया। हम वहीं बैठकर शांत कीर्तन करने लगे। किंतु सबका अंतिम लक्ष्य भी पूरा नहीं हो पाया। कारण कि अनुशासन से हम बँधे हुए थे।

मणिराम छावनी से श्री वामदेवजी महाराज व नृत्यगोपालदासजी आदि का फोन और बाद में स्वयं पुलिस की गाड़ी में हमें जबरन वापस लौटा ले गए कि आज की कारसेवा पूरी हो चुकी है। आज बहुत खून बहा है। हमारा आदेश मानते हों तो आज अब लौट चलो, कल फिर योजनानुसार आपको भेजा जाएगा। हम बेमन से लौटे। लेकिन सबसे पहले दिगंबर अखाड़ा गए। जहाँ कि वाहिनी की ओर, आज का सबसे बड़ा खून-खराबा हुआ था। वहाँ की 'वाहिनी' तो गली से बाहर ही नहीं निकल पाई थी। वहाँ से निशाना साध-साध करके छतों पर चढ़ करके पुलिस ने गोलियाँ चलाई थीं। जो लोग उनकी चेतावनी पर बैठ गए, उनको कीर्तन करते हुए सीने और कनपटी पर बंदूक सटाकर गोलियों से उनके चिथड़े उड़ा दिए। यहाँ तक कि आस-पास के श्री ओम भारती, श्री शिवप्रसाद भुजवा, श्री चंद्रशेखर ओझा आदि के मकानों में घुसकर वहाँ आश्रय लिये हुए सैकड़ों-सैकड़ों की संख्या में कारसेवकों को चुन-चुन करके, निशाना साध करके गोलियों से भून डाला। सारी गली खून से सन गई थी। नालों में खून के परनाले बह रहे थे और पीछे-पीछे नीली और लाल जीपें उन लाशों को बटोर-बटोर करके गाड़ी में डालते देखी गईं। और उनमें मृत राम-भक्त ही नहीं घायलों को भी सरयू में इसलिए बहा दिया कि उनकी घायलों की सूची भी बढ़ने न पाए। मानवता का ऐसा क्रूर मजाक आज तक न देखा गया है और न सुना गया है। विश्व भर के कथित मानवतावादी और बुद्धिजीवियों ने क्यों मौन साध लिये हैं? मेरे अनुमान के अनुसार, मृतकों और घायलों की संख्या एक हजार से कम किसी भी प्रकार नहीं हो सकती। क्योंकि दो दिन के सभा-संचालन में मिसिंग व्यक्तियों की घोषणा करते-करते मेरा गला दुखने लगा था। इसकी वास्तविक संख्या का आकलन करने के लिए और निहत्थे कीर्तन करते हुए शांत कारसेवकों पर सीने और सिर पर बिना चेतावनी, जन्मभूमि से एक किलोमीटर दूर गोली चलाने का आदेश किसने और किस औचित्य से दिया? इसकी जाँच के लिए आयोग राष्ट्रीय स्तर पर होना चाहिए।

क्या-क्या न हुआ उस दिन?

उस काले दिन के उन काले पैंतालीस मिनटों में जो कालिख हमारे उजले करुणामय, सहिष्णु स्वभाव के इतिहास पर पोती गई है, उसे धोने और भुलाने में हमें कई दशक लगेंगे। कार्तिक पूर्णिमा के दिन जब पवित्र सरयू में स्नान करने के लिए देशभर के लोग अयोध्या आते हैं, वह अयोध्या रक्त से नहा उठी। रक्त भी ऐसा-वैसा नहीं था। निहत्थे रामभक्तों का पवित्र शोणित था वह। इसलिए जो झरने, जो नदियाँ, झर-झर, कल-कल करती उस दिन अयोध्या की धरती पर लाल लहू से भरी बही, उन्हें 'शोणित-गंगा' कहना ज्यादा ठीक रहेगा।

एक-दूसरे को बाँहों में कसे, 'जय श्रीराम' कहते हुए बैठे-बैठे आगे बढ़ते हुए कारसेवक, उनकी पीठों पर निर्दयतापूर्वक पड़ती लाठियों और बेंत के डंडे, उनकी आँखों में झाँकता दृढ़ निश्चय। यह सब वीडियो कैसेट पर जो भी देखता है, अवाक् रह जाता है। गोलियाँ खाकर, उछलकर गिरते हुए, अंतिम साँस भी 'जय श्रीराम' के नारे के साथ रामभक्तों का दृश्य वीडियो फिल्म में जिसने भी देखा, वह रोया तो है ही, साथ ही जालिम पुलिसवालों और उसके लिए जिम्मेदार शासकों के प्रति क्रोध, घृणा तथा 'न भूलूँगा, न क्षमा करूँगा' का स्थायी भाव भी उसके मन में समा ही गया है।

सांसद उमा भारती का गुनाह इतना ही तो था कि इस देश की पहचान को बाबर के बजाय राम से जोड़ने का आग्रह करती हुईं उस दिन एक जत्थे का नेतृत्व करती हुईं आगे बढ़ रही थीं। सिपाहियों ने उनके बाल पकड़कर घसीटा, हाथ-पैर पकड़कर झुलाते हुए हवा में उछाल दिया और अस्त-व्यस्त हो गए उस वीर नारी के वस्त्र। कलकत्ता में प्रवास कर रहे बीकानेर (राजस्थान) के निवासी कोठारी बंधुओं—शरद और रामकुमार का कसूर यही था कि उन्होंने बाबरी मस्जिद के गुंबदों पर भगवा झंडा फहरा दिया था। उनको मारने का घिनौना दुष्कर्म और ढंग ऐसा कि शर्म भी शरमा जाए। शरद को घर के बाहर निकाला और सिर में गोली मार दी। सगा भाई रामकुमार

मौत की परवाह न करके उसके ऊपर जा लेटा और धाँय-धाँय करके उसे भी भून दिया। जोधपुर के प्रोफेसर महेंद्रनाथ अरोड़ा को इसी अपराध में गोलियों से छलनी कर दिया कि वे राजस्थान की शौर्यमयी परंपरा निभाते हुए श्रीरामजन्मभूमि की ओर खाली हाथ रामनाम का जयघोष करते बढ़ रहे थे। अरे! 22 साल के उस सेठाराम की खता यही तो थी कि जोधपुर के छोटे से गाँव मथानियाँ से चलकर वह अपने राम की जन्मभूमि पर बने मंदिर को स्वतंत्र कराने आ गया था। और उन साधु-संतों का दोष मात्र इतना ही तो रहा था कि वे मठों में आराम का जीवन न बिताकर इस देश के राष्ट्र-पुरुष मर्यादा पुरुषोत्तम और भगवान् माने जाने वाले श्रीराम की पावन जन्मस्थल पर भव्य मंदिर के निर्माण में सहयोग देने के लिए जुट पड़े थे। सबको एक ही सजा—मौत! वह भी वहशियाना वध।

लोगों के दरवाजे तोड़-तोड़कर घरों से बाहर निकाला गया और गोली मार दी गई। एक घर का द्वार तो पानी माँगने का बहाना करके खुलवाया गया। सरयू घाट के पास तो ताली बजाते, कीर्तन करते रामभक्त जमीन पर लेट गए परंतु नराधमता की हद हो गई जब उन्हें बंदूकों के कुंदों और लाठियों से पीटा गया, घसीटा गया, बूटों से कुचला गया और तब भी मन नहीं भरा तो उन पर घोड़े दौड़ाए गए। कहीं ऐसी क्रूरता की मिसाल इस धरती पर देखी है? एक बार ऐसा व्यवहार काश्मीर में 'पाकिस्तान जिंदाबाद' का नारा लगाते, तिरंगा ध्वज जलाते देशद्रोहियों के साथ तो करके बताओ, यह देश धन्य हो जाएगा और तुम्हारे साहस की परीक्षा हो जाएगी। एक बार कोई माई का लाल शासक हैलीकॉप्टर पंजाब और असम के ऊपर उड़ाकर वहाँ से आदेश तो देकर दिखाए कि निरपराध नागरिकों को गोलियों से भूनते इन गद्दारों के शरीर मशीनगनों से छलनी कर दो, तब हमारी लेखनियाँ तुम्हारे जीवन पर महाकाव्य लिख देंगी।

30 अक्तूबर के लाठीचार्ज में दोनों हाथ टूट गए। प्लास्टर चढ़ा था। पर वाह रे रामभक्त! अस्पताल से भाग आया और आज फिर 'जय श्रीराम' का जयघोष करता आगे बढ़ रहा है। और उधर दोनों ही पाँव नहीं हैं तो भी

बैसाखियों से कदम-कदम सरकता वह वीर सेनानी बढ़ रहा है, भगवान् की जन्मभूमि की ओर। कोई नहीं जान पाया कि उन दोनों का क्या हुआ?

अलवर के नौजवान मातादीन शर्मा ने सारे शरीर पर सरयू की पावन माटी मल ली। बनियान भी उतार दिया कि गोली इसमें अटक सकती है। कच्छा ही था बदन पर। वह भी मोड़कर ऊपर चढ़ा लिया। सीना तानकर हुंकार भरी कि मारते क्यों नहीं मुझे गोली! अपने शरीर पर जगह-जगह नाम लिख लिए सबने, ताकि शहीद होने पर उनके परिवार और देशवासियों को बताया जा सके कि कौन वीर चढ़ गया धर्म की बलिवेदी पर। माथे पर बँधी रामनाम की भगवी पट्टियों पर लिख लिया था—कफन। आह! 'सर बाँधे कफनवा रे शहीदों की टोली निकली।'

आदेश किसने दिया गोली चलाने का? जिलाधिकारी चिल्ला रहे थे कि किसके आदेश से हो रहा है यह सब? फैजाबाद के वरिष्ठ अधीक्षक सुभाष जोशी तथा उप महानिरीक्षक जी.एल. शर्मा ने ही कराया दिगंबर अखाड़ा गली का नरमेध। 'दैनिक आज' ने लिखा कि फायरिंग बंद होने पर सुरक्षा बल के एक जूनियर अफसर ने जो छत पर स्टेनगन लिए खड़ा था, ऊपर से एक पर्ची फेंककर कमांडिंग अफसर से कहा—'सर! वी हैव फायर्ड। गैट अंडर साइंड।' अपने नाम की पट्टी वर्दी से हटाकर गोली चलवाने वाले उस अफसर ने डी.आई.जी. शर्मा से कहा—'सर! वी हैव गेंड ग्राउंड, वी शैल नाट कम बैक।' हमने मैदान जीत लिया है, अब पीछे नहीं आएँगे। ये बातें पत्रकारों ने भी टेप कर लीं।

'दैनिक जागरण' में शेखर त्रिपाठी ने विवरण देते हुए लिखा—

दरिंदगी, खून खराबा और वह भी इस हद तक कि न तो लहू रुक रहा था और न ही गोलियाँ थम रही थीं। एक ऐसा माहौल जिसे देखकर जनरल डायर भी काँप जाए। कुछ ऐसा ही माहौल आज कार्तिक पूर्णिमा पर अयोध्या में था। इन रामभक्त कारसेवकों पर पुलिस ने कुछ इस कदर दरिंदगी दिखाई कि लगा, जैसे वे निहत्थे रामभक्तों से नहीं, वरन् तोप और टैंकों से लैस विदेशी हमलावरों से लोहा ले रहे हों।

उस दिन लालकोठी के बरामदे से सचमुच रक्त गंगा बही थी। पूरी गली लहू से भर गई थी। खोपड़ियों पर राइफलें सटाकर गोली चलाई गई और भेजे उड़ा दिए गए। निशाने साध-साधकर कमर से ऊपर गोली मारी गई। छतों से पानी फेंक रही महिलाओं पर भी गोलियाँ दागी गईं।

कुछ सुरक्षाकर्मी जवान तो फूट-फूटकर रो पड़े उस सामूहिक नरसंहार को देखकर। चारों ओर लाशें-ही-लाशें! एक गुट ने ही बिछाई थीं वे सब। अधिकांश जवान और अफसर उस हत्याकांड के विरुद्ध थे।

विद्वान पत्रकार श्री भानुप्रताप शुक्ल भी उस वीभत्स नरमेध के प्रत्यक्षदर्शी हैं। उन्होंने लिखा है कि यह तो रामलला के भारत में 'हौतात्म्य यज्ञ' था। एक घर में थे वे। बाहर आकर सबकुछ देखने को निकले—

"अभी बाहर निकला ही था कि देखा सी.आर.पी.एफ. का एक जवान बंदूक उठाए सामने की छत से लपका चला आ रहा है। मैं सहमा, ठिठका, भय से काँप उठा कि अब उसकी गोली का निशाना बना। वह आया, ठहरा और चीखा—साले जल्लाद, गोली चलाने के लिए कहते हैं। बेचारे रामभक्त कारसेवक कीर्तन करने बैठे हैं, वे कहते हैं कि इन्हें मारो। ये लो, मुझे नहीं करनी तुम्हारी नौकरी। और उसने अपने नाम की पट्टी और बैज नोचकर फेंक दिया। बोला—चलकर ऊपर देखो। उनके लिए आदमी आदमी रहा ही नहीं। जैसे खरगोश का शिकार कर रहे हों।"

श्री भानुप्रताप शुक्ल ने यह भी देखा—

"ओम श्रीमाता मंदिर के पास वाली गली के मोड़ पर एक कारसेवक को गोली लगी। वह गिरा तो दो कारसेवकों ने अपने शरीर का छत्र बनाकर उसे ढक दिया। छत पर खड़ा कमांडेंट चीखा—'उस्मान! मारो सालों को गोली। ये बचाने आए हैं।' और उस्मान ने निशाना साधकर उनकी कनपटी पर गोली मारी। दोनों का भेजा तो उड़ गया, लेकिन उनके छत्र को गोलियाँ नहीं बेध सकीं।"

लाशों की गिनती के संदर्भ में वे कहते हैं—

"लोग मृतकों का हिसाब पूछते हैं। एक सँकरी गली में बैठे पचास

हजार से अधिक लोगों पर पैंतालीस मिनट तक अंधाधुंध गोलियाँ चलाई जाएँ तो क्या मृतकों की सूची बनाना सरल काम है ? दो नवंबर को मारे गए लोगों की सूची न तो अभी तक बनाई जा सकी है और न कभी बनाई जा सकेगी।''

जिलाधिकारी श्री रामशरण श्रीवास्तव ने चीख-चीखकर गोली न चलाने का आदेश दिया तो धक्का मारकर उन्हें अलग कर दिया गया। दु:खी होकर वे बोले—

''ये लोग हैवान हो गए हैं। ये गोली सुरक्षाबल के जवान नहीं, केवल चार-पाँच अफसरों का गुट चला रहा है।''

इन अफसरों को पत्रकारों ने प्रत्यक्ष देखा। कमिश्नर मधुकर गुप्त, डी.आई.जी. गिरधारीलाल शर्मा, एस.एस.पी. के कमांडेंट परमजीतसिंह, उपकमांडेंट जे.एस. भुल्लर, उपनिरीक्षक संपतसिंह और उस्मान। पचास लाशें तो एक ही स्थान पर श्री भानुप्रताप शुक्ल ने गिनीं।

सनसनाती गोलियाँ और लाश उठाती टोलियाँ

मौत के उस नंगे नाच के बीच भी हुतात्मा कारसेवकों के शव उठाने तथा घायल रामभक्तों के प्राण बचाने की कोशिश प्राणों पर खेलकर भी कुछ लोगों ने जारी रखी। बीकानेर राजस्थान के श्यामसुंदर लदरेचा के शब्दों में पढ़िए वह रोमांचक विवरण—

2 नवंबर अचानक मेरी तंद्रा लौटने लगी, कानों में गोलियों की आवाज पड़ते ही सहसा मुझे सब याद हो आया।

हम राजस्थान प्रांत प्रमुख मोतीसिंहजी के साथ लालकोठी के पास से आगे बढ़ रहे थे, अश्रु गैस के घुप्प माहौल के कारण आँखों में जलन व जी मिचलाने सा लगा था। अचानक मेरे घुटने पर छायँ की आवाज के साथ एक गोली लगते ही मैं गिर पड़ा, फिर मुझे याद नहीं किसने बीच सड़क से मुझे 'लालकोठी' के बरामदे में लिटा दिया। (लालकोठी वह स्थान है, जिसकी दीवार पुलिस के वहशीपने की आज भी कहानी कह रही है, दीवार पर शायद ही कोई ऐसा स्थान हो, जहाँ गोलियों ने गड्ढा न कर दिया हो।) चलती हुई

गोलियों के बीच अभी सारी स्थिति को मैं सोच-समझ ही नहीं पाया था कि अचानक किसी ने चलती गोलियों की परवाह न करते हुए मेरा पाँव पकड़कर एक तरफ खींच लिया। मैं थोड़ा पीछे आया। इतने में ही मेरे साथी कारसेवक श्री प्रेमसारण ने मुझे वो रबर की गोली दिखाते हुए बताया कि तुम्हें बीच में गिरा देखकर बीकानेर के सभी कारसेवक अशांत हो गए। उन्होंने ये सोच लिया है कि तुम्हें गोली लग गई है। सभी को दिगंबर अखाड़े के पास खड़ा कर मैं तुम्हारे शरीर को लेने ही आगे बढ़ा था कि मुझे अनायास ही ये पता चला कि तुम्हारे पैर पर लगने वाली गोली रबर की भारीभरकम गोली थी। (वह हमारे पास है इसका वजन 126 ग्राम तथा लंबाई 4 इंच है।)

इतने में ही हमारे साथी कारसेवक भी आ गए। मुझे सकुशल देखकर सबकी आँखें लगभग तर हो गई थीं।

अचानक हल्ला मचा कि दस-बारह कारसेवक मारे गए हैं तथा पुलिस लगातार अंधाधुंध फायरिंग कर रही है। इस बार मेरे एक रिटायर्ड फौजी साथी नरेंद्र त्यागी के इस आह्वान पर कि हमारे कुछ कारसेवक अपने हताहत साथियों को गोलीबारी के बीच से उठाकर लाने का प्रयास कर रहे हैं, 10-12 युवकों का हमारा यह जत्था भी जान की परवाह न करते हुए गोलीबारी के बीच हताहत कारसेवकों की सहायता के लिए कूद पड़ा।

गोली लगने के भय से अब हम चिंतित नहीं थे। अचानक एक कारसेवक ने बताया कि बीच सड़क पर दो बुरी तरह से घायल कारसेवक पड़े हैं, तभी पास के मकान में से एक महिला ने हमें एक हल्की सी चारपाई पकड़ाकर बड़ी सहायता की।

अब मैं और साथी कारसेवक श्री प्रेमसारण तथा मथुरा के एक कारसेवक श्री विमल कुमार ओझा चारपाई लेकर लँगड़ाते हुए आगे घायलों की ओर बढ़ गए। लक्ष्य था बीच सड़क पर पड़े दो रामभक्तों को उठाकर लाने का। सर पर कफन लपेटे साथी कारसेवकों के साथ हम चारपाई लिए हुए घायलों के पास पहुँचे। उन्हें चारपाई पर डालकर तेजी से दिगंबर अखाड़े की ओर बढ़ गए। मैं और प्रेमसारण चारपाई के आगे के हिस्से पर थे, पीछे मथुरा के विमलजी

ओझा व उनके एक साथी।

चारपाई कंधों पर उठाए हम अस्सी-नब्बे मीटर चलकर दिगंबर अखाड़े के पास उन्हें ले आए, जहाँ महंत परमहंस रामदासजी खड़े थे। चारपाई जमीन पर रखी ही थी कि मेरी नजर विमलजी के लहूलुहान कंधे पर पड़ी। मैंने विस्मित होकर कहा, "अरे! विमलजी, कंधे पर खून-ही-खून, शायद हताहत इन कारसेवकों का गिरा होगा?"

किंतु उन्होंने बड़े ही सहज ढंग से उत्तर दिया—''चारपाई उठाते वक्त कंधे पर कुछ लगा तो था, पता नहीं कैसा खून है?''

मैंने फटाफट उनकी कमीज उतारी तो अनायास ही वह दृश्य देख-सोच कर मुँह से निकल पड़ा—

"वाह रे! रामभक्त कारसेवक! गोली कंधे को चीरकर पार निकल गई, परंतु चिरनिद्रा में विलीन हुतात्मा का सुखदायी बोझ उस लहूलुहान कंधे पर बिना परेशानी के उठाकर उनके महामृत्यु के मार्ग की मान-मर्यादा को और भी अधिक आलोकित कर दिया। धन्य है तुम्हारी यह हिम्मत।"

डॉ. मीना परतानी : नई झाँसी की रानी

27 अक्तूबर को श्रीराम कारसेवा समिति के अखिल भारतीय अध्यक्ष ज्योतिष पीठ के शंकराचार्य श्री वासुदेवानंदजी महाराज के नेतृत्व में प्रयाग से लगभग एक लाख नर-नारियों की एक पदयात्रा अयोध्या की दिशा में चल पड़ी। पदयात्रा को फाफामाऊ पुल पर रोक दिया गया। महिला पुलिसकर्मी न होने से महाराष्ट्र के पर्वनी नगर की डॉक्टर मीना परतानी के नेतृत्व में महिला कारसेवकों का एक जत्था आगे बढ़ा। सिपाहियों ने महिला कारसेवकों पर लाठी प्रहार प्रारंभ कर दिया। डॉ. मीना परतानी के सिर पर चार-पाँच लाठी प्रहार से खून बहने लगा और वे भूमि पर गिर पड़ीं। तो उनके सीने पर लाठी प्रहार करने वाले सिपाही ने बंदूक तान कर कहा, ''झाँसी की रानी बनना चाहती है, अभी तुझे झाँसी की रानी बनने का सबक सिखाता हूँ।'' डॉ. मीना

ने कहा, ''चलाओ तुम्हारी बंदूक, मैं भगवान् राम का नाम लेते हुए बलिदान हो जाऊँगी।'' तुरंत अन्य पुलिसवालों ने उस सिपाही के हाथ से बंदूक छीन ली। थोड़ी देर बाद कुछ महिला होमगार्ड वहाँ आईं और डॉ. मीना को सरूपरानी अस्पताल में ले गईं। उनके सिर में चार टाँके थे, इस कारण दो दिन बाद ही वे अयोध्या पहुँच गईं।

प्रोफेसर अरोड़ा : प्रस्थान से बलिदान तक

अयोध्या यात्रा से शवयात्रा तक प्रोफेसर अरोड़ा के साथ रहे श्री शुद्धराज लोढ़ा की जुबानी उस शहादत का विवरण पढ़िए—

उलझनों भरे सफर का एक अनोखा आनंद, राम नाम का ही एक चमत्कार था, जिसके कारण मेरे जैसे 59 वर्ष के भारी (84 किलो) शरीर वाले व्यक्ति ने, जिसके दोनों पैरों में दो बार हुए फ्रेक्चर के कारण दर्द व सूजन, हाथों में तथा दोनों कंधों का दर्द, खाँसी का दौरा अलग, जिस पर लगभग 10-12 किलो का कंधे पर वजन लिए रामधुन में मग्न, न खाने का पता और न रात-दिन में कोई अंतर, न धूप-छाँह की कोई सुध, न काँटों की चुभन व न नदियों के पानी की चिंता, लक्ष्य प्राप्ति के लिए 'आगे बढ़ना ही लक्ष्य हैं' के साथ निरंतर आगे बढ़ते ही गए। रास्ते में लोगों का उत्साह प्रेम-पूर्वक स्वागत, सहयोग व समर्पण की भावनाओं ने हमें गद्गद कर दिया और उत्साह से भर दिया। ऐसे थे हमारे उत्तर प्रदेश के सहयोगी, हर लिया इन्होंने हम दिवानों के दर्द को।

अयोध्या पहुँचने पर राजस्थान के लोगों को दिगंबर अखाड़े में ठहराया गया। हम 01-11-90 को वहाँ प्रातःकाल पहुँचे। हमारी यह यात्रा सभी तरह के वाहनों—जीप, साइकिल, ट्रेक्टर आदि से लगभग 60 किमी. व पैदल लगभग 120 किमी. पूरी हुई।

प्रातःकाल छोटी छावनी से 01-11-90 को एक विशाल रैली निकाली गई, जिसमें बाहर के लगभग 60 हजार कारसेवक थे व अयोध्या के एक लाख

से अधिक। राजस्थान की कतारें सबसे लंबी थीं। शाम को एक आम सभा में प्रेरणादायक गीतों की गुंजन से छावनी गूँज उठी। कोटा के कार्यकर्ताओं के गीतों ने तो संत महात्माओं को भी स्टेज पर नाचने के लिए प्रेरित कर दिया। उसके बाद कई महात्माओं तथा गुजरात व मध्य प्रदेश के सांसदों ने भी संबोधित किया। बाद में हमारे सम्मुख थे श्री अशोक सिंघल, जिन्होंने सारी जानकारी देते हुए 02-11-90 की प्रात: मंदिर की ओर कूच करने के लिए आह्वान किया। उन्होंने कहा कि हाथ में शस्त्र तो क्या लकड़ी भी नहीं होनी चाहिए। हम रामधुन गाते-गाते बढ़ेंगे तथा हाथ में पानी से भीगे कपड़े लिये जिससे हम अश्रु गैस से बचाव कर सके।

बलिदान दिवस

2 नवंबर कार्तिक पूर्णिमा संवत् 2047, सरयू तट पर भगवान राम की जन्म स्थली अयोध्या जिसे उत्तर प्रदेश के मुख्यमंत्री मुलायमसिंह ने दुर्गम दुर्ग जैसा बना दिया था। दर्जनों प्रकार के सशस्त्र बल, पग-पग पर स्टील पाइप की बाधाएँ, काँटे के तारों की बाड़ और बदले हुए विशिष्ट प्रकार के दुर्दांत सशस्त्र जवान, इन सबकी घेराबंदी के बीच प्रात: 10 बजे हर गली में हजारों कारसेवकों की भीड़ जन्मस्थली की ओर 'जय श्रीराम' के गगनभेदी उद्घोष करती आगे बढ़ने लगी। 'रामलला हम आए हैं, मंदिर यहीं बनाएँगे।' अचानक आँसू गैस के गोले फटने लगे और चारों तरफ धुआँ-ही-धुआँ। फिर गोलियाँ चलने की आवाज के साथ ही भगदड़ मच गई। ऐसे में श्री अरोड़ा ने जो राजस्थान दल का नेतृत्व कर रहे थे, अपने प्राणों की चिंता छोड़ सबको बचाने की चिंता में चिल्लाए, "गली में दौड़ जाओ, नीचे लेट जाओ, अपने आपको बचाओ, जय श्रीराम आदि।" प्रो. अरोड़ा जो उस समय संघ की निकर पहने गली में वीरतापूर्वक अपने दल का मार्गदर्शन कर रहे थे, गोलियों की बौछार में भी डटे रहे। इनको आगे बढ़ते देख ऊपर छत पर खड़े एक आततायी जवान ने निशाना साधकर गोली दाग दी, जो प्रो. अरोड़ा के पेट, गुर्दे को भेदती हुई दूसरी ओर निकल गई। प्रो. अरोड़ा वहीं ढेर हो गए। लोग इन्हें

लेने के लिए दौड़े, लेकिन गोलियों की बौछार आगे नहीं बढ़ने देती थी। डॉ. अरोड़ा वहाँ एक घंटे तक पड़े रहकर मृत्यु से संघर्ष करते रहे। किसी प्रकार उन्हें अस्पताल ले जाया गया, तब तक वे जिंदा थे, लेकिन वहाँ पहुँचने के कुछ क्षणों के पश्चात् उन्होंने दम तोड़ दिया। तलाशी लेने पर जब पुलिस को कप्तान के वेश का फोटो और परिचय-पत्र मिला तो सब आश्चर्यचकित थे! उन्होंने अपने ही एक कप्तान को मार दिया था। सभी ने अधिकारी सलामी दी और शव पर फूल-मालाएँ चढ़ाईं।

मैं भी शीघ्र छावनी पहुँचा। वहाँ देखा कि 5 लाशें पड़ी हैं। दो कोठारी बंधुओं की और एक सेठाराम तथा दो अन्यों की। अरोड़ाजी उसमें नहीं थे। मेरी चिंता बढ़ी। उन्हें ढूँढ़ने का प्रयास किया।

जिला अस्पताल पहुँचने पर तीनों मिल गए। कपड़े पहने, हॉस्पिटल के चक्कर लगाए, सभी भर्ती को देखा, जिसमें राजस्थान के 9 लोग थे और इसी में एक जोधपुर के श्री शांतिलालजी जिनके पैर में दो गोलियाँ लगी थीं। उस समय लाशें पोस्टमार्टम के लिए गई थीं, इसलिए देख न सके। फैजाबाद के कार्यकर्ताओं की हॉस्पिटल के मरीजों व उनके साथ आए अन्य लोगों का सेवाभाव, समर्पण देख कर हम मंत्रमुग्ध हो गए। दो बहनें व कुछ भाई, माताएँ सभी को भोजन, चाय, दूध, बिस्कुट, जूस आदि प्रेम से खिलाती थीं। कर्फ्यू होते हुए भी लोग पूड़ियाँ, सब्जी, दूध, फल आदि लाकर दे रहे थे। वहाँ माइक लगा था। श्री त्रिपाठीजी ने सूचना दी कि दो दर्जन ओढ़ने की चद्दरें चाहिए। माइक रखते ही कई लोग आ गए कि हम चद्दर लाते हैं। यह था लोगों की सेवा का नमूना।

आखिर इंतजार की घड़ी टूटी। पोस्टमार्टम के बाद लाश आई। वह हमारे महेंद्रजी ही थे। अत: मैं कार्यकर्ता के साथ डॉक्टर के पास गया और उनका आइडेंटिटी कार्ड (परिचय-पत्र) जो मुझे एक कार्यकर्ता ने दिया था, दिखाया कि आप लाश व फोटो देखकर मालूम कर लीजिएगा कि ये कैप्टन अरोड़ा ही हैं। ये जोधपुर में प्रोफेसर हैं। जब सरकारी अधिकारियों को कार्ड से यह मालूम हुआ कि ये कैप्टन हैं तो उनका व्यवहार ही बदल

गया। लाश देने में पहले रुकावट थी, वह दूर हो गई और पुलिस अधिकारी स्वयं वहाँ स्कूल में आए, उन्हें मालाएँ पहनाकर व सैल्यूट देकर सम्मानित किया गया। उन्होंने एक खटारा ट्रक की व्यवस्था की, जिसका ड्राइवर बार-बार कह रहा था कि मेरी गाड़ी नहीं जा सकती। परंतु फैजाबाद के ही एक कार्यकर्ता ने एक नई गाड़ी यूपी-42/2690 मय कर्फ्यू पास नं. 055 के डी.सी.एम. टोयटा भेज दी, जिसमें बर्फ रखकर रात्रि में 11 बजे शहीद सेठारामजी की लाश रखी थी, उसमें ही शहीद श्री महेंद्रनाथजी अरोड़ा की लाश रख ली गई। फिर गाड़ी जोधपुर के लिए रवाना हुई।

जयपुर पहुँचने पर राजस्थान के मुख्यमंत्री श्री भैरोसिंह शेखावत, श्री ललितकिशोर चतुर्वेदी, श्रीमती उजला अरोड़ा, जो शहीद अरोड़ाजी की भाभी व विधायिका भी हैं, श्री राजेंद्रजी गहलोत, मान्यवर किशन भैयाजी तथा कई स्वयंसेवक तथा अन्य कार्यकर्ताओं ने श्रद्धांजलि दी, फूल-मालाएँ चढ़ाईं। हर जिले की सीमा पर उस जिले की पुलिस हमारे साथ चलती रही। रास्ते में अजमेर, ब्यावर, बिलाड़ा आदि जगहों पर लोग मालाएँ लिये तैयार थे। पावटा में लोगों ने इंतजार में पूरी रात्रि यहीं बिताई व शहीदों के शव आने पर नारों से स्वागत कर शहीदों को श्रद्धासुमन चढ़ाए। हम जोधपुर पहुँचे। श्री महेंद्रनाथजी अरोड़ा के मकान पर गए, शव उतारा व दूसरा शव लेकर मथानियाँ गाड़ी रवाना हुई।

इधर डॉ. हेडगेवार भवन संघ कार्यालय पर शहीदों के अंतिम दर्शनार्थ आबाल वृद्ध, स्त्री, पुरुष दौड़े चले आ रहे थे। भीड़ बढ़ती जा रही थी। जितने लोग दर्शन करते, पुष्प चढ़ाते उससे चौगुने लोग और पंक्ति में जुड़ जाते। ठीक 9:30 बजे फूलों से ढकी अर्थी श्मशान की ओर रवाना हुई। शहर में कर्फ्यू के बावजूद लोग उमड़े पड़ रहे थे। देखते-ही-देखते सड़कें भर गईं, छज्जे, छतें भर गईं। सबके हाथ जुड़े थे, आँखें बरस रही थीं। मुँह पर श्रीराम, हे राम था। रास्ते में लोग कतारबद्ध पुष्पगुच्छ व मालाएँ लिये खड़े थे। अंत में श्मशान स्थल पर विधि विधान और मंत्रोच्चार के साथ ज्येष्ठ पुत्र शैलेंद्र अरोड़ा ने मुखाग्नि दी। चिता से उठती लपटों के साथ-साथ वहाँ खड़े लगभग

20000 लोगों में उन्माद और क्षोभ बढ़ रहा था। वे चिता की ओर लपके जाते थे। रोकना मुश्किल हो गया। एक ही संकल्प और एक ही आक्रोश था 'बच्चा-बच्चा राम का, जन्मभूमि के काम का' मंदिर वहीं बनाएँगे, मंदिर वहीं बनाएँगे।

मथानियाँ का शहीद सेठाराम

जोधपुर से तीस कि.मी. दूर पश्चिमी राजस्थान के विशाल रेगिस्तान में एकमात्र हरा-भरा, मीठे पानी का क्षेत्र, जहाँ की मिर्ची और प्याज सारे देश में वर्षों से प्रसिद्ध है और अब मथानियाँ प्रसिद्ध है कि यहाँ देशभक्त और शहीदों की विशेष फसलें भी बोई जाती हैं, जो छोटी उम्र में ही पकने से पहले कट जाती हैं। सेठाराम की अभी तो मसें भी पूरी तरह से नहीं भीगी थीं। 22 वर्ष का गोरा-चिट्टा, मासूम चेहरा, मध्यम कद का किशोर ही तो था। हाँ, यह बात जुदा है कि गाँव के परिवेश में माता-पिता ने लड़कपन में ही विवाह कर दिया। वीर पत्नी की गोद में आँधी और तूफान के समान दो फूल हैं।

सेठाराम ने कारसेवा के लिए अपना नाम लिखा दिया था। अपने अन्य साथियों के साथ अपना सामान लेकर जोधपुर आ पहुँचा। अधिकारियों ने कमसीनता देख संदेह से पूछा—"घर से पूछ कर आए हो?" सेठाराम का जवाब नहीं, एक सवाल था—"भगतसिंह जैसे लोग घर से पूछकर नहीं आते।" आज का तथाकथित बुद्धिजीवी अपने बौद्धिक अजीर्ण पर गर्व कर सकता है, किंतु इस प्रकार के उत्तर की दृष्टि से वह सदा-सर्वदा विपन्न ही रहेगा। सेठाराम हिंदुत्व की ऊर्जा और राम की भक्ति से ओतप्रोत था। दिनांक 27-10-90 को प्रो. महेंद्रनाथ अरोड़ा के दल के साथ वह भी उत्साह से जोधपुर मेल में सवार हो गया।

दिनांक 31-10-90 की रात को यह दल पुलिस की नजरों से बचते-बचाते अयोध्या पहुँच ही गया। राजस्थान के लिए निश्चित आवास पर उन्होंने पड़ाव डाला। उत्सर्ग की तिथि 02-11-90 आ पहुँची। आँसू गैस के गोलों से बचने के लिए निर्देशानुसार गीला गमछा पास था। उससे सेठाराम अपने दल

के साथ आँसू पोंछते आगे बढ़ते चले जा रहे थे। आँसू गैस के गोले, लाठियों और गोलियों के बीच सेठाराम के मन में अपने गाँव मथानियाँ, जोधपुर और राजस्थान का नाम नीचा न हो इसी का ध्यान था। भयंकर भगदड़ में भी सेठाराम विचलित नहीं हुआ और आँसू गैस के गोलों को पकड़-पकड़कर नाली में फेंक-फेंककर नाकाम करने लगा। उसकी इस कारगुजारी को देखकर दो मुलायमी सशस्त्र जवानों ने सेठाराम को बालों से पकड़ा और उसके मुँह में बंदूक की नाल ठूँसकर ट्रिगर दबा दिया। गोली मस्तक को फोड़कर बाहर निकल गई। इस प्रकार श्री सेठाराम परिहार ने अपना नश्वर शरीर अयोध्या में श्रीराम के चरणों में खिले हुए पुष्प की भाँति समर्पित कर दिया।

''तेरा वैभव अमर रहे, हम दिन-चार रहें न रहें।''

सेठाराम परिहार के पूज्य पिताश्री बंशीलालजी ने अपने वीर पुत्र को श्मशान में जाने से मना कर दिया और अपने फार्म में जो उनका निवास स्थान भी है इसी के द्वार पर उनका दाह संस्कार करने का आग्रह किया। उनकी शव यात्रा में छह सात हजार लोगों का उन्मादकारी जन समुदाय था। उस गाँव में ऐसी शवयात्रा आज तक किसी की नहीं निकली और हो भी क्यों?

धर्म के नाम पर न्योछावर होनेवाला शहीद किसी भी सेठ, राजा, महाराज व संत से भी बड़ा होता है या बन जाता है। आसपास के गाँवों, शहरों से लोगों का दिन भर ताँता लगा रहा, लोग आते और उनके पिताजी के चरणों में सर नवाते थे। आज जो उल्लास, गर्व से दीप्त चेहरा मथानियाँ वासियों का देखा, वह अद्‌भुत था। लगता था, मानो वे स्वयं गाँव को सारे संसार से ऊँचा अनुभव कर रहे थे। धन्य है सेठाराम, जो कल तक एक सामान्य किशोर था, आज सबका सिरमौर हो गया। जिस समय शहीद सेठाराम को उनके चार-पाँच वर्षीय पुत्र ने मुखाग्नि दी उस समय हजारों लोग एक साथ खड़े हो गए, तमतमाए मुँह लिये, ऊँचे हाथ उठाए, जोर-जोर से उद्‌घोष करने लगे। 'मथानिया' के हर घर का बेटा, राम काज के लिए है 'सेठा', 'शहीद सेठाराम अमर रहें', 'शहीदों की चिताओं को भूलो मत, भूलों मत।'

□

क्या खोया, क्या पाया

भारतमाता ने अपने वीर पुत्रों के शौर्य और कायर-हत्यारे बेटों की क्रूरता की पराकाष्ठा 30 अक्तूबर और 2 नवंबर, 1990 को देखी। प्रसिद्ध सर्जन मेरे मित्र और सांसद डॉ. जिनेंद्र कुमार जैन (दिल्ली) ने जो वीडियो कैसेट तैयार किया, उसे देश-विदेश के लाखों लोगों ने देखा है। उसे देखते हुए अनेक नर-नारी बेहोश हो गए। कई लोगों को हृदयघात हुआ। पाशविकता पराक्रम की सजीव गाथा उस कैसेट में अंकित है। उसे देखकर कौन मुलायमसिंह के सरासर झूठ पर विश्वास करेगा कि गिनती के लोग मरे हैं। सरयू में फेंकी गई असंख्य लाशें जब निकाली गईं तो वे गल चुकी थीं। रेत के बोरे, पानी से भरे घड़े तथा पत्थर उनसे बँधे थे, ताकि वे तैरकर पानी के ऊपर न आ सकें। निकाले जाते समय उनका अंग-अंग बिखरते देखना इतना हृदयद्रावक है कि आँखें बंद ही कर लेनी पड़ती हैं। गलियों में तथा सरयू पुल पर हर कहीं छितरे मांस के लोथड़े, रक्त चाटते कुत्ते और मांस के टुकड़ों पर झपटते चील-कौवे, यह सब देखना बड़ी हिम्मत का काम है। गोलियों से फटी खोपड़ियाँ, खुली पड़ी आँतें, क्षत-विक्षत छलनी शवों के अंबार, क्या कुछ नहीं है जो वीभत्स न हो।

बयानों की बानगी

जिन्होंने हत्यारी गोली और 'जय श्रीराम' की प्यारी बोली के इस युद्ध में भाग लिया अथवा अपनी आँखों से इसे देखा है, उनमें से कुछ के बयान वीडियो कैसेट में इस प्रकार दर्ज हैं—

सुनील कुमार—एक सलौना मासूम युवक अस्पताल के बिस्तर पर गोली से घायल पड़ा हुआ बोला—मैंने प्रतिज्ञा की थी कि जन्मभूमि जाऊँगा लेकिन पूरी नहीं हो सकी। मुझे तो गेट पर ही गोली मार दी गई। अब मैंने प्रतिज्ञा की है कि ठीक होते ही मैं वहाँ जाऊँगा।

राजनारायणसिंह—सुल्तानपुर, यह नौजवान भी गोली के घाव शरीर पर सजाए बोला—"मैं जंगले तोड़ रहा था, मैं गेट तोड़ रहा था। सामने से आकर गोली लगी, उसके बाद मुझे नहीं पता कि क्या हुआ! हम एकदम करीब पहुँच गए थे।"

नीशीथ—दिल्ली, छाती पर गोली लगी है। हम बैरियर तोड़ने की कोशिश कर रहे थे तभी गोली चली।

रामबहादुर—बदायूँ, अस्पताल के बिस्तर पर अत्यंत बलिष्ठ, सजीले-रौबीले इस रामभक्त ने दाहिने हाथ पर पट्टी-प्लास्टर होते हुए भी गोली लगने की पीड़ा पर विजय पा रखी थी। बोले—"मैं 20 तारीख को चला, लखनऊ आया। लखनऊ से फिर गाँव-गाँव, माता-बहनों ने हमें तिलक लगाए। पहले बॉर्डर पर पुलिस ने घेर लिया, पुलिसबलों के पैर छूते, हाथ जोड़ते आगे बढ़े। फाटक-तोड़ फोड़कर हम राममंदिर में घुस गए। लाठीचार्ज हुआ। हम 'जै सियाराम' बोलते और जंगले निकालते। सात जंगले हमने निकाल दिए। फिर हम पे लाठीचार्ज हुआ, गोली चली। अब हमें बस मुलायमसिंह से भुगतना है और कुछ नहीं।"

अभयकुमार—आसनसोल, मरणासन्न इस युवक ने यात्रा का वर्णन भी किया और हाँफते हुए बोला—"मंदिर बनाने के लिए निकला था, अपने धर्म की रक्षा के लिए। लेकिन ये साला बाबर, जो मरा है हिंदुस्तान में, लेकिन दफनाने के लिए कहा था कि मुझे अरब में दफनाओं उसकी निशानी यहाँ रह गई है, हमारे भगवान् राम की जगह। मैंने कसम खा रखी है कि ठीक होने पर फिर जाऊँगा अयोध्या। मेरे दस भाई मर गए। मैं लाश उठाने गया था। मैंने दो तो उठा ली लेकिन एक गोली सामने से घुटने में दूसरी जाँघ में लगी, बस मैं वहीं गिर गया।"

कोठारी बंधुओं के ताऊ—दोनों भाइयों के शव पर राजस्थानी चूँदड़ी पड़ी है। लाशें ट्रक में रखी हैं। चश्में के पीछे से आँखों से बरसती अश्रुधार को पोंछते हुए बार-बार दिल को हाथ से दबाते ताऊजी बिलखते हुए बोले—"मेरे सगे भाई के लड़के हैं ये, इन्होंने झंडा फहराया था वहाँ। बच्चे को खींचकर मार डाला। दूसरा भाई बचाने गया उसको मार डाला। यह कौन सा राज्य है ? ये कैसी नृशंसता है ? बच्चे को खींचकर मार डाला। क्या हम देश के नागरिक नहीं हैं ? ये पुलिस हमारी नहीं है ? इन्हें तिलक लगाकर विदा किया था। सोचकर आए थे। यदि वे इस काम में शहीद होते हैं तो हो जाएँ, लेकिन यह नहीं पता था कि पुलिस ऐसे मार देगी। यह कोई बात हुई।"

फैजाबाद के श्रीराम अस्पताल में ड्यूटी डॉक्टर एस.के. गुप्ता ने अत्यंत आक्रोश में बताया—"पंद्रह-बीस लाशें वहाँ पड़ी हैं, जिन्हें पुलिस अपने पास रखे है। पाँच-छह यहाँ हैं। गोलियाँ कमर के ऊपर लगी हैं। बर्बतापूर्वक गोलियाँ मारी गई हैं, जो कि निंदनीय है।"

क्रुद्ध महिलाओं का जुलूस—3 नवंबर को महिलाओं ने अयोध्या छावनी से एक विशाल जुलूस निकाला। उसका नेतृत्व सेना के अधिकारियों की पत्नियों ने किया। कर्फ्यू तोड़कर ये क्रुद्ध महिलाएँ सड़कों पर आ गईं। पहली रात दो हजार महिलाओं व पुरुषों ने कमिश्नर के बँगले का घेराव किया। हत्याकांड से क्षुब्ध महिलाओं ने उग्र रूप धारण कर रखा था। करीब 6 किलोमीटर तक चक्कर काटते हुए इस जुलूस ने जब कमिश्नर के बँगले को घेरा तो वे वहाँ नहीं थे। कमिश्नर मधुकर गुप्त के आने पर युवकों ने उन्हें दौड़ाया-भगाया। बड़ी मुश्किल से उन्हें सुरक्षित बचाकर ले जाया जा सका।

उपलब्धियाँ—लोग पूछते हैं कि इतने बड़े खून खराबे से आखिर देश को हासिल क्या हुआ ? इसका सटीक उत्तर दिया राष्ट्रीय स्वयंसेवक संघ राजस्थान के सहप्रांत प्रचारक श्री लक्ष्मणसिंह शेखावत ने—

कारसेवा के प्रबल अभियान से उभरे विषय

1. घोर स्वार्थ के इस युग में निःस्वार्थ देशभक्ति (रामभक्ति) का अनुपम उदाहरण कारसेवक के रूप में लाखों आबाल वृद्ध, नर-नारियों ने दिया है कि ये लोग अपने किसी स्वार्थ के कारण अयोध्या नहीं जा रहे थे, अपितु राम मंदिर निर्माण के महान् उद्देश्य के लिए गए।
2. कहते हैं कि युवक बड़ा भोग-विलासी हो गया है, किंतु यदि युवक के समक्ष कोई दिव्य प्रेरणा हों तो वह प्राणों की परवाह न करते हुए भी आगे बढ़ सकता है। यह इस कार-सेवा अभियान ने करके दिखाया है। युवक लक्ष्य की अंतिम चोटी (गुंबज) तक पहुँचा।
3. जन सहयोग में—जैसे भगवान् राम की वनवास के समय वनवासियों ने जो अनुपम सेवा की थी, इससे भी बढ़कर जन-समाज के बंधुओं ने प्राणों की बाजी लगाकर की, अपने दामाद की मेहमानी से भी बढ़कर कारसेवकों की रक्षा तथा सेवा की है।
4. योजकता का ऐसा विलक्षण प्रयोग संभवत विश्व में दुर्लभ ही मिलेगा कि कारसेवक को घर से विदा लेकर किस ट्रेन या बस से कहाँ और कैसे अयोध्या तक पहुँचना है ? इसकी भी व्यापक योजना थी। गाँवों में भी पूर्व से सूचना थी कि कार सेवक आएँगे। उसी प्रकार से सफलतापूर्वक कारसेवक 30 अक्तूबर को ही शिवाजी की तरह प्रकट हुए। श्री अशोकजी सिंहल इसके ज्वलंत उदाहरण हैं।
5. महाभारत के चक्रव्यूह में तो सात घेरे थे, किंतु तथाकथित 'वीर मुलायमसिंह' के चक्रव्यूह के 25 घेरों को हजारों-लाखों अभिमन्युओं ने तोड़कर 'परिंदा भी पर नहीं मार सकता' की गर्वोक्ति की धज्जियाँ उड़ा दीं। प्रबल सच्चे आत्मबल के सामने सशस्त्र लाखों की फौज हार गई। यह दुनिया का नौवाँ आश्चर्य है।

6. हिंदू धर्म ने विश्व में 'अहिंसा परमोधर्मः' की बात कही गई है। निहत्थे कारसेवकों ने लाठी-गोलियों के मध्य 'जय श्रीराम' बोलते हुए, गोली चलाने वालों के पैर छूते हुए, हाथ जोड़ते हुए निर्भीकता के साथ अहिंसात्मक कारसेवा का अनुपम उदाहरण रखा। आज तक विश्व में इतना विशाल और प्रबल अहिंसात्मक आंदोलन नहीं हुआ।
7. गुरु गोविंदसिंहजी के दोनों बालकों को मुगल दुष्टों ने दीवार में जिंदा चुन दिया था। उसी इतिहास का स्मरण दिलाते हुए द्वय कारसेवक कोठारी-भ्राताओं ने अपना बलिदान देकर इस दिव्य आदर्श को पुनः प्रस्थापित किया है।
8. प्राचीन काल में राजस्थान में ऐसे वीरों का उदाहरण है कि जुझारू वीर की तरह वे दुष्टों द्वारा शीश कटने के पश्चात् भी केवल धड़ के सहारे ही कुछ समय के लिए युद्ध लड़ते रहते थे। बाजी प्रभु का भी ऐसा ही उदाहरण है, ठीक उसी प्रकार का उदाहरण कारसेवकों ने सीने में गोली खाते हुए, 'जय श्रीराम' बोलते हुए आगे बढ़ने का आदर्श रखा।
9. युवकों के संबंध में कहा जाता है कि वे अनुशासनहीन हैं। इस कारसेवा महाभियान में घर से निकले हुए कारसेवकों ने अयोध्या तक पूर्ण अनुशासन का अद्वितीय उदाहरण घर लौटने तक भी दिया है।
10. इस सारी सफलता का रहस्य उस डॉ. हेडगेवार की संघ शाखा के कार्यक्रमों से उत्पन्न संस्कारों के माध्यम से निर्मित स्वयंसेवक हैं, जिसने सबको साथ लेकर यह कीर्तिमान विश्व में प्रस्थापित किया है।

□

संघर्ष का एक यशस्वी चरण

श्रीरामजन्मभूमि मुक्ति संग्राम के इस अनोखे अभियान पर अपना अभिमत प्रकट करते हुए राष्ट्रीय स्वयंसेवक संघ के तत्कालीन सरकार्यवाह माननीय हो.वे. शेषाद्रिजी ने लिखा था—

युगाब्द 5093 की देवोत्थान एकादशी एवं कार्तिक पूर्णिमा (तदनुसार 30 अक्तूबर, 1990) भारतीय इतिहास में सदा अविस्मरणीय रहेंगे। समस्त विश्व ने आश्चर्यचकित होकर देखा कि असंख्य पुलिसबल, अर्धसैनिकबल एवं विविध सैनिक व्यवस्थाओं के चक्रव्यूह से संरक्षित रामजन्म स्थल पर मीरबाकी द्वारा निर्मित जिस ढाँचे को बाबरी मस्जिद कहा जाता है, उसके गुंबजों पर वीर कारसेवकों द्वारा ओंकार मंडित गैरिक ध्वज फहराकर यह सिद्ध कर दिया कि हिंदू समाज की एकता एवं दृढ़ संकल्प के लिए कोई भी कार्य करना असंभव नहीं है।

सारे संसार ने यह भी देखा कि भाषा, प्रांत, संप्रदाय, जाति के भेद से ऊपर उठकर संगठित हुई हिंदू शक्ति को दबाने की क्षमता किसी लाठीचार्ज, अश्रुगैस, गोली वर्षा में नहीं है। वीर कारसेवकों का अदम्य साहस, ध्येय के प्रति उनकी निष्ठा इतनी प्रखर थी कि पाशविकता की सीमा लाँघ कर किए गए सभी बर्बर दमनकारी बलप्रयोग उन्हें अपने पथ से विचलित नहीं कर सके। हिंदू समाज का यह शौर्य, पराक्रम एवं बलिदान उसमें जागृत हुई राष्ट्र चेतना का ज्वलंत प्रमाण है। इन घटनाओं ने यह भी सिद्ध कर दिया है कि हिंदू अपने राष्ट्रीय अपमान को अब कदापि सहन नहीं करेगा और अपनी अस्मिता एवं स्वाभिमान की रक्षा के

लिए किसी भी प्रकार का बलिदान एवं संघर्ष करने के लिए उठ खड़ा हुआ है।

इसके साथ-साथ संविधान, न्यायालय, कानून आदि के प्रति अपनी निष्ठा का डिमडिम पीटने वालों ने इन दिनों में उन सभी लोकतांत्रिक मर्यादाओं को कुचलकर सत्ता की पाशवी शक्ति का हिंसात्मक तांडव मचाया। इसके उलट, हिंदू समाज का अभियान—जैसे रामशिला पूजन, रामज्योति यात्राएँ, आडवाणीजी की सोमनाथ से अयोध्या तक के लिए निकली रथ-यात्रा आदि—संविधान और कानून के अंतर्गत ही संपन्न हुए तथा लाखों, करोड़ों लोगों की उमड़ती हुई जनभावनाओं को अत्यंत शांत और लोकतांत्रिक ढंग से ही अभिव्यक्त किया गया। विरोधी तत्त्वों के द्वारा सभाएँ, आकाशवाणी, दूरदर्शन के माध्यम से लोगों को इस अभियान के खिलाफ भड़काने का जहरीला प्रचार होने पर भी कहीं हिंसाकांड घटित नहीं हुआ।

इन दोनों दृश्यों की साक्षी जनता रही है। और इसके परिणामस्वरूप जनमानस में विरोधी तत्त्वों का लोकतांत्रिक मुखौटा चूर-चूर होकर, हिंदुत्ववादी लोगों का चेहरा और अधिक प्रकाशमान हुआ है।

श्री रामजन्म भूमि-बाबरी ढाँचा-संघर्ष में एक ओर हैं अपने आपको बाबरवंशी मानने वाले और दूसरी ओर हैं अपने आपको राम का वंशज मानने में गौरव की अनुभूति करने वाले लोग, इनके बीच का यह संघर्ष है। इससे यह स्पष्ट हो जाता है कि पिछले हजार वर्षों से चलते हुए आक्रमण के खिलाफ हिंदू-राष्ट्र के संघर्ष का ही एक यशस्वी चरण है। और जिस भारी प्रमाण में और जिस जुझारू वृत्ति से हिंदू समाज ने इस संघर्ष में भाग लिया है, इससे यह भी स्पष्ट संकेत मिलता है कि इसके पश्चात् यह चरण आगे ही बढ़ते जाएँगे तथा भारत के राष्ट्र-जीवन पर छाए हुए गत हजार वर्षों के इस्लामी आक्रमण के सारे काले चिह्नों को मिटाए बिना नहीं रुकेंगे।

यह पहली बार हुआ कि अपने धर्म के विभिन्न संप्रदायों के सैकड़ों धर्माचार्य, साधु, महात्मागण अपने मठों और आश्रमों से बाहर निकलकर समूचे हिंदू समाज के धार्मिक अधिकारों की रक्षा के लिए प्रत्यक्ष रणभूमि में उतर आए।

यह भी पहला अवसर है, जब राजनीतिक क्षेत्र के राष्ट्रीय तथा अन्यान्य

स्तर के गणमान्य नेता, सांसद, विधायक आदि लोग भी सैकड़ों की संख्या में हिंदू ध्वजा के नीचे संघर्ष में कूदकर जेल भरने के लिए प्रस्तुत हुए। इसका यह अर्थ है कि 1947 की 15 अगस्त को आक्रामक इस्लामी षड्यंत्र के सामने दबकर जिस हिंदू नेतृत्व ने अपनी पराभूत मानसिकता का परिचय दिया था, उसके स्थान पर अब एक तेजस्वी तथा जुझारू नेतृत्व को सामने लाने में हिंदू समाज पर्याप्त मात्रा में यशस्वी हुआ है।

इन सारे फलितों के परिणामस्वरूप स्वतंत्र भारत की पिछली 43 वर्षों की कालावधि में पहली बार अत्यंत स्पष्ट रूप से हिंदुत्व के मुद्दे पर राजनीतिक ध्रुवीकरण हुआ है।

एक ओर हैं अपने राजनीतिक स्वार्थ के लिए हिंदू हितों, यानी राष्ट्रीय हितों को तिलांजलि देकर कट्टरपंथी मुसलमानों की खुशामद करने पर तुले हुए, हिंदू समाज को जाति के नाम पर छिन्न-विच्छिन्न करने में संकोच न करने वाले और भारत को एक बहुराष्ट्रीय उपखंड मानकर उसका टुकड़े-टुकड़े करने की इच्छा रखने वाले, विदेशी निष्ठा रखने वाले लोग।

दूसरी ओर हैं भारत की प्राचीन संस्कृतिक राष्ट्रीयता तथा उसकी सजीव एकता और अखंडता पर अभंग श्रद्धा रखकर उसकी रक्षा के लिए कटिबद्ध हिंदुत्वनिष्ठ लोग।

इस ध्रुवीकरण से 'सांप्रदायिकता', 'सेक्यूलरवाद' आदि शब्दजाल के पीछे छिपा हुआ सारे हिंदू विरोधियों का असली चेहरा उजागर होकर सामान्य हिंदू मानव को सचेत होने में जरूर सहायता करेगा।

यह स्पष्ट है कि इतने वर्षों के मुस्लिम तुष्टीकरण के निहित स्वार्थ से परिपोषित राजनीतिक तत्त्व आसानी से हार मानेंगे ऐसी अपेक्षा करना अवास्तविक है। परंतु यह भी उतना ही स्पष्ट है कि पिछले एक वर्ष में—'नवंबर 89 से अक्तूबर 90' के महान् संघर्ष के कारण इन तत्त्वों को एक मर्मांतक धक्का लगा है और समूचा राष्ट्रमानस ही एक नई दिशा में सोचने को बाध्य हुआ है।

□

दिग्विजयी रथयात्रा और सत्ता की शतरंज

स्वधर्म की रक्षा में प्राणोत्सर्ग करने का वह उछाह रामभक्तों में अकस्मात् ही नहीं जागा था। उसके पीछे अनेक तपस्वी संतों की प्रेरणा, राष्ट्रीय स्वयंसेवक संघ की अनेक योजनाएँ तथा विश्व हिंदू परिषद् की सूझबूझ और तैयारी थी। इस महाअभियान को सुदृढ़ता एवं ठोस आधार प्रदान किया श्री लालकृष्ण आडवाणी की दिग्विजयी रथ यात्रा ने। उस यात्रा ने तो राजनीति के समीकरण तक बदलकर रख दिए थे। जनजागरण की गगनचुंबी हिलोरें देश के जनमानस में खड़ी कर दी थीं उस अनूठे अभियान ने। सोमनाथ से अयोध्या तक दस हजार किलोमीटर के मार्ग में पड़ने वाले हजारों गाँवों-शहरों के चौक-चौराहों पर रामभक्ति के मंत्र गुँजा दिए थे उद्गाता आडवाणीजी ने। वह यात्रा इतिहास के एक घाव से दूसरे घाव तक की थी अथवा हमारे आराध्य शिव के पावन धाम के विध्वंस और पुनर्निर्माण के स्मृति स्थल से हमारे भगवान् श्रीराम के जन्मस्थल तक की यह तो क्या कहें, किंतु हमारे पूर्वजों के बलिदानों के दो यज्ञ स्थलों की तो थी ही।

सोमनाथ के ऐतिहासिक मंदिर में पूजा-अर्चना के बाद 25 सितंबर, 1990 को आडवाणीजी के मुस्लिम सारथि सलीम ने उनके दिग्विजयी रथ को राजकोट के पथ पर दौड़ा दिया। उस दिन पं. दीनदयाल उपाध्याय की जयंती थी। सागर के तट पर स्थित मंदिर में शिवलिंग पर सवा मन दूध चढ़ाया गया। अपार जन समूह अपने प्रिय नेता को विदाई देने के लिए उपस्थित था। कभी

लंका में जाने के लिए वीर हनुमान को भी सागर तट पर वानर सेना ने ऐसे ही विदाई दी थी। लगभग सवा दो सौ किलोमीटर की दूरी तय करके सूर्य की विदा होती किरणों का प्रणाम स्वीकार करके रथ ने राजकोट में अपने पहियों को विश्राम करने की अनुमति दे दी। संध्या ने स्वागत में बादलों पर रंगोली सजाई तो एक उत्साही युवक ने अपने रक्त से आडवाणीजी के मस्तक पर तिलक अंकित कर दिया। कभी महान् क्रांतिकारी नेताजी सुभाष ने देशवासियों से रक्त के बदले आजादी देने की बात कही थी, किंतु जैतपुर के 101 युवकों ने तो बिना माँगे ही अपने रक्त से भरा कलश भेंट कर दिया। वे सभी बजरंग दल के सदस्य थे।

भगवान् जगन्नाथ के रथ को भक्त छूकर धन्य होते हैं, उसे हाथों से खींचते हैं, उसे श्रद्धापूर्वक प्रणाम करते हैं, उसके पथ में साष्टांग दंडवत् प्रणाम करते हैं, वैसे ही उस रथ को भी जनसमूह भगवान् श्रीराम का रथ मानकर सबकुछ वैसे ही कर रहे थे। कोई टायर को छूकर धन्य हो रहा था तो कोई उसके पहियों के नीचे की मिट्टी उठाकर निहाल हो रहा था। पुष्प वर्षा तो अनवरत हो ही रही थी। इस श्रद्धा के गंगाजल में नहाकर रथ 30 सितंबर को महाराष्ट्र में प्रविष्ट हुआ।

महात्मा गांधी और सरदार पटेल की भूमि के बाद अब विजय रथ छत्रपति शिवाजी की भूमि को अपने घर्घर नाद से गुंजायमान कर रहा था। अनेक सभाओं में आडवाणीजी ने प्रधानमंत्री विश्वनाथ प्रतापसिंह तथा उत्तर प्रदेश के मुख्यमंत्री मुलायमसिंह को ललकारते हुए सावधान किया कि 30 अक्तूबर, 1990 को मंदिर निर्माण के शुभारंभ में बाधा डालने का परिणाम बहुत भयंकर होगा। उन्होंने कई बार यह भी चेताया कि उनकी गिरफ्तारी अथवा रथ को जब्त करने से भी आंदोलन रुकने वाला नहीं है।

अक्तूबर की तीन तारीख को आडवाणीजी के रथ ने आंध्र प्रदेश की दहलीज पार करते हुए दो दिनों तक हैदराबाद और उस्मानाबाद जिलों का भ्रमण किया। देश के स्वतंत्र होने के बाद भी हैदराबाद का निजाम अपने राज्य को भारत संघ में मिलाने पर तैयार नहीं हुआ था। सरदार पटेल ने उसके

पाकिस्तान में रियासत को मिलाने अथवा उसकी स्वतंत्र सत्ता बनाए रखने के सपनों पर पानी फेर दिया था। निजाम ने अपने प्राणों की भीख माँगते हुए आत्मसमर्पण कर दिया था। उमैरगा और कमारड़ी की विशाल सभाओं को संबोधित करते समय आडवाणीजी के रक्त में उस घटना की स्मृति ने उबाल ला दिया हो तो किमाश्चर्यम्! शायद यही कारण था कि उन्होंने हैदराबाद की सभा में कहा कि जब दोनों जर्मनी एक हो सकते हैं तो पाकिस्तान भी कभी भारत का पुनः अंग बन सकता है।

उस रथयात्रा ने कई लक्ष्मण रेखाएँ तोड़ डालीं। महाराष्ट्र में शिवसेना प्रमुख बाल ठाकरे और फिल्म अभिनेता शत्रुघ्न सिन्हा आडवाणीजी की सभा में उपस्थित रहे तो किसी भी राज्य की कांग्रेसी सरकार ने यात्रा को रोकने अथवा उसमें विघ्न डालने का प्रयास नहीं किया। आंध्र प्रदेश में तो 40 छोटी-बड़ी सभाएँ हुईं। राजस्थान तो उस महाराणा प्रताप की धरती थी, जिसके ध्वज में ही अंकित थे ये शब्द—'जो दृढ़ राखै धर्म को ताहि राखै करतार।' पुँजा भील के वंशज आज भी वहाँ अपनी परंपरा और संस्कृति को सहेजकर रखे हुए हैं। उन्होंने अपने धनुष-बाण धारण करके अपनी पारंपारिक वेशभूषा तथा गीतों से रथ का स्वागत किया। मुख्यमंत्री श्री भैरोसिंह शेखावत ने सविनय खेड़ा के पेट्रोल पंप पर उस काफिले की अगवानी की।

जहाँ-जहाँ से भी यह यात्रा गुजरी, हर जगह लोग कहते सुने गए कि इतनी भीड़ तो आज तक हमने किसी भी नेता के स्वागत अथवा सभा में कभी नहीं देखी। एक युवक तो शिवशंकर का रूप धारे गले में अजगर डाले और एक बाँह पर जीवित सर्प लपेटे चल रहा था। दिल्ली यात्रा के समय क्या अजमेर, क्या जयपुर, हर कहीं उमड़ा वही जन पारावार। पग-पग पर पुष्प वर्षा आरती के घंटनाद, शंख ध्वनियाँ, जयश्रीराम के महाघोष, तनी मुट्ठियों के साथ "मंदिर वहीं बनाएँगे" के उद्घोष, 'बच्चा-बच्चा राम का, जन्मभूमि के काम का' के नारे, केसरिया टोपी और दुपट्टों की अंतहीन छवियाँ। पूरा भारत ही मानो राममय हो चला था। अलवर जिले का बहरोड़ कस्बा राजस्थान और

हरियाणा की सीमा पर बसा है। वहाँ पहुँचकर आडवाणीजी का भाव विह्वल हो जाना स्वाभाविक था, क्योंकि 1947 में भारत विभाजन के बाद सर्वप्रथम वे अलवर जिले में ही आए थे और भारतीय जनसंघ का कार्य भी उन्होंने यहीं से प्रारंभ किया था। उनके पुराने साथी स्वयंसेवक और लोकप्रिय शिक्षाविद्, श्री छगनलाल पुरोहित भी तो वहीं रहते थे। बहरोड़ में रात के डेढ़ बजे हुई सभा में भी हजारों लोग उपस्थित रहे।

और अब आगे था हरियाणा। जनता दल की सरकार और आरक्षण विरोधी वातावरण के गहरे धुँधलके को चीरते हुए उस रथ यात्रा ने श्रीराम की ज्योति का ऐसा पुण्यालोक बिखेरा कि हर कहीं धर्म की जगर-मगर दिखाई दी। 'हम हरियाणा की नारी हैं, देश की चिनगारी हैं' के गगन भेदी उद्घोष और 'जय श्रीराम' लिखी पट्टिका बाँधे वे रणबाँकुरी माताएँ-बहनें झाँसी की रानी लक्ष्मीबाई का ही प्रतिरूप लग रही थीं।

उधर दिल्ली में कई मदारी अपनी डुगडुगी बजाकर अपने-अपने राग अलाप कर उस जय यात्रा को रोकने की घोषणाएँ कर रहे थे। ये ऐसी बदलियाँ थीं, जो मध्याह्न के मार्तण्ड की प्रखर किरणों को रोकने का दम भर रही थीं। ये वे छह-छह इंच ऊँचे तथाकथित हिमालय थे, जो ब्रह्म कमंडल से निकलकर धरती पर आती हुई धुँधकारती-फुफकारती गंगा की धारा को धमकाने का असफल प्रयास कर रहे थे। इनमें प्रमुख थे जामा मस्जिद के शाही इमाम अब्दुल्ला बुखारी और मुफ्ती मोहम्मद सईद। शिव के तांडव नर्तन में भूमि पर पड़े चरण की पहली ही धमक और डमरू की पहली ही गमक से जैसे दिग्गज भी दहलने और भू-धर भी काँपने लगते हैं, वैसे ही दिल्ली के टीकरी कलाँ में पहुँचने पर यात्रा का अभूतपूर्व स्वागत देख-सुनकर ये ततैये अपने छत्ते छोड़कर जाने कहाँ उड़ गए।

कल्पना की आँखें चौड़ाकर भी उस पूरे परिदृश्य को एक बार में नहीं देखा जा सकता। दो लाख लोग दस हजार ट्रकों, बसों, कारों, जीपों, टेंपुओं, मोटरसाइकिलों, स्कूटरों और ट्रेक्टर-ट्रालियों में टीकरी कलाँ पहुँच गए। अभी तो दिल्ली 25 किलोमीटर दूर थी। हरियाणवी रागनियों, लोकगीतों,

भजनों और आरतियों से आकाश इतना भर गया कि बादलों को भी क्षितिजों तक सरक जाना पड़ा। आकर कर ले दो-दो हाथ जिसकी बाँहों में दम हो। रोककर दिखाए तो सही कोई इस महाज्वार को। सूरज के विरोधी चमगादड़ों और उल्लुओं की टोलियाँ पता नहीं किन कंदराओं में छुपकर जा बैठी। 25 किलोमीटर के लंबे पथ पर एक नई अयोध्या आ बसी थी उस दिन। उसी जनसागर का आकर्षण था वह शंकर रूपधारी युवक जो गले में एक अजगर डाले और बाँह पर नाग लपेटे घूम रहा था।

टीकरी कलाँ से नई दिल्ली तक 25 किलोमीटर का मार्ग तय करने में उस ऐतिहासिक जुलूस को चार घंटे से भी अधिक समय लगा। लाखों लोग दोनों ओर पलकें बिछाए खड़े थे। युवक तो इतने उत्साह में थे कि आवश्यकता न होने पर भी त्रिशूल, तलवार, फरसे और भाले, बरछियाँ लिये खड़े थे और उन्हें हवा में लहरा-लहराकर नारे लगा रहे थे—'रामलला हम आएँगे, मंदिर वहीं बनाएँगे, आडवाणी संघर्ष करो, हम आपके साथ हैं।' लगभग पाँच हजार मोटरसाइकिलों और स्कूटरों का काफिला जिस जुलूस के आगे चल रहा हो उसकी भव्यता और विशालता का अनुमान लगाना कठिन नहीं है। आडवाणीजी की धर्मपत्नी श्रीमती कमलाजी जब पंडारा पार्क पर रथ पर सवार हुई तो वातावरण में भावुकता, उत्साह, रोष, जोश सभी कुछ एक साथ तैर गया। नारों के स्वर इतने तेज हो गए कि मेघों का गरजन भी फीका पड़ गया। डॉ. मुरलीमनोहर जोशी, भैरोंसिंह शेखावत, केदारनाथ साहनी, वसुंधराराजे सिंधिया आदि नेताओं ने यात्रा का स्वागत भी वहीं किया।

आडवाणी गिरफ्तार : धड़ाम से गिरी सरकार

यात्रा का दूसरा चरण आरंभ होना था बिहार से। वहां के मुख्यमंत्री लालूप्रसाद ने कुटिल मुस्कान के साथ घोषणा करते हुए कहा कि सरकार तो रथयात्रा को पूरी सुरक्षा देगी, किंतु यदि ए.के. राय दस हजार धनुर्धारी लेकर

आ गए तो हम क्या कर लेंगे? ए.के. राय मार्क्सवादी नेता थे जो आदिवासियों में अच्छी घुसपैठ रखते थे। यह धमकी भी फुस्स हो गई। रामरथ को खाली लेकर सारथि सलीम और प्रकाश 17 अक्तूबर को दिल्ली से धनबाद पहुँच गए। आडवाणीजी राजधानी एक्सप्रेस से 20 अक्तूबर को पहुँचे। उन्होंने गोल्फ मैदान में एक विशाल जनसभा को संबोधित किया।

बाबू कुँवरसिंह के शौर्य से मंडित और महाकवि रामधारीसिंह दिनकर के काव्य से निसृत ओज से सज्जित बिहार की धरती ने रामरथ पर आरूढ़ साहसी आडवाणीजी का ऐसा भव्य स्वागत किया कि विरोध के स्वर उठने से पूर्व ही दब गए। पटना में तो उनके स्वागत में 100 तोरण द्वार बनाए गए। जन समर्थन के नाम पर जिनके खीसों में कानी कौड़ी और घरों में भूँजी-भाँग तक नहीं थी, वे दल रामभक्ति के उस महाज्वार की लगाम थामने का दम भर रहे थे। टूटता-बिखरता जनता दल, रूस-चीन के संकेतों पर उठक-बैठक लगाने वाले साम्यवादी, सुभाष बोस के आदर्शों से भटके फारवर्ड ब्लाक वाले तथा एक क्षेत्र तक सीमित झारखंड मुक्ति मोर्चा आदि सबको मिलाकर कहें तो चूँ-चूँ का मुरब्बा। इनके विरोध की घोषणाएँ धरी ही रह गईं। धनबाद, बोकारो, राँची, गया और बिहार शरीफ की सभाओं में उमड़े जनसमूह के तेवर देखकर विरोध के झाग कब गायब हो गए, पता ही नहीं चला।

उधर दिल्ली और बिहार की सरकारों के बीच एक नई खिचड़ी पकने लग रही थी। प्रधानमंत्री विश्वनाथ प्रतापसिंह और मुख्यमंत्री लालूप्रसाद यादव ने आडवाणीजी की गिरफ्तारी की योजना बनाई। देर रात को मुख्य सचिव के कार्यालय में आदेश टंकित कराया गया। तीन-चार अधिकारियों को छोड़कर किसी को भी गिरफ्तारी के आदेश की भनक तक नहीं लगने दी गई। प्रातः चार बजे तक तो समस्तीपुर के जिलाधिकारी और पुलिस अधीक्षक भी उस आदेश से अनभिज्ञ थे। वह 23 अक्तूबर, 1990 की सुबह थी। आडवाणीजी सर्किट हाउस में अपने दैनिक कार्यों से निवृत्त होने की तैयारी कर रहे थे, तभी उन्हें पुलिस ने हिरासत में ले लिया। उनके साथ ठहरे जगदीशप्रसाद माथुर, कैलाशपति मिश्र, मृदुला सिन्हा आदि किसी भी सहयोगी को आभास तक नहीं

हो पाया। प्रमोद महाजन अवश्य आशंकित हुए थे, क्योंकि पुलिस ने गलती से उनका द्वार खटखटा दिया था।

आडवाणीजी की गिरफ्तारी का समाचार जैसे ही दिल्ली पहुँचा तो आनन-फानन में अटलजी के नेतृत्व में भाजपा के प्रतिनिधि मंडल ने महामहिम राष्ट्रपतिजी को राष्ट्रीय मोर्चा सरकार से अपना समर्थन वापिस लेने का पत्र सौंप दिया। सरकार तुरंत ही अल्पमत में आ गई। प्रधानमंत्री श्री वी.पी. सिंह ने अपना बहुमत सिद्ध करने के लिए 7 नवंबर का समय माँगा, जिसे राष्ट्रपति श्री रामास्वामी वैंकटरमण ने स्वीकार कर लिया। घटनाचक्र अचानक तेजी से घूमने लगा। चंद्रशेखर जो पहले से ही खार खाए बैठे थे, एकदम खुलकर मैदान में आ गए। उन्होंने जनता दल (समाजवादी) का गठन कर श्री वी.पी. सिंह के सामने ताल ठोक दी। सदन में सरकार की हार तो सुनिश्चित थी, सो हुई। श्री चंद्रशेखर की शक्ति सदन में नगण्य थी तो भी कांग्रेस के सहयोग से प्रधानमंत्री पद का मुकुट उनके सिर पर आ गया, जिसकी लालसा उन्होंने कब से पाल रखी थी और जो एक बार उनके शीश को छूते-छूते रह गया था।

संसद् के सत्र में भाग लेने के उनके आवेदन पर आडवाणीजी और अन्य सांसदों को 5 नवंबर को रिहा कर दिया गया। अगला कार्यक्रम इस प्रकार बनाया गया कि आडवाणीजी 19 नवंबर को अयोध्या पहुँचकर कारसेवा में शहीद हुए वीरों के घर जाकर अपनी संवेदना प्रकट की। अयोध्या के सर्किट हाउस से कुल 8 किलोमीटर की यात्रा भी पूरे 5 घंटे में तय की जा सकी, क्योंकि अपार जनसमूह उमड़ आया था, अपने फौलादी सेनानी के दर्शन करने और उनका संदेश सुनने के लिये।

इस यात्रा ने भारी हलचल और उथल-पुथल मचा दी थी। कारसेवा में पूरे देश से वीरों के जो दल बादल उमड़े, उसकी प्रेरणा बहुत कुछ इसी यात्रा से मिली थी। श्री चंद्रशेखर ने जो प्रधानमंत्री का सिंहासन पाया, उसके लिए ठोस आधार भी इसी यात्रा ने तैयार किया।

□

अंतिम रण की तैयारी में

'त्वदीयाय कार्याय बद्धा कटीयम्' का पावन मंत्र नित्य दोहराने वाला राष्ट्रीय स्वयंसेवक संघ और उसके आनुषंगिक संगठन कभी नहीं चाहते थे कि भगवान् श्रीराम के मंदिर निर्माण के लिए देश में अशांति फैले, धार्मिक उन्माद जगे अथवा कहीं रक्तपात हो। उनकी बार-बार माँग रही कि या तो मुस्लिम समाज स्वयं अपना दावा छोड़कर सारी भूमि हिंदुओं को सौंप दे अथवा सरकार निर्णय लेते हुए, उसका स्वामित्व रामजन्मभूमि न्यास को प्रदान कर दे या फिर सौ वर्ष से भी अधिक अदालतों में घूमते हुए मुकदमे का निपटारा सर्वोच्च न्यायालय त्वरित और अबाध सुनवाई करके कर दे। कहीं से भी तो न्याय की आशा की किरण आती दिखाई नहीं पड़ी। हिंदुओं के सर्वोच्च संतों और धर्माचार्यों ने इमामों और मौलानाओं के सामने झोलियाँ तक फैलाकर राम मंदिर माँगा तथा मथुरा-काशी सहित अन्य किसी भी मंदिर की माँग न करने का वचन भी दिया, किंतु उनके मनों में बैठा दुर्योधन तो हठ ठाने बैठा था कि बिना युद्ध के सूई की नोक भर भूमि भी नहीं दूँगा।

तो फिर रण ही सही! अपने भीतर विराजमान भगवान् श्रीकृष्ण के परामर्श पर चलते हुए हिंदू समाज ने शांतिपूर्ण समाधान का एक प्रयास और करने का निर्णय लिया। 'न दैन्यं न च पलायनं' का आदर्श उनके सामने था। प्रभु से अजेय शक्ति का वरदान माँगने के साथ-साथ विश्व को विनम्र बनानेवाला शील स्वभाव भी तो वे चाहते रहे थे जीवन भर। अतएव निर्णय हुआ कि राष्ट्रपतिजी से ही गुहार लगाई जाए।

बोट क्लब पर अभूतपूर्व जनकुंभ

चलो, राष्ट्रपति भवन पहुँचकर ही न्याय माँगा जाए। दिन निश्चित हुआ 4 अप्रैल, 1991 का। महामहिम राष्ट्रपति तो किसी दल विशेष के होते नहीं। वे तो जन-जन के संरक्षक हैं। विश्व हिंदू परिषद् ने एक ज्ञापन देने के लिए हिंदू समाज के एक प्रतिनिधि मंडल को महामहिम से मिलने की अनुमति माँगी। राष्ट्रपतिजी दिल्ली में ही थे। उनके सचिवालय को ज्ञात था कि बोटक्लब से इंडिया गेट तक इतना बड़ा जनसमूह खड़ा है, जो उस दिन तक दिल्ली ने कभी देखा ही नहीं था। न तो स्वर्गीय पं. जवाहरलाल नेहरू की शव-यात्रा में इतनी भीड़ जुटी थी और न ही 23 दिसंबर, 1978 को चौधरी चरणसिंहजी के जन्मदिन पर हुई रैली में इतने लोग जुटे थे। ये दो ही ऐसे अवसर तब भीड़ के मानक माने जाते थे। स्वाधीनता के बाद जिस कार्यक्रम में सर्वाधिक बड़ा जन सैलाब दिल्ली में उमड़ा था वह यही था अर्थात् विश्व हिंदू परिषद् की 4 अप्रैल, 1991 वाली रैली।

विश्व हिंदू परिषद् ने किसी को भयभीत करने के लिए अथवा शक्ति प्रदर्शन के लिए वह भीड़ नहीं जुटाई थी। उसका उद्देश्य मात्र इतना था कि महामहिम जान सकें और आश्वस्त हो सकें कि हिंदू समाज अपने आराध्य श्रीराम के जन्मस्थान पर भव्य मंदिर बनाने में आ रही बाधाओं का समाधान चाहता है। माननीय राष्ट्रपति, का उस दिन कोई व्यस्त कार्यक्रम भी नहीं था, किंतु उन्होंने प्रतिनिधि मंडल को मिलने का समय नहीं दिया। हिंदू समाज के आक्रोश के बारूद में वह इनकार एक चिंगारी सिद्ध हुआ।

कौन बचा जो उस रैली में नहीं था। जगद्गुरु शंकराचार्य, अनेक महामंडलेश्वर, धर्मपीठों के स्वामी संत-महंत, स्वामी रामसुखदास, स्वामी वामदेव, आचार्य धर्मेंद्र, साध्वी ऋतंभरा, उभा भारती, महंत अवैद्यनाथ और 350 दिन का मौन व्रत धारे स्वामी सत्यमित्रानंदजी तथा अयोध्या की मणिरामदास छावनी के महंत नृत्यगोपालदास। पंद्रह लाख लोग और 6 हजार साधु तो दिल्ली के बाहर से ही आए थे। इतने बड़े जनसमूह के लिए भोजन

और आवास की व्यवस्था करने में तो सरकारों के ही हाथ-पाँव फूल जाते हैं, किंतु धन्य है डॉ. हेडगेवार द्वारा स्थापित रा. स्व. संघ के अनुशासित और योजना विशेषज्ञ स्वयंसेवकों को जिन्होंने दस लाख घरों से भोजन के पैकेट एकत्रित करके देखते-ही-देखते सारी व्यवस्था को संपन्न कर दिखाया। पूरी रैली में शांति, अनुशासन और व्यवस्था बनाए रखने का चमत्कार भी उन्हीं स्वयंसेवकों का था। सभा के संचालन का अभूतपूर्व कौशल आचार्य धर्मेंद्र ने उस दिन प्रदर्शित किया था। बी.बी.सी. के संवाददाता मार्क टुली ने उस दिन विस्मित होते हुए कहा—"पिछले बीस-बाईस वर्षों में इतनी बड़ी रैली मैंने नहीं देखी।"

जिस हिंदू का खून न खौले, खून नहीं वह पानी है, जहाँ राम का जन्म हुआ था, मंदिर वहीं बनाएँगे, रामलला विश्वास रखो, हम आएँगे, हम आएँगे। ऐसे ही अन्य कई मेघबेधक नारे हर कहीं गूँज रहे थे। सभी वक्ताओं के भाषणों का सार यही था कि सरकार शीघ्र इस समस्या का समाधान करे, अन्यथा याचना नहीं अब रण होगा की अप्रिय स्थिति आ सकती है।

आचार्य धर्मेंद्र ने 11:15 बजे मंच का संचालन सँभालने के 15 मिनट बाद एक परिवार के तीन सदस्यों को परिचय के लिए जब मंच पर बुलाया और बताया कि दो नवंबर को अयोध्या में कारसेवा करते हुए जो दो युवक शरद और रामकुमार कोठारी शहीद हो गए थे, उनके माता-पिता और बहन श्री हीरालाल कोठारी, सुमित्रादेवी और कुमारी पूर्णिमा हैं, तो कोलकाता निवासी उस परिवार के प्रति लाखों हाथ श्रद्धा में जुड़ गए और लाखों ही चेहरे आँसुओं में नहा गए।

उस सभा में जगद्गुरु स्वामी शंकराचार्य, स्वामी वासुदेवानंद सरस्वती के अनुरोध पर स्वामी सत्यमित्रानंदजी ने अपना 350 दिन का मौन व्रत 50वें दिन ही भंग करके ओजस्वी भाषण दिया। वे स्वयं इससे पूर्व शंकराचार्य के पद को विभूषित कर चुके थे। विश्व हिंदू परिषद् के कार्यकारी अध्यक्ष डालमिया, शंकराचार्य, स्वामी दिव्यानंद (भानुपुरापीठ), साध्वी ऋतंभरा, महारानी श्रीमती विजयाराजे सिंधिया, महंत नृत्यगोपालदास, जगद्गुरु मध्वाचार्य, माननीय

अशोक सिंहल, उमा भारती और महंत अवैद्यनाथ सहित अनेक वक्ताओं के ओजस्वी एवं अग्निधर्मा भाषणों पर अपार जनसमूह नारे लगाकर उनको आश्वस्त करता रहा कि राम के काज में प्राणों की बाजी भी लगाई जाएगी। श्री अटलबिहारी वाजपेयी, श्री लालकृष्ण आडवाणी और श्री अशोक सिंहल के भाषणों को सुनकर सभी मंत्रमुग्ध और रोमांचित हो गए।

राष्ट्रीय स्वयंसेवक संघ के सहसरकार्यवाह माननीय के.सी. सुदर्शनजी ने अपने तार्किक भाषण में कहा कि श्रद्धा प्रमाण की याचना नहीं करती। यदि हिंदू समाज कहता है कि वहाँ रामजन्मभूमि है तो बस है। उन्होंने कहा कि बीसवीं सदी के अंतिम दशक में जिस तेजी से विश्व में परिवर्तन हो रहे हैं, वे आभास देते हैं कि अगली सदी नया रूप लेकर आएगी। उन्होंने उदाहरण दिया कि जब 9 नवंबर, 1989 को अयोध्या में श्रीराम मंदिर के शिलान्यास की प्रथम ईंट रखी जा रही थी तो 8 हजार किलोमीटर दूर बर्लिन की दीवार गिराई जा रही थी। उन्होंने एक और परिवर्तन की चर्चा करते हुए कहा कि कम्युनिस्टों के महल ताश के पत्तों की तरह ढह रहे हैं। वे यह कहने से भी नहीं चूके कि रूस को अपना पिता मानने वालों की नींदें हराम हो चली हैं और इसीलिए वे सारी खीझ हिंदू समाज पर उतार रहे हैं।

वह ऐतिहासिक जनसभा सायंकाल पाँच बजे तक चली। अपने समापन भाषण में प्रसिद्ध विचारक माननीय दत्तोपंत ठेंगड़ी ने तीन बार यह नारा लगवाया—'भारत में यदि रहना होगा, जय श्रीराम कहना होगा।' सभा का समापन भी ऐतिहासिक रहा। 'हिना' फिल्म का कार्य बीच में छोड़कर प्रसिद्ध गीतकार रवींद्र जैन वहाँ पहुँचे थे। महान् गायिका हेमलता भी उनके साथ थीं। 'मंगल भवन अमंगलहारी, द्रवहू सु दशरथ अजिर बिहारी' तथा 'प्रविसि नगर कीजै सब काजा, हृदय राखि कौसलपुर राजा' इन चौपाइयों के सुर तालों पर उस जनसागर में भक्ति की गगनचुंबी हिलोरें उठ पड़ीं। रवींद्र जैन ने इस अवसर पर 'जय भवानी, जय भवानी। पापियों के नाश को, धर्म के प्रकाश को, रामजी की सेना चली' गीत गाया तो हजारों लोग उत्साह और आवेश में आकर नाचने लग गए।

इस सभा ने दिशाओं के मस्तकों पर भावी घटनाओं की पटकथा अंकित कर दी थी। हवाओं ने अनुमान लगा लिया था कि उन्हें अब पर खोलने से पहले सोचना होगा कि किन-किन दिशाओं में बहना है।

इस सभा में विश्व हिंदू परिषद् के महासचिव श्री अशोक सिंहल ने फिर अपना दृष्टिकोण देश के सम्मुख रखते हुए स्पष्ट किया कि रामजन्मभूमि आन्दोलन किसी भी पंथ, जाति अथवा मजहब का नहीं है। हमें उग्रवादी होने का फतवा देने वाले ध्यान रखें कि सात लाख कारसेवकों की उपस्थिति के बावजूद भी अयोध्या में किसी मस्जिद की ओर एक अंगुली भी नहीं उठी और तीन हजार मुसलमानों को किसी ने तू भी नहीं कहा। उन्होंने यह भी स्पष्ट कर दिया कि हमें अयोध्या, मथुरा और काशी के तीन मंदिरों के अलावा और कुछ नहीं चाहिए। उन्होंने हिंसा और शक्ति की भाषा के अंतर को भी स्पष्ट किया। हिंदुओं के जुलूसों पर हमले अब और सहन न किए जाने की बात भी उन्होंने दृढ़तापूर्वक कही।

सभा के समाप्त होने से पूर्व ही मुलायमसिंह यादव की सरकार से कांग्रेस के समर्थन वापिस लेने तथा विधानसभा भंग होने का समाचार आ जाने से उपस्थित जनसमूह में हर्ष और उल्लास की लहर दौड़ गई। झूमने, गाने, तालियाँ बजाने और नारे लगाने के उस माहौल में ध्वनि विस्तारक यंत्रों की बोलती भी बंद हो गई। अयोध्या में मंदिर के पास ही मस्जिद बनाकर सांप्रदायिक सद्भाव बढ़ाने का राग अलापने वालों को करारा उत्तर देते हुए उमा भारती ने कहा कि मक्का मदीना में बजरंग बली का मंदिर बनवाकर पहले सांप्रदायिक सद्भाव की शुरुआत की जाए तो हम भी विचार करेंगे। डॉ. मुरलीमनोहर जोशी ने मुलायमसिंह यादव के उस बयान पर नहले पर दहला मारा, जिसमें उन्होंने कहा था कि राममंदिर का निर्माण हुआ तो काश्मीर पाकिस्तान में चला जाएगा। उन्होंने गरजते हुए कहा कि जिस दिन राममंदिर का निर्माण प्रारंभ होगा, उसी दिन पाक अधिकृत काश्मीर के वापिस आने की शुरुआत हो जाएगी। इन पंक्तियों का लेखक उस महान् दृश्य का साक्षी है, जब फरवरी 1992 में जयपुर में आयोजित भाजपा के

पाँचवें राष्ट्रीय अधिवेशन में लगभग 70 हजार प्रतिनिधियों की उपस्थिति में अपने प्रथम अध्यक्षीय भाषण में डॉ. मुरलीमनोहर जोशी की मनोव्यथा इन शब्दों में फूट पड़ी थी—''बाबर के आदेश से उस जन्मस्थान पर बने मंदिर का विध्वंस हुआ और वहाँ मस्जिद का आकार खड़ा किया गया, जो हमारी पराजय और बाबर की विजय का स्मारक था।''

सिंहासन पर कमल

हुई न उलटी बात! कई देवी-देवता कमल पर विराजते हैं। देवी सरस्वती को कमलासना कहा जाता है। परंतु यह संसार सदैव अजूबों का साक्षी रहा है। और उस पर भी राजनीति। वहाँ तो कुछ भी हो सकता है। जो सुबह तक एक-दूसरे का गला कतरने की घात में घूम रहे थे वे साँझ होते-होते गलबहियाँ डाले नजर आते हैं। कल तक जो एक-दूसरे की निंदा के पुराण सुना रहे थे, वे ही आज एक दूसरे की स्तुति में रासो रचते देखे गए हैं। यहाँ छठी पास राष्ट्रपति तो तीसरी फेल मुख्यमंत्री बन सकता है। मंत्री तो अँगूठा छाप भी बन सकता है, बस उसे अपना नाम लिखना आना चाहिए। तो फिर कमल तो हमारी संस्कृति का प्रतीक है, पवित्र पुष्प है। उसका राजसिंहासन पर आसन जमाना तो कोई अनुचित बात नहीं। आज तो दिल्ली यानी केंद्र के राज सिंहासन के साथ अनेक प्रांतों में कमल राज्यासन पर विराजमान है।

अभी तो हमें उत्तर प्रदेश में हुए 1991 के मध्यावधि चुनावों पर बात करनी है। कांग्रेस (इ) जिसके कंधों पर मुलायमसिंहजी का राजसिंहासन टिका था उनसे खफा हो गई। अचानक उसने भैरू बाबा के भक्त की स्टाइल में कमर हिलाई तो बेचारे मुख्यमंत्री श्री मुलायमसिंह धड़ाम से औंधे मुँह जमीन पर आ गिरे। सरकार बनाने के आसार न देखते हुए लाचार राज्यपाल महोदय ने विधानसभा भंग करने का बंदोबस्त कर दिया।

अब हुआ मध्यावधि चुनाव। उसी दौरान देश ने एक निर्मल मनवाला प्रधानमंत्री खो दिया। 21 मई, 1991 को तमिलनाडु के श्रीपेरुमबुदूर में एक

बम धमाके में श्री राजीव गांधी मारे गए। अमेरिका के राष्ट्रपति कैनेडी का कथन फिर सत्य हो गया कि अमेरिका के राष्ट्रपति को यदि कोई मारना चाहे तो यह कोई बड़ी बात नहीं होगी यदि हत्यारा यह तय कर ले कि मुझे मारने के बदले वह अपना जीवन देने को तैयार है। अगर ऐसा हो जाए तो विश्व की कोई भी शक्ति मुझे बचा नहीं सकती। उनका अनुमान सही था। स्वयं उनकी हत्या हो गई। हमारे प्रधानमंत्री राजीव गांधी भी एक हत्यारिन लड़की नलिनी के हाथों बम विस्फोट में मारे गए।

उस मध्यावधि चुनाव में दो अलग-अलग भावुक कर देने वाले मुद्दों से कांग्रेस और भाजपा को आशातीत सफलता मिली। जून में हुए प्रथम चरण के चुनावों में जहाँ कांग्रेस पिछड़ रही थी, वहीं दूसरे चरण में श्री राजीव गांधी की हत्या से उपजी सहानुभूति की लहर ने कई प्रांतों में उसकी झोली भर दी। उत्तर प्रदेश विधानसभा के साथ लोकसभा का भी चुनाव हो रहा था, क्योंकि श्रीचंद्रशेखर की सरकार से मार्च 1991 में ही कांग्रेस ने अपना समर्थन वापस ले लिया था। उधर भारतीय जनता पार्टी की स्थिति श्रीरामजन्मभूमि आंदोलन के कारण बेहद मजबूत हो गई। केंद्र में सरकार तो श्री नरसिंहाराव के नेतृत्व में कांग्रेस की बनी, लेकिन भाजपा 119 सीटें जीतकर मजबूत विपक्षी दल बन गई। सन् 1984 में तो उसे मात्र दो सीटों से ही संतोष करना पड़ा था।

उत्तर प्रदेश में कमल ने कमाल कर दिखाया उस चुनाव में। भाजपा ने हाथों में कमल और होंठों पर जय श्रीराम का नारा लेकर चुनाव लड़ा। उसी के बल पर कांग्रेस को चारों खाने चित्त करते हुए उसने अकेले अपने दम पर वहाँ पूर्ण बहुमत की सरकार बना ली। काशी, अयोध्या, मथुरा, हरिद्वार, इलाहाबाद इन सभी तीर्थस्थलों से लोकसभा और विधानसभा में भाजपा की विजय हुई। यह भावावेश वाली विजय नहीं थी बल्कि राममंदिर के पक्ष में मिला जनादेश था। इसका प्रमाण मिला आम चुनावों के छह महीने बाद संपन्न हुए उत्तर प्रदेश विधान सभा की 17 सीटों पर हुए उपचुनाव में। चुनाव हुए 17 सीटों पर जिनमें से 10 भाजपा ने जीत लीं। कांग्रेस तो एक भी सीट नहीं ले पाई। हाँ सात जगहों पर उसकी जमानत जरूर जब्त हो गई। और इस

प्रकार सिंहासन पर कमल के बैठने का दौर आरंभ हो गया। श्री कल्याण सिंह मुख्यमंत्री का ताज पहनकर सरकार के मुखिया बने। उन्होंने जून में भी ऊन की टोपी पहनने वालों को पटखनी दे दी थी।

इस चुनाव का फलादेश स्पष्ट था। अब लोकसभा में भी जय श्रीराम का उद्घोष बेखटके गूँजेगा और भगवान श्रीराम का मंदिर बनाने की राह की हर बाधा हटकर रहेगी। रामविरोधियों का आशंकित और आतंकित होना स्वाभाविक था तो रामभक्तों की उम्मीदों में गरुड़ के पंख लगना भी निश्चित था। रामभक्तों को शासन चलाने की विवशताओं और नियम-कायदों से कोई मतलब नहीं था। वे तो विवादित भूखंड का तुरंत स्वामित्व चाहते थे। इसीलिए विश्व हिंदू परिषद ने उत्तर प्रदेश सरकार को चेतावनी दे दी कि देवोत्थान एकादशी 18 नवंबर, 1991 तक रामजन्मभूमि स्थान की सारी भूमि हिंदुओं को सौंप दे अन्यथा आंदोलन का सामना करने को तैयार रहे। सरकार सोच-समझकर और देखभाल कर कदम रख रही थी। प्रगति भले ही धीमी दिख रही हो किंतु ठोस थी। सरकार ने पहले तो 42 एकड़ भूमि रामजन्मभूमि न्यास को स्थायी पट्टे पर दे दी और विवादित 2.77 एकड़ का अधिग्रहण कर लिया। इससे पूर्व रामलला के दर्शन में बाधक बनी बल्लियों की बाड़, ड्रमों की कतार और सड़कों के अवरोधक हटा दिए गए। विवादित ढाँचे की सुरक्षार्थ चारों ओर लगी लोहे के पाइपों की बाड़ सुरक्षा अधिकारियों की सलाह पर वहीं रहने दी गई। कई बार श्रद्धा इतनी उतावली हो जाती है अथवा कोई सफलता उसमें इतनी बेचैनी भर देती है कि उसे उचितानुचित का भी ध्यान नहीं रहता। बजरंग दल के संयोजक और भाजपा सांसद श्री विनय कटियार ने 31 जुलाई को धमकी दे डाली कि एक अगस्त दोपहर एक बजे तक यदि सभी बाड़ें नहीं हटाई गईं तो साधु-संतों के साथ वे धरने पर बैठ जाएँगे। भारी मन से सरकार ने उनकी माँग स्वीकार करते हुए रातोंरात रामलला के चारों ओर से पाइपों की बाड़ हटा दी।

श्री कल्याणसिंह मुख्यमंत्री बनने के साथ ही एक सशक्त नायक के रूप में उभरे। मुख्यमंत्री बनने के बाद उन्हें समझ आया कि सरकार की आलोचना

करने तथा उसे सुझाव देने और सरकार चलाने में बहुत फर्क होता है। घर के सारे सदस्य सोचते हैं कि सारी आय अपनी मुट्ठी में दबाए बैठे बूढ़े दादा हमारे लिए यह क्यों नहीं करते, वह क्यों नहीं करते, किंतु जब बड़े बेटे को पिता अलमारी की चाबी सौंपते हैं और सास बहू को संदूक की तो उन्हें नानी याद आ जाती है उस सीमित आय में घर चलाते वक्त। वही हाल उन राय बहादुरों का है जो सरकारों को कोसते रहते हैं और उन्हें परामर्शों के टोकरे भेंट करते रहते हैं।

□

ओ ढाँचे! अंतिम राम-राम

क्या भगवान् के लिए भी कोई स्थान अपना-पराया हो सकता है ? वे हर भाव-कुभाव से परे हैं। और उनके विग्रह का क्या, जहाँ भी विराज जाएँ वहीं मंदिर। सो रामलला भी आराम से विराजे थे, उनका मंदिर तोड़कर मीर बाकी द्वारा बनाए गए एक गुंबद में। सदियों बाद वे तो स्वयं ही प्रकट हुए थे वहाँ। भक्त भी आ ही रहे थे आशीर्वाद लेने। पूजा-अर्चना भी चल ही रही थी। उन्हें तो कोई फर्क पड़ नहीं रहा था। परंतु फर्क पड़ रहा था उनके भक्तों को। उनके आराध्य का मंदिर तोड़कर बनाई गई थी यह मस्जिद, उन्हें लग रहा था जैसे कि उनके देवता, उनके रामलला, उनके परमेश्वर किराए के मकान में रह रहे हों। कभी वे खुलकर रोते थे, कभी सरकारों पर खीजते-झुँझलाते थे तो कभी उसी मंदिर के लिए अपने पुरखों द्वारा लड़े गए 70 से अधिक संग्रामों का स्मरण कर अपनी कायरता और अकर्मण्यता पर लज्जित होकर अपने सिर पीटते थे।

अब एक राह दिखाई दे रही थी रामभक्त हिंदुओं को। उन्हें तीन गुंबदों और उनके आसपास की 2.77 एकड़ भूमि को छोड़कर शेष सारी भूमि मिल चुकी थी और देर-सवेर रही-सही भी मिल ही जानी है, क्योंकि सरकार अब उनकी है और मुख्यमंत्री उस समस्या का भी तोड़ निकाल ही लेंगे। इस संतोष पर पानी फेर रहा था वह ढाँचा, जिसमें उनके रामलला विराजमान हैं। मंदिर का शिलान्यास भी हो चुका था। गर्भगृह को छोड़कर शेष भाग के निर्माण में बाधा भी नहीं थी, किंतु रिसते घाव में चुभी कील की भाँति पीड़ा तो दे रहा

था वह ढाँचा। भक्तों की मुट्ठियाँ कसती-खुलती रहीं, साँसों में आग और बर्फ भरती रही, दाँत परस्पर टकराते रहे, आहें-हुंकारें सिसकती-गरजती रहीं, ढाँचा अपने विध्वंस के दिन पास आते देखता रहा और माँ सरयू अपने पुत्रों के आगमन की प्रतीक्षा करती रही।

कुछ संतों और विश्व हिंदू परिषद् के कई पदाधिकारियों का विचार था कि जब मंदिर छत तक तैयार हो जाए, तभी ढाँचे को गिराना ठीक रहेगा और हो सकता है, तब तक सरकार ही शेष भूमि न्यास को सौंप दे। दूसरी ओर एक विचार था कि एक तारीख तय करके सरकार को बता दी जाए और तब तक न्यास को भूमि नहीं मिले तो ढाँचा गिरा दिया जाए। एक पक्ष प्रतीक्षा में समय नष्ट न करके तुरंत कार्यवाही को उतावला था। महाराष्ट्र के कुछ युवक आदेश मिलते ही उस कलंक को मिटाने को मचल रहे थे। वे रा.स्व.से. संघ अथवा विश्व हिंदू परिषद् से संबद्ध नहीं थे। एक नौजवान को डायनामाइट की छड़ों सहित संघ के स्वयंसेवकों की सहायता से पुलिस ने गिरफ्तार किया। वह विस्फोट करके ढाँचे को उड़ाने आया था।

चक्रवाती तूफान को कंबल में लपेटकर बंदी नहीं बनाया जा सकता। भूचालों को हथकड़ियाँ नहीं पहनाई जा सकतीं। बादलों के मुँह पर मास्क बाँधकर उनका भीषण गर्जन नहीं रोका जा सकता। बिजलियों के पैरों में न तो बेड़ियाँ ही डाली जा सकतीं और न घुँघरू बाँधे जा सकते। बस इसी वास्तविकता को तो केंद्र सरकार श्री कल्याण सिंह, विश्व हिंदू परिषद् और अन्य संगठन पढ़ने-समझने में असमर्थ रहे। वह ढाँचा हिंदू समाज को अपने माथे पर कलंक और आत्मा पर गहरा घाव लग रहा था। उनके सब्र की सारी सीमाएँ टूट रही थीं। 'अब नहीं तो कभी नहीं' की भावना उनके रक्त को खौला रही थी। अपनी उत्तर प्रदेश की सरकार के आश्वासन भी उन्हें भुलावे और छलावे लग रहे थे।

उन दिनों अयोध्या में एक टोली ऐसी भी घूम रही थी, जो सफर मैना का रोल अदा कर रही थी। उनका अड्डा था फैजाबाद में 'जनमोर्चा' अखबार का कार्यालय, जिसके संपादक थे शीतलासिंह, जिनकी पहुँच

सीधी प्रधानमंत्री कार्यालय तक थी। छद्म धर्मनिरपेक्षता की चदरिया ओढ़े वामपंथी सदैव कांग्रेसी सरकारों में घुसे रहे हैं। प्राथमिक विद्यालयों से लेकर विश्वविद्यालयों तक के पाठ्यक्रम ये लोग ही तय करते आए हैं। सभी सरकारी साहित्य अकादमियों पर उनका एकाधिकार रहा है और सारे साहित्यिक पुरस्कार इन्हीं लोगों की झोली में आते रहे हैं। जोड़-जुगाड़ में तो इन्हें शकुनी भी नहीं हरा सकता। शीतलसिंह और उनके हमसफर तथाकथित बुद्धिजीवी कभी नहीं चाहते थे कि तथाकथित बाबरी मस्जिद के स्थान पर राममंदिर बने। आसपास कहीं उसके लिए जगह दे दी जाए, बस इस हद तक ही वे जाना चाहते थे। उत्तर प्रदेश सरकार का सर्वोच्च 'यश भारती' पुरस्कार प्राप्त करने के साथ वे धर्मनिरपेक्षता और सर्वधर्म समभाव के भी कई सम्मान प्राप्त कर चुके हैं। हद तो यहाँ तक हुई कि वे रामायण मेला समिति अयोध्या के महामंत्री तथा बाबरी मस्जिद रामजन्मभूमि विवाद समाधान समिति के संयोजक भी रहे हैं। यह भी उल्लेखनीय है कि कारसेवकों के बार-बार अनुरोध पर भी उन्होंने 'जय श्रीराम' बोलने से साफ इनकार कर दिया था। इन्होंने 'अयोध्या रामजन्मभूमि बाबरी मस्जिद का सच' एक पुस्तक लिखी जो एक पक्षीय ही है तो भी उसके दो संस्करण छप चुके हैं।

विनोबा भावे की तथाकथित मानस पुत्री निर्मला देशपांडे, सुमन गुप्ता और मर्सरत ये तीनों महिलाएँ उस टोली का नेतृत्व कर रही थीं, जो छद्म धर्म निरपेक्षता का लबादा लादे हिंदू संगठनों और कारसेवकों के विरुद्ध दुष्प्रचार में पूरे उत्साह से जुटी थीं।

और तो और सक्रिय वामपंथी रहे लालदास नामक व्यक्ति को रामलला का मुख्य पुजारी नियुक्त करा रखा था, जिसने ढाँचे के विध्वंस के समय वहाँ से हटाए गए रामलला के सिंहासन के बारे में विश्व हिंदू परिषद् पर आरोप लगाया कि सोने और चाँदी से निर्मित उस आसन को बेच दिया गया। ऐसी टोली से कैसे आशा की जा सकती थी कि वह निष्पक्ष समाचार दिल्ली सरकार तथा जनता तक पहुँचाएगी। यह कार्य तो राजस्थान पत्रिका

के संवाददाता युवा पत्रकार श्री गोपाल शर्मा और उन जैसे कई अन्य पत्रकार ही कर पाए। गोपाल शर्मा तो उस आंदोलन के सारे घटनाक्रमों के साक्षी रहे हैं। उनकी लिखी पुस्तक 'कारसेवा से कारसेवा तक' इस संबंध में एक प्रामाणिक दस्तावेज है।

अब हमें पुनः विश्व हिंदू परिषद् और कारसेवकों की ओर लौटना चाहिए। केंद्र सरकार विवादित भूमि के समतल कराने और 42 एकड़ जमीन न्यास को दिए जाने से जलभुन गई। उत्तर प्रदेश को चेतावनी भिजवाई गई कि यदि उसने केंद्र सरकार के निर्देशों के विरुद्ध आचरण किया तो धारा 356 का उपयोग करके उसे बरखास्त करने पर विचार हो सकता है। आधी रात को फैक्स भेजकर अयोध्या की विस्तृत रिपोर्ट माँगी गई। कल्याणसिंह की रीढ़ इतनी नरम नहीं थी कि कोई गीदड़ भभकी उन्हें झुका दे। उन्होंने स्पष्ट कह दिया—"सरकार रहे या जाए, मंदिर तो बनेगा। केंद्रीय गृहमंत्री की धमकी से साफ हो गया है कि अब राममंदिर का प्रश्न धारा 356 बनाम जनादेश हो चला है। हम मंदिर और सरकार में से मंदिर को चुनेंगे। एक इंच भी विवादित भूमि मंदिर न्यास को नहीं दी गई है। 2.77 एकड़ भूमि के अधिग्रहण को भी न्यायालय ने उचित माना है। जो भवन हटाए जा रहे हैं, उसमें उनके मालिकों की सहमति है और उन्हें पूरा मुआवजा दे दिया गया है। अयोध्या में कुछ भी कानून के विरुद्ध नहीं हो रहा है।"

केंद्र और राज्य सरकार के बीच यह पहली जोर आजमाइश थी, जो मार्च-अप्रैल 1991 में हुई थी। इसके बाद तो अनुमानों के बाजार गरम होते रहे कि सरकार का जीवन कितना शेष है। अधिकारियों पर मंत्रियों की पकड़ भी शिथिल पड़ने लगी। खिसकते-घिसटते नवंबर 1992 में आ पहुँचा सरकार का रथ। उधर प्रधानमंत्री श्री नरसिंहराव ने संतों से अनुरोध किया कि विवादित ढाँचा तो यथावत् रहे और उसके बगल में विश्व हिंदू परिषद् मंदिर बना ले। एक प्रस्ताव आया कि ढाँचे के ऊपर मंदिर बना लिया जाए। तीसरा प्रस्ताव था कि एक ढाँचे में मस्जिद रहे और दो गुंबदों को मंदिर में शामिल कर लिया जाए। ये सभी प्रस्ताव बेतुके थे और अव्यावहारिक भी। प्रधानमंत्री की बातें

बड़ी ही रहस्यमयी और द्विअर्थी थीं। 15 अगस्त, 1992 को लालकिले के भाषण में उन्होंने घोषणा कर दी कि मस्जिद भी रहेगी और भव्य मंदिर भी बनेगा। दूसरी ओर उन्होंने एक मुस्लिम प्रतिनिधि मंडल से कहा कि मैं भाजपा से तो लड़ सकता हूँ, लेकिन भगवान् राम से तो नहीं लड़ सकता।

माननीय प्रधानमंत्रीजी ने जो तीन माह का समय समस्या के समाधान के लिए दिया था, वह समाप्त हो गया; किंतु हुआ कुछ भी नहीं। मन भर रुई में एक पूनी भी नहीं कती। 15 अगस्त, 1992 के दिन लालकिले की प्राचीर से बोलते हुए प्रधानमंत्री ने रामजन्मभूमि को मस्जिद बोलकर तो आग में घी ही डाल दिया। 30-31 अक्तूबर को दिल्ली में हुई धर्म संसद में पास किए गए एक प्रस्ताव ने तो बाबरी ढाँचे की विदाई के मुहूत पर हस्ताक्षर ही कर दिए। उस पंचम अधिवेशन में निर्णय लिया गया कि 6 दिसंबर, 1992 से श्रीरामजन्मभूमि परिसर में कारसेवा पुनः प्रारंभ की जाए। पूर्ण आस्था, निष्ठा एवं दृढ़ निश्चय के साथ घोषणा की गई कि अब कारसेवा मंदिर के पूर्ण होने तक अबाध और अनवरत जारी रहेगी। मंदिर जीर्णोद्धार समिति और मार्गदर्शक मंडल द्वारा पारित इस प्रस्ताव को धर्म संसद् में विराट नगर (जयपुर) के क्रांतिकारी संत, प्रखर ओजस्वी वक्ता एवं उद्भट विद्वान् आचार्य धर्मेंद्र ने प्रस्तुत किया था। इस प्रस्ताव के समर्थन में 6 हजार संतों के हाथ, समर्थन के स्वर, शंखध्वनियों के महाघोष, तालियों की तड़िता जैसी गड़गड़ाहट और नारों के गर्जन देर तक दिखाई-सुनाई देते रहे।

इस बीच रणनीति की बिसात पर सब अपने पाँसे फेंकते गए। केंद्र सरकार अपने पैंतरे दिखा रही थी तो धर्मसंसद, विश्व हिंदू परिषद् और जीर्णोद्धार समिति अपने हर कदम पर सावधान थी। प्रधानमंत्री कोई सर्वमान्य हल खोजने में जुटे थे तो अर्जुनसिंह और शरद पँवार अविलंब कल्याणसिंह सरकार का विदाई समारोह चाहते थे। वे बार-बार पार्टी के नेताओं से कह रहे थे कि कारसेवा शुरू हो गई तो भाजपा का प्रभाव बढ़ने के साथ-साथ मुसलमानों का भरोसा भी कांग्रेस से उठ जाएगा। उधर राष्ट्रीय एकता परिषद् की बैठक में प्रधानमंत्री को आवश्यकतानुसार कोई भी कार्यवाही करने का

अधिकार दिए जाने से मंदिर निर्माण में लगे संगठनों के कान खड़े हो गए। कारसेवक तो दिसंबर के प्रथम सप्ताह में अयोध्या आएँगे। लेकिन अगर प्रांत सरकार को बर्खास्त करके राष्ट्रपति शासन लगा दिया गया तो कारसेवा के मार्ग में पहाड़ खड़े हो जाएँगे।

प्रभंजन की पदचापों की आहट साफ सुनाई दे रही थी। रणनीति में तत्काल परिवर्तन अनिवार्य हो गया था। उत्तर प्रदेश सरकार ने उच्चतम न्यायालय को उसका मनचाहा शपथ-पत्र देकर कहा कि कारसेवा सांकेतिक होगी। कोई निर्माण कार्य न करने, निर्माण सामग्री विवादित स्थल पर न ले जाने और कोई औजार या संयंत्र आदि वहाँ पर न पहुँचने देने का अभिवचन न्यायालय को दिया गया। देश भर से कारसेवकों को तुरंत अयोध्या पहुँचने के निर्देश भेजे गए। रामसेना के सिपाही तो हर पल सन्नद्ध रहते थे, सो 'चलो अयोध्या, पुनः बुलावा आया है' के नारों के साथ प्रस्थान प्रारंभ हो गया। मंदिर निर्माण समिति और प्रधानमंत्री के बीच संवाद और संपर्क निरंतर जारी था। इलाहाबाद उच्च न्यायालय ने सुनवाई पूर्ण करके आश्वासन दिया था कि निर्णय 6 दिसंबर से पूर्व सुना दिया जाएगा। सुनवाई जब 4 नवंबर को पूर्ण हो चुकी थी तो एक महीना पर्याप्त था निर्णय सुनाने के लिए, लेकिन अज्ञात कारणों से न्यायालय ने वह तारीख बढ़ाकर 11 दिसंबर कर दी। कारसेवकों के हृदयों में धधकते रोष के हवन कुंड में अकस्मात टोकनी भर घी की आहुति थी यह निर्णय। 3 दिसंबर को रा.स्व.संघ की ओर से सह सरकार्यवाह प्रो. राजेंद्रसिंहजी एवं सहप्रचार प्रमुख श्री मदनदासजी प्रधानमंत्री से मिले तो न्यायालय के निर्णय की तारीख बढ़ने पर असंतोष प्रकट करते हुए माननीय रज्जु भैया (प्रो. राजेंद्रसिंह) ने नरसिंहरावजी से कहा—"हम तो समझते थे कि निर्णय कारसेवा प्रारंभ होने से पहले आ जाएगा, किंतु उसे 11 दिसंबर तक टालने का अर्थ क्या है? आप अच्छा कार्य भी करते हैं, किंतु गरिमा के साथ नहीं।" उस भेंट में तीन बातें तय हुईं—1. कारसेवा में कानून का उल्लंघन नहीं होगा। 2. मंदिर निर्माण का कार्य न्यायालय का निर्णय आने के बाद ही प्रारंभ होगा। 3. विवादित ढाँचे के विषय में संविधान की धारा 143

के अनुसार सर्वोच्च न्यायालय की सलाह ली जाएगी। इतना होने पर भी केंद्र सरकार ने अयोध्या में युद्ध जैसी तैयारी और सुरक्षा व्यवस्था करने में विलंब नहीं किया और न कोई कोताही बरती।

नर के मन कछु और है, दाता के कछु और। भूकंप की एक अँगड़ाई पर्वत तक को हिला देती है, मेघों की एक चढ़ाई गोकुल तक को डुबा देती है, आँधी की एक उड़ान भारी-से-भारी वृक्षों को समूल उखाड़ कर पटक देती है, दावानल की लपटें देखते-देखते विशाल वनों को राख में बदल देती हैं और बड़वानल की धमाचौकड़ी के सामने महासागर भी औसान भूल जाते हैं। कोई नहीं जानता था कि मतवाले रामभक्तों की वानर सेना सदियों पुराने उन तीन गुंबदों को देखते-ही-देखते भूमिसात भी कर देगी और अपने रामलला के लिए एक अस्थायी मंदिर का निर्माण भी कर दिखाएगी।

दिन था 3 दिसंबर, 1992 का। अयोध्या पर साढ़े पाँच घंटे तक लोकसभा में बहस चली। गृहमंत्री ने सदन को भरोसा दिलाया कि सरकार ऐसा कुछ नहीं होने देगी, जिससे मुसलमानों को असुविधा हो। मानव संसाधन मंत्री अर्जुनसिंह ने अगले दिन लखनऊ में कहा कि केंद्र सरकार अयोध्या के संबंध में पूर्ण सचेत है। न्यायालय और संविधान की गरिमा कायम रखने के लिए हम हर जरूरी कदम उठाएँगे। उधर मुलायमसिंह अपनी पार्टी और उससे जुड़े संगठनों को निर्देश दे चुके थे कि 5 दिसंबर को अयोध्या में धरना देकर कारसेवा को रोकें। उनका साथ देने के लिए दोनों जनता दल, भाकपा, माकपा, इंडियन पीपुल्स फ्रंट, सोशलिस्ट पार्टी, शोषित पार्टी और फारवर्ड ब्लाक भी लँगोट कस रहे थे। यह मुकाबला रावण रथी विरथ रघुवीरा जैसा दिखाई दे रहा था। उत्तर प्रदेश के मुख्यमंत्री श्री कल्याणसिंह ने सर्वोच्च न्यायालय और केंद्र सरकार को आश्वासन दे रखा था कि कारसेवा सांकेतिक होगी। बाबरी मस्जिद संघर्ष समिति तो सारे आश्वासनों के बाद भी विवादित ढाँचे की सुरक्षा को खतरा बता रही थी। ढाँचे और तथाकथित मस्जिद के प्रेमी चित्त बसु (फारवर्ड ब्लाक), सोमनाथ चटर्जी, प्रकाश कारंत (माकपा), इंद्रजीत (माकपा), रामविलास

पासवान (जनता दल) और पवनानुकूल बहने वाले विश्वनाथ प्रतापसिंह ने प्रधानमंत्री से मिलकर अयोध्या में कोई अनहोनी न होने देने की गुहार लगाई।

इधर तो सारे दल और केंद्र सरकार आक्रांता बाबर के आदेश पर राममंदिर ढहाकर बनाई उस मस्जिद के ढाँचे की सुरक्षा के लिए जमीन-आसमान एक कर रहे थे और उधर रामभक्त कारसेवकों ने चुपचाप 5 दिसंबर तक अढ़ाई लाख की संख्या में पहुँचकर अयोध्या को भर दिया था। फैजाबाद में भी रेलमपेल थी। कहाँ सुलाएँ, कहाँ ठहराएँ, कैसे क्या खिलाएँ, यही समस्या आयोजकों को सताए जा रही थी, किंतु कारसेवक तो भूखे भजन भी करने पर आमादा थे और नया इतिहास गढ़ने को कटिबद्ध भी। उन्हें अपने राम का काज पूरा किए बिना विश्राम करना ही नहीं था। आयोजकों द्वारा चलाए गए 16 बड़े भोजनालय अलस्सुबह से देर रात तक चले, मुंबई से मद्रास तक से ट्रकों में भरकर भोजन सामग्री आई पर ऊँट के मुँह में जीरा ही सिद्ध हुई। पर हिंदू जनता भी हार मानने वाली नहीं थी। गोंडा, फैजाबाद, बाराबंकी, सुल्तानपुर आदि जिलों के हजारों परिवारों ने भोजन भेजकर सारी व्यवस्था सँभाल ली।

अयोध्या के गली-मोहल्लों ने पहली बार झूमती गाती रामभक्तों की वे अलबेली टोलियाँ देखीं, जिनमें रंग-बिरंगी पगड़ियाँ बाँधे राजस्थानी, संथाल के साँवले जवानों के हाथों में तीर कमान, त्रिशूल चमकाते पंजाबी वीर शामिल थे। रामलला के अधरों पर मुस्कान तैर रही थी और सरयू की पावन लहरें उछल-उछलकर आशीष लुटा रही थीं। गगन पिता उन मस्ताने दीवानों का उत्साह भाँप रहे थे और तीनों गुंबद आशंकाओं से काँप रहे थे। इतिहास एक नए अध्याय के स्वागत की तैयारी में वंदनवार बाँध रहा था और ऊषा-संध्या बारी-बारी से अंबर में रंगोली रचा रही थीं। हवाएँ उन वीर सपूतों के कानों में 'जय श्रीराम' बोलकर हँसती हुई आगे बढ़ रही थी। एक महोत्सव का आयोजन मानो वहाँ होने जा रहा था।

□

हे रामलला! हम आ ही गए

कहने वाले कुछ भी कहते रहें किंतु यह सत्य है कि मंदिर निर्माण के पक्षधर संगठनों ने कभी नहीं चाहा था कि विवादित ढाँचों को गिरा दें। विभिन्न प्रदेशों से आए कारसेवकों पर पूरी निगरानी रखने की व्यवस्था की गई थी। ललित चतुर्वेदी ने राजस्थान सरकार के मंत्री पद से त्याग-पत्र देकर कारसेवा में भाग लिया था। 5 तारीख की रात में वे भी युवकों के साथ रहकर उन्हें तोड़-फोड़ न करने की हिदायत देते रहे। 6 तारीख को अनुशासन कायम रहे इसके लिए संघ के स्वयंसेवकों को सूर्योदय के साथ ही गणवेश का खाकी नेकर पहनकर जन्मभूमि परिसर में उपस्थित रहने को कहा गया था। यह भी सच है कि पंजाब और महाराष्ट्र से आए बहुत से युवक ढाँचे को कलंक मानकर गिरा देने की बातें भी कर रहे थे। छत्रपति शिवाजी और गुरु गोविंदसिंहजी को अपना आदर्श मानने वाले वे युवक हिंदू थे, रामभक्त थे, वीर थे, किंतु संघ के स्वयंसेवक नहीं थे।

अलग टोली, अलग नारे, अलग ढंग। राजस्थान पत्रिका के प्रतिनिधि गोपालशर्मा ने कर्नाटक के जत्थे में शामिल एक युवक से जब पूछा कि यहाँ क्यों आए हो तो उत्तर मिला—कांग्रेस का सफाया करने। महाराष्ट्र और फैजाबाद की शिवसेना के कारसेवकों ने घोषणा कर दी थी कि हम तो इस ढाँचे को ध्वस्त करने ही आए हैं। जयपुर के गलताजी से आए कुछ साधु भी इसी विचार के थे। ध्यान रहे कि ऐसे सब लोगों का संघ या विश्व हिंदू परिषद् से कोई संबंध नहीं था। वे देशभक्त, रामभक्त और कारसेवक थे इसमें कोई संदेह नहीं।

अनुशासन में बँधे रहने के कारण ढाँचों को क्षति न पहुँचाने की बात अढ़ाई लाख लोगों ने भले ही मान ली हो, किंतु उधर देखते ही अपनी आँखों में खून उतरने को रोकना तो उनके वश में नहीं था। इसी आवेश और आवेग के तूफान को काबू में रखने की चुनौती तो संघ और विश्व हिंदू परिषद् के सामने थी। ज्वालामुखी यदि धधकने की ठान ही ले तो उसके फुफकारते लावे पर नियंत्रण करना आकाशीय बिजली को छाता तानकर रोकने की कोशिश के समान व्यर्थ होगा। कोई नहीं जानता था कि कल क्या होनेवाला है, यहाँ तक कि आकाश भी नहीं, इतिहास भी नहीं और वातास भी नहीं। जानते थे तो केवल रामलला और वे किसी को भी यह भेद बताने वाले थे नहीं।

5 और 6 दिसंबर के बीच वाली वह रात भी 29 अक्तूबर, 1990 की रात जैसी ही जागरण वाली थी। कारसेवक यह तो जानते थे कि उत्तर प्रदेश पुलिस तो उन पर गोली नहीं चलाएगी, क्योंकि अब मुलायमसिंह का राज नहीं है। वर्तमान मुख्यमंत्री कल्याणसिंह की घोषणा है कि सरकार रहे या आए, लेकिन गोली नहीं चलेगी। किंतु केंद्रीय सुरक्षा बलों का क्या भरोसा? वे इस उधेड़-बुन में नहीं सोए कि कारसेवक क्रोधावेश में गुंबदों की ओर बढ़ गए और गोलियाँ उन्हें रोकने को निकल पड़ीं तो क्या होगा? कल्याणसिंह को सत्ता गँवाने की चिंता तो कतई नहीं थी, किंतु एक भी कारसेवक के प्राण जाने का कलंक वे अपने माथे पर लेना नहीं चाहते थे। युवकों के मन में धधक रही रोष की ज्वाला का अनुमान क्या उन्हें था? एक भी माँग सूनी न हो इसी चिंता में उनकी आँखों ने नींद को सरयू पार भेज दिया था। केंद्रीय सुरक्षा बल की 200 कंपनियाँ जो फैजाबाद से अयोध्या तक फैली पड़ी थीं, रात भर चौकन्नी रहीं कि न जाने कब क्या कर बैठे यह लाखों की वानर सेना। एक विशेष त्वरित बल के 300 मोटरसाइकिल सवार जवान जो मात्र दस मिनट में अयोध्या पहुँचने का पूर्वाभ्यास भी कर चुके थे, उन्होंने तो अनझिपी पलकों और चौकन्ने कानों के साथ जागते हुए रात बिता दी कि न जाने कब दौड़ पड़ने का आदेश मिल जाए। मार्ग शीर्ष शुक्ला एकादशी का चाँद भी कैसे सो सकता था। उसने किरणों के लाखों

हाथ बढ़ाकर कारसेवकों के सिरों पर फेरकर उन्हें सफलता का आशीष दिया। अगली भोर के कुहासे में से झाँककर उसने एक बार फिर सारे वीरों को देखा और उनकी सफलता की मंगल कामना करता हुआ आगे बढ़ गया। क्योंकि कल द्वादशी की रात में तथाकथित मस्जिद के तीनों गुंबद वहाँ नहीं होंगे, यह रहस्य वह जानता था इसलिए एक उड़ती नजर उन पर भी डालकर उसने पीठ फेर ली।

□

हो गया काम, जय श्रीराम

6 दिसंबर, 1992 रविवार। भारतीय तिथि के अनुसार विक्रम संवत् के मार्गशीर्ष माह के शुक्ल पक्ष की द्वादशी। आज तो शौर्य दिवस के रूप में उत्सव मनाते हैं कुछ संगठन इस दिन। यह शौर्य का दिन हो न हो, किंतु शर्म का दिन तो कतई नहीं है। भगवान् राम के मंदिर को तोड़कर एक विदेशी बर्बर आक्रांता द्वारा वहाँ बनाया गया कोई तथाकथित धर्मस्थल हटाने के लिए जहाँ 70 से अधिक युद्धों में हजारों हिंदुओं ने अपने प्राणों की आहुति दी हो, उसका जीर्णोद्धार करने के लिए यदि उस जर्जर ढाँचे को गिरा दिया गया हो, जहाँ पचासों वर्षों से नमाज भी नहीं पढ़ी गई हो और वहाँ रामलला विराजमान हों तो उस कार्य को यदि गौरव करने योग्य कहने में कोई जीभ लड़खड़ाती हो, तो उसे शर्मनाक कृत्य कहने वाली जीभों को तो टोकना ही पड़ेगा।

कारसेवकों को बताया गया था कि सांकेतिक कारसेवा का अर्थ है कि राम मंदिर निर्माण के लिए जिन स्थानों को भरा जाना है वहाँ सरयू से मिट्टी लेकर डालनी है और वह भी एक ही बार! इतना करते हुए चुपचाप वापस चले जाना है। विवादित गुंबदों की ओर नहीं जाना है। भोर होते ही लाखों कदम निर्धारित स्थान की ओर चल पड़े थे। धोती के पल्ले में, कोई गमछे में, कोई चादर में तो कोई साड़ी के पल्लू में बाँधकर सरयू की पावन माटी ला रहा था। कोई खीझकर कह रहा था कि क्या हम मुसलमान हैं, जो कब्र में मिट्टी डाल रहे हैं। जानकी महल में भाजपा के अनेक बड़े नेता ठहरे थे, जिनमें आडवाणीजी और डॉ. मुरलीमनोहर जोशी भी शामिल थे।

सवेरे के आठ बजे थे, तभी सामने से कभी नरसिंहरावजी के युवापन के साथी रहे मोरोपंत पिंगले आते दिखाई पड़े। रामजन्मभूमि मुक्ति आंदोलन के मुख्य सूत्रधार और विश्व हिंदू परिषद् के प्रमुख मार्गदर्शक को सभी ने प्रणाम किया। निर्विकार भाव से अभिवादन की स्वीकृति में हाथ उठाते हुए वे आगे चले गए। उधर कारसेवा जारी थी।

अब माइक पर आचार्य धर्मेंद्र का धीर गंभीर स्वर गूँजा—"आप लोग सरयू से जो मिट्टी और जल लाए हैं, उस जल से फर्श धोया जाएगा और रेत एक स्थान पर इकट्ठा किया जाएगा। कुछ समाचार-पत्र लिख रहे हैं कि कारसेवा का यह स्वरूप आपको पसंद नहीं है। यदि संत समाज द्वारा निर्धारित यह कारसेवा आप सबको पसंद है तो समर्थन में दोनों हाथ ऊँचे कीजिए।" कारसेवकों ने 'जय श्रीराम' के नारे के साथ बाँहें ऊँची कर दीं। आचार्य धर्मेंद्र ने असहमति वाले हाथ भी ऊँचे करने को कहा किंतु एक भी हाथ नहीं उठा। उस समय दिन के 10:15 बज रहे थे। भगवान् भास्कर के रथ के घोड़े भी उस दृश्य को पीछे मुड़-मुड़कर देखते हुए गगन शिखर की ओर बढ़ रहे थे।

अधिकांश कारसेवक निर्धारित सांकेतिक कारसेवा में लगे थे। तभी अचानक लगभग 50 युवक मुख्य सड़क वाले द्वार से भीतर जाने की जिद करते हुए पुलिस से भिड़ गए। स्वयंसेवकों के समझाने और पुलिस की सख्ती के कारण वे सफल नहीं हुए। फोटोग्राफरों को देखकर उन्होंने पुनः जोर मारा। उसी समय एक जत्था और आ पहुँचा, जिसमें कुछ युवकों ने लोहे की छड़ें और बाँसों के टुकड़े हाथों में ले रखे थे। अचानक वे लोहे की रेलिंग गिराने में सफल हो गए और छाया के लिए लगा शामियाना भी उन्होंने गिरा दिया। अंततः वे जन्मभूमि परिसर में पहुँच ही गए। वहाँ उन्होंने खूब ऊधम मचाया। आखिर वे परस्पर सटकर बैठे, ताकि कोई उन्हें बाहर न धकेल दे।

यही कोई 11:30 बजे का समय रहा होगा जब लगभग 200 कारसेवक मानस भवन की छत पर जा चढ़े। उन्होंने जन्मभूमि परिसर में खड़े फोटोग्राफरों का ध्यान करने के लिए खूब झंडे फहराए। 40-50 स्वयंसेवकों ने भीतर परिसर में बैठे युवकों को बाहर निकालकर ही दम लिया। ये सारे प्रयास इस

बात के बोलते प्रमाण हैं कि आयोजकों की नीयत में कहीं खोट नहीं था और वे गुंबदों को क्षति नहीं पहुँचाना चाहते थे।

श्री विश्वेश तीर्थ जो दक्षिण भारत के एक चर्चित संत थे, वे मुख्य सड़क की ओर से अपने कुछ शिष्यों के साथ भीतर गए तो अचानक धक्कमपेल करते हुए सैकड़ों युवक भी अंदर चले गए। पुलिस ने तो रास्ता विश्वेश तीर्थ के लिए दिया, किंतु हड़बोंग ऐसा मचा कि कारसेवकों का बड़ा जत्था भी घुसपैठ करने में सफल हो गया। श्री अशोक सिंघल की समझाइश भी काम नहीं आई और एक युवक एक गुंबद पर जा चढ़ा और झंडा फहरा दिया। अब तो हड़कंप मच गया और हजारों कारसेवकों ने विवादित ढाँचे पर हल्ला बोल दिया। 'सिर बाँधे कफनवा रे शहीदों की टोली निकली', 'जय श्रीराम', 'मंदिर यहीं बनाएँगे', 'जिस हिंदू का खून न खौला, खून नहीं वह पानी है' आदि अनेक नारों से आकाश भर गया। पुलिसबल उस तूफान से जान बचाकर पता नहीं कहाँ जा दुबका। चारों तरफ कारसेवक ही कारसेवक दिखाई दे रहे थे। तीनों गुंबदों और पूरे परिसर में भगवे ध्वज दिखाई पड़ रहे थे। गुंबदों का टूटना आरंभ हो गया। तभी अंतिम प्रयास के रूप में रामकथा कुंज के मंच से मुरलीमनोहर जोशी और आडवाणीजी ने कारसेवकों से बेहद भावुक अपील की कि वे गुंबदों से नीचे उतर आएँ। परम श्रद्धेया राजमाता विजयराजे सिंधिया ने तो अपनी और रामलला की सौगंध भी दिलाई किंतु वह भी बेअसर रही। शेषाद्रिजी ने भी कहा कि यदि कोई स्वयंसेवक गुंबदों पर है तो वह नीचे उतर आए। डॉ. मुरलीमनोहर जोशी ने फटकारते हुए कहा कि "कारसेवक होकर भी आप यह क्या कर रहे हैं? हम सब अनुशासित कार्यकर्ता हैं। यह आप ठीक नहीं कर रहे हैं।"

यह सब मंदिर विरोधियों को नाटक और सोची-समझी चाल लगेगी। वे दूसरों की भावनाओं का सम्मान करना सीखे ही नहीं हैं। उनमें कुछ तो मार्क्सवाद की मदिरा पीकर भावुकता भुला बैठे हैं और कुछ नेहरू खानदान की चापलूसी करके ही स्वयं को धन्य मान रहे हैं। संवेदनाओं का अमृत घट उनके भाग्य में कभी आया ही नहीं। किंतु जो प्रभु की परम सत्ता और

सर्वज्ञता में आस्था रखते हैं, वे इस सत्य पर भरोसा करते हैं कि संघ, भाजपा और विश्व हिंदू परिषद् न्यायालय के निर्णय पर भरोसा करते थे और ढाँचे को क्षतिग्रस्त करने के हामी नहीं थे। यह बात अलग है कि कारसेवकों के आक्रोश की सुनामी के आगे वे असहाय हो गए थे।

तीनों गुंबदों पर चढ़े कारसेवकों की संख्या तो हजार के आसपास ही रही होगी और शायद कम भी क्योंकि वहाँ अधिक जगह थी भी नहीं। हजारों तो नीचे खड़े नारे लगाकर और राम धुन गाकर उनका उत्साह बढ़ा रहे थे। लाखों नीचे खड़े उस कार्यवाही को देखकर रोमांचित, गर्वित, हर्षित और विस्मित हो रहे थे। 'सौगंध राम की खाते हैं, हम मंदिर यहीं बनाएँगे।' इस नारे को आज जी भर गुँजाने का अंतिम दिन था। सीतारसोई की छत पर खड़ी महिलाएँ झंडे हिला-हिलाकर ढाँचे पर चढ़े कारसेवकों का उत्साह बढ़ा रही थीं। अनेक कारसेवकों ने रेलिंग के पाइप और ऐंगिल निकाल उन्हें तोड़ा-मरोड़ा और ढाँचा गिरा रहे कारसेवकों तक उन्हें पहुँचाया। उत्साह का ज्वार ऐसा था कि लोगों ने कई पेड़ ही उखाड़ डाले।

एक वंदनीय त्रयी भी वहाँ उपस्थित होकर उस दृश्य को देखकर आँसू बहा रही थी। वे आँसू पश्चात्ताप के नहीं थे। वे थे किन्हीं और मधुरिमा स्मृतियों के, वे थे संतोष और आश्वस्ति के और वे पावन और अनमोल अश्रु बिंदु छलक रहे थे दो वीर युवकों शरद और रामकुमार कोठारी के माता-पिता और बहन की आँखों से जिन्हें मुलायमसिंह की क्रूर पुलिस ने गोलियों से भून दिया था। आज उनके पिता हीरालाल कोठारी माँ श्रीमती सुमित्रा—और बहन पूर्णिमा सीतारसोई की छत पर खड़े होकर अपने भगवान के मंदिर निर्माण की उस पूर्व पीठिका को देख रहे थे। आज वे हर्ष विभोर थे कि उनके बेटों का बलिदान व्यर्थ नहीं गया है। उनकी हर साँस कारसेवकों पर आशीष बरसा रही थी। एक विध्वंस में से एक पुण्य पुनीत निर्माण आकार लेता हुआ महसूस कर रहे थे वे तीनों। उनकी आहें वाह-वाहों में बदल गई थीं।

रामलला की प्रतिमा, सिंहासन, पूजा की पेटियाँ और श्रृंगार का सामान बाहर निकाल लिया गया। दानपात्र को भी सुरक्षित बाहर ले आया गया। इस

सारी प्रक्रिया में कई कारसेवक ऊपर से गिरते मलबे से घायल हो गए। तुरंत अनेक कारसेवकों ने उन्हें सुरक्षित बाहर निकाल लिया। जांबाज पत्रकार श्री गोपाल शर्मा ने ये सारे दृश्य स्वयं देखे थे। उन्होंने अपनी पुस्तक 'कारसेवा से कारसेवा तक' में अनेक सत्य और महत्त्वपूर्ण और मनोरंजक वर्णन दिए हैं। उन्होंने लिखा है—

1:10 बजे—पहला दरवाजा साफ हो चुका था और ढाँचे को तोड़ने के लिए कारसेवकों में आगे बढ़ने की होड़ लगी हुई थी। उस समय सीतारसोई की छत पर पुलिस आयुक्त और दूसरे अधिकारीगण हाथ बाँधे यह दृश्य देख रहे थे। एक छोटी छत के कोने में श्रीशचंद्र दीक्षित चुपचाप खड़े थे।

1:27 बजे—दाहिनी गुंबद को क्षतिग्रस्त करने में लगे कारसेवक उसके शीर्ष पर भोजन के पैकेट खोलते दिखाई दिए। कपड़े से बाँधकर ऊपर पानी की बाल्टी पहुँचाई गई। अयोध्यावासी दौड़-दौड़कर गैंती, फावड़े, टोकरियाँ लाने में लगे हुए थे।

1:35 बजे—दूसरी दीवार साफ हो गई।

1:50 बजे—बाईं ओर का गुंबद ध्वस्त। कई कारसेवकों के दबने का अनुमान। चार-पाँच घायल कारसेवक उठा-उठाकर ले जाए गए। एंबुलेंस तैयार थी।

2:25 बजे—मध्य में स्थित मुख्य द्वार साफ हो गया। विवादित ढाँचे के नाम पर सिर्फ दो गुंबद बचे थे।

आचार्य धर्मेंद्र ने कहा—मलबा नहीं, यह तो प्रसाद है, सब लोग ले जाओ।

उमा भारती कड़वाहट भरे शब्दों में बोली—प्रसाद नहीं, बाबर की हड्डियाँ हैं ये।

2:45 बजे—मंच से साध्वी ऋतंभरा ने ललकारा। इसके साथ ही गुंबदों को तोड़ने के काम में और तेजी आ गई—

''कह गर्व से हम हिंदू हैं, हिंदुस्तान हमारा है।

हर-हर महादेव की फिर से शिवसेना निकल पड़ी है।

सिर पर कफन बाँधकर फिर से रामचंद्र की फौज चली है।

गली-गली में मातु भवानी का गूँजा जयकारा है।"

इस पर दूर-दूर तक खड़े हजारों कारसेवकों ने समवेत स्वर में कहा—"कहो गर्व से हम हिंदू हैं, हिंदुस्तान हमारा है।"

3:00 बजे—दूसरा गुंबद ध्वस्त।

मंच से घोषणा की गई कि कारसेवक जहाँ हैं, वहाँ के रास्ते रोक दें। कोई अपने स्थान से नहीं हिले। कारसेवा जारी है। न कोई अयोध्या से बाहर जाएगा न कोई अयोध्या में आएगा।

5:00 बजे—तीसरा गुंबद ढह गया।

6:00 बजे—1528 में मीर बाकी द्वारा बनाया गया बाबरी ढाँचा साफ हो गया। चारों ओर 'जय श्रीराम, हो गया काम' का उद्घोष शुरू। मंदिरों में घंटे-घड़ियाल फिर बज उठे। शंख ध्वनि गूँज उठी। और वातावरण को बेधती तुरही की आवाज आने लगी।

7:00 बजे—मलबे से हिंदू मंदिर के अवशेष निकलने लगे। एक-एक पुरावशेष को देखकर कारसेवक उसे चूम रहे थे, माथे से लगा रहे थे और भाव विह्वल हो रहे थे।

9:00 बजे—जहाँ पहले रामलला की प्रतिमा विराजमान थी वहीं रामलला का सिंहासन रखकर मंत्रों के बीच रामलला की प्रतिमा की वापस स्थापना कर दी गई।

…राम मंदिर निर्माण के लिए गर्भस्थल से कारसेवा शुरू। जन्मभूमि परिसर में अपने निश्चित स्थान पर रामलला की प्रतिमा स्थापित हो रही थी तो दूसरी ओर अयोध्या में दीपावली मनाई जा रही थी। घरों में दीपक जलाए गए, एक-दूसरे को बधाइयाँ दी गईं। लौटते कारसेवकों को अयोध्या-फैजाबाद की महिलाएँ शाबासी दे रही थीं—"तुम्हारी माँएँ धन्य हो गईं।"

उस विध्वंस समारोह का इससे अच्छा चित्रण हो भी नहीं सकता था। चालीस घंटे तक चली उस अबाध कारसेवा ने 464 वर्ष पुराना कलंक धो डाला। जिनके आराध्य के जन्मस्थान पर बने मंदिर को विधर्मी आक्रांताओं

ने बेहद बेशरमी, क्रूरता और उपहास का प्रदर्शन करते हुए ढहाया हो, देव प्रतिमाओं और धार्मिक प्रतीकों को बूटों से कुचला हो और उन्हीं भग्नावशेषों पर मस्जिद बना दी हो। वे उस दिन हर्ष भी प्रकट न करते तो क्या स्यापा करते? जिस मंदिर से कभी भगवान् राम के भजनों और आरतियों के स्वर हवा में तैरकर पूरी अयोध्या में आनंद की वर्षा करते रहे हों और जहाँ से उठी घंटों, शंखों, ढोलकों और झाँझ-मँजीरों की मधुर ध्वनियाँ और गूँज कोसों दूर तक सुनाई देकर कभी हिंदू धर्म की आस्था का संदेश ले जाती रही हो तथा उस सबको रौंदकर 'अल्लाहू अकबर' की हृदयविदारक कर्कश अजानें हिंदुओं के कान फोड़ती हुई उनकी आत्माओं तक को लहूलुहान करती रही हों और वह भी साढ़े चार शताब्दियों तक। उस मर्मांतक पीड़ा का मुक्ति-पर्व न मनाकर हिंदू फातिहा पढ़ते क्या? जिन चोटीधारी मुगलों और चलते-फिरते मुर्दों को छाती माथे पीटने-कूटने हैं, वे शौक से ऐसा करें, किंतु सच्चे हिंदू तो 'जय श्रीराम' का नारा बेहद गर्व के साथ लगाकर इस मुक्ति पर्व का स्वागत करेंगे ही कल्याणसिंह ने अपनी सरकार का इस्तीफा राज्यपाल को सौंपकर चैन की साँस ली, किंतु केंद्र के निर्देश पर उनका त्याग-पत्र स्वीकार न करके सरकार को बरखास्त करने की नौटंकी रची गई।

□

अदालत में जीते रामलला

अभी तक तो हम कबीरदासजी की उलटबाँसियाँ ही पढ़ते-सुनते आ रहे थे, जिनमें वे कभी सिंह द्वारा ग्वाला बनकर गऊएँ चराने की बात कहकर हमें चकराते हैं तो कभी 'बरसै कंबल भीजै पानी' कहकर हमें उलझा देते हैं, किंतु हमने तो मराठी भाषा की उक्ति 'याची देहा याची डोला' अर्थात इसी शरीर के रहते इन्हीं आँखों से अब तक की सबसे बड़ी उलटबाँसी घटित होते देखी। अभी तक तो कहा जाता रहा था कि भगवान् की अदालत सबसे बड़ी है, जिसमें मरणोपरांत प्रत्येक जीव को पेशी भुगतनी पड़ती है, परंतु हमने तो अपने ही भगवान् राम को इस देश की छोटी-बड़ी अदालतों में न्याय पाने के लिए 134 वर्षों से भटकते देख लिया। वे चीखते-चिल्लाते रहे और प्रमाण प्रस्तुत करते रहे कि अयोध्या में ही मेरा जन्म हुआ था और विदेशी आक्रांतों ने मेरे जन्मस्थान को ढहाकर एक मस्जिद बना दी ठीक उसी जगह। भगवान् रामलला के इंसान देहधारी वकील कहते रहे कि हाथ कंगन को आरसी क्या और पढ़े लिखे को फारसी क्या माई लॉर्ड, मेरे माई-बाप, यदि आप कागजी सबूतों पर भरोसा नहीं करते तो खुदाई करवा लो। यह मस्जिद मेरे प्रभु के घर के खँडहरों के ऊपर पालथी मारे बैठी है। इसे जरा धकियाकर परे हटाओ और चलने दो कुदाल, गेंती और फावड़े। इसके नीचे मेरे प्रभु के घर के खंभे-दीवारें और पूजा के सामान दबे पड़े हैं। पर सुनता कौन था। भगवान् अपने ही बनाए इंसान के आगे लाचार होते रहे। सकल चराचर के स्वामी जगत् नियंता को 134 वर्ष लगे इस धरती के कानूनों के जंगल में गुम हुए अपने घर को वापस पाने में।

पेशियों का मकड़जाल : रामलला बेहाल

वह वर्ष था सन् 1885 ईस्वी। एक महंत थे रघुवरदास, जिन्होंने जिला अदालत में गुहार लगाई कि हमारे रामलला का जन्मस्थान अयोध्या में वही स्थान है जिसे बाबरी मस्जिद कहा जा रहा है। हमें उस परिसर में मंदिर बनाने की इजाजत दीजिए। अदालत ने उस अपील को अमान्य कर दिया, किंतु भूसे में चिनगारी तो प्रवेश कर ही गई। भीतर-ही-भीतर तुषानल की भाँति रामभक्तों के हृदय में एक टीस जवान होती रही। उन्होंने तो अपने पुरखों से सुन रखा था कि बाबर के आदेश से उसके सेनापति मीरबाकी ने सन् 1528 में राममंदिर को तोड़ा था और उसी स्थान पर मस्जिद का निर्माण कराया था। वे तो इस प्रमाण से भी अवगत थे कि बाबा तुलसीदास ने 30 मार्च, 1574 को अयोध्या के उसी मंदिर में अपने रामजी के चरणों में माथा टेककर अपने प्रसिद्ध ग्रंथ रामचरितमानस की रचना आरंभ की थी। आगे चलकर उन्हें इस शोध की भी जानकारी मिली कि औरंगजेब के रिश्तेदार फिदाई खान ने सन् 1660 में अयोध्या में तीन मंदिर तोड़े, जिनमें पूर्वोक्त राम मंदिर भी शामिल था। यह बात एक आई.पी.एस. अधिकारी कुणालकिशोर ने अपनी पुस्तक में भी लिखी जो श्री विश्वनाथ प्रतापसिंह एवं श्री चंद्रशेखर के प्रधानमंत्रित्व काल में अयोध्या मुद्दे के वार्त्ताकार भी रहे। उनके अनुसार बाबर तो अयोध्या कभी गया ही नहीं। हिंदू जनता को 1767 ई. में छपी आस्ट्रिया से आए फादर जोजेफ टिफेनथलोर की पुस्तक 'डिस्क्रिप्टों इंडिया' की जानकारी भी हो चुकी थी, जिसके अनुसार मंदिर के भीतर काले ग्रेनाइट की बेदी थी, जिसकी तीन बार परिक्रमा हिंदू करते थे।

रामभक्तों के लिए यह तथ्य मायने नहीं रखता था कि मंदिर बाबर ने तुड़वाया अथवा औरंगजेब ने। उनके मनों में दर्द तो यह था कि मस्जिद मंदिर तोड़कर बनाई गई है और इसी के उपचार के लिए वे न्यायालय की शरण में गए। अंग्रेजों के शासनकाल में तो न्याय मिला नहीं। स्वतंत्र भारत के तिरंगे ध्वज ने ब्रिटिश यूनियन जैक का स्थान 15 अगस्त, 1947 को आखिर ले

ही लिया। पूरे 64 वर्ष बाद सन् 1949 में मस्जिद में भगवान् राम की प्रतिमा मिली। हिंदू धर्म में 64 के अंक का बड़ा महत्त्व है। वहाँ 64 कलाएँ मानी गई हैं तो 64 जोगणियाँ भवानी भी होती हैं। हिंदुओं ने कहा कि मूर्ति स्वयंभू है अर्थात् स्वयं प्रकट हुई है तो मुसलमानों ने कहा कि वहाँ किसी ने रखी है। दोनों पक्ष फिर अदालत में गए। सरकार ने उस स्थान को ही विवादित घोषित कर दिया। रामलला फिर मन मसोसकर रह गए। अपने घर में विराजे तो थे, लेकिन सरकार उनके घर को विवादित बता रही थी। भारी-भरकम ताला मंदिर के द्वार पर झूलने लगा।

सन् 1950 में गोपालसिंह विशारद ने फैजाबाद कोर्ट में एक याचिका दायर करते हुए रामलला की पूजा करने की अनुमति माँगी। उधर महंत रामचंद्रदास ने भी अपील करते हुए पूजा जारी रखने की आज्ञा माँगी। इस वर्ष प्रथम बार उस मस्जिद को ढाँचा कहकर अदालत ने संबोधित किया। अब निर्मोही अखाड़े ने सन् 1959 में अदालत से माँग की कि उस विवादित स्थान पर उनका अधिकार मान्य किया जाए। सुन्नी वक्फ बोर्ड की उत्तर प्रदेश शाखा की भी नींद टूटी और उसने भी दावा ठोक दिया कि उस स्थान का मालिकाना हक उन्हें दिया जाए। हमारे रामलला अच्छे फँसे दो पाटों के बीच। उन्हें राजस्थान के एक लोकगीत के बोल दूर कहीं से सुनाई पड़े—दो-दो जोगनी के बीच अकेलो लाँगुरिया। अच्छी आफत आई। घर उनका और स्वामी बनने को झगड़ रहे थे, निर्मोही अखाड़ा और सुन्नी वक्फ बोर्ड। फिर पेशी पर पेशी शुरू।

सन् 1986 में जिला मजिस्ट्रेट ने हिंदुओं की अपील पर निर्णय सुनाते हुए उन्हें पूजा करने का अधिकार तो दिया ही, उसके साथ ही बरसों से विवादित स्थल पर लटका ताला खोलने की अनुमति भी दे दी। अब विश्व हिंदू परिषद् और अधिक सक्रिय हो गई। 1989 आते-आते तो उसे भारतीय जनता पार्टी का औपचारिक समर्थन भी मिल गया। अब रामलला की ओर से उस स्थान पर मंदिर होने का दावा फिर प्रस्तुत किया गया। इतना ही नहीं, उस स्थान से थोड़ा परे गैर-विवादित स्थान पर राम मंदिर का शिलान्यास भी कर दिया

गया। अगले पाँच-छह वर्षों में तो दो-दो सरकारें उत्तर प्रदेश में आई-गई हो गईं। मुख्यमंत्री का राजमुकुट श्री मुलायमसिंह के सिर पर कई वर्ष विश्राम करके श्री कल्याणसिंह के शीश पर जा विराजा। उन्होंने तो उसे डेढ़ वर्ष बाद ही उतारकर रामलला के श्रीचरणों में समर्पित कर दिया। केंद्र में कौन सी कम उथल-पुथल हुई। राजीव गांधी, वी.पी. सिंह, चंद्रशेखर और नरसिंहराव तक आ पहुँची नामों की सूची। बेचारे वी.पी. सिंह तो एक वर्ष भी पूरा नहीं धारण कर पाए राजमुकुट। वह उड़कर श्रीमान चंद्रशेखरजी के शीश पर जा बैठा। पर न जाने क्यों उसे वहाँ 7 महीने बाद ही घुटन सी होने लगी और उसने एक नया शीश चुन लिया श्रीयुत नरसिंहरावजी का।

श्री नरसिंहराव सहज, सरलमना व्यक्ति, दर्जनों भाषाओं के ज्ञाता, हिंदी के प्रबल समर्थक और श्रेष्ठ साहित्यकार थे। वे श्री अटलबिहारी वाजपेयी को अपना साहित्यिक गुरु मानते थे। संयुक्त राष्ट्र संघ में हिंदी में भाषण देने वाले वे दूसरे भारतीय राजनेता थे जबकि स्वयं अहिंदी भाषी प्रदेश से आए थे। श्रीरामजन्मभूमि मुक्ति अभियान में लगे कारसेवकों पर गोलियाँ दागने के हामी वे भी कभी नहीं रहे।

इलाहाबाद हाईकोर्ट ने 1994 में विवादित ढाँचे को गिराने की सुनवाई आरंभ करते हुए, तीन वर्ष बाद 49 लोगों को आरोपित ठहराया, जिनमें लालकृष्ण आडवाणी, डॉ. मुरलीमनोहर जोशी और कल्याणसिंह भी शामिल थे। ढाँचा तो ढह गया, किंतु कुछ लोगों के लिए एक बबाल, कुछ के रक्त में उबाल और कुछ को जी का जंजाल छोड़ गया। होते-होते 2002 आ गया। नई शताब्दी ने भूगोल का द्वार खटखटा दिया। एक अनार सौ बीमार। विवादित भूमि खंड पर किसका स्वामित्व रहेगा, यह निर्णय तो हुआ ही नहीं था। इलाहाबाद उच्च न्यायालय की लखनऊ खंडपीठ में अब इसकी भी सुनवाई आरंभ हो गई।

और आखिर 30 सितंबर, 2010 में इलाहाबाद उच्च न्यायालय के तीन जजों की पीठ ने विवादित भू-खंड पर अपना अभूतपूर्व और चर्चित निर्णय दिया, जिसे कोई सर्वोत्तम तो कोई भावी विवाद की जड़ बता रहा था। उस

निर्णय में अजीबोगरीब बात यह थी कि 2.77 एकड़ भूमि को तीन भागों में विभाजित करके राम मंदिर, निर्मोही अखाड़ा और सुन्नी वक्फ बोर्ड को दे दिया। माननीय सुधीर अग्रवाल और एस.यू. खान ने निर्णय दिया कि बीच के गुंबदवाला स्थान, जहाँ रामलला विराजमान हैं, हिंदू समुदाय को दिया जाता है। तीसरे जज थे माननीय डी.वी. शर्मा। वे इस निर्णय से सहमत नहीं थे। उनका मानना था कि बाबर के आदेश से भगवान् राम का मंदिर तोड़ा गया था। इसलिए उस पूरे परिसर का स्वामित्व हिंदुओं का है। निर्मोही अखाड़े को रामचबूतरा और सीतारसोई का मालिक मानकर रामलला विराजमान स्थान हिंदुओं को देने और उसी परिसर में वक्फ बोर्ड द्वारा मस्जिद बना देने से तो मामला और उलझने की ही संभावना थी। विवादित भू-खंड की उस बंदरबाँट से तीनों ही पक्ष असंतुष्ट नजर आए।

□

सर्वोच्च न्यायालय का ऐतिहासिक निर्णय

श्रीरामजन्मभूमि न्यास, निर्मोही अखाड़ा और सुन्नी वक्फ बोर्ड, ये तीनों दावेदार इलाहाबाद उच्च न्यायालय के निर्णय से संतुष्ट नहीं थे। अपने-अपने दावे और तर्कों-प्रमाणों के साथ उन्होंने देश की सर्वोच्च अदालत का द्वार खटखटाया। सभी पक्ष कह रहे थे कि न्यायालय का निर्णय उन्हें शिरोधार्य होगा। यद्यपि सर्वोच्च न्यायालय के निर्णय को मानने के अतिरिक्त कोई अन्य मार्ग भी उनके पास नहीं था। यों छोटी-मोटी गलियाँ थीं, किंतु वे साँप की लकीर पीटने जैसी ही थीं। सुन्नी वक्फ बोर्ड कुछ भी कहता रहे, किंतु उसकी कथनी और करनी पर किसी को भी भरोसा नहीं था और उसका आचरण रहा भी वैसा ही। निर्णय आने के बाद भी उसमें मीनमेख निकालकर पुनः सुनवाई का असफल प्रयास वह करता ही रहा। और कुछ नहीं बना तो उस पक्ष के लोग और वे भी उच्च शिक्षा प्राप्त यह कहकर अपनी भड़ास तो निकाल ही रहे थे कि हम अपनी भावी पीढ़ियों को पढ़ाएँगे कि अयोध्या में हमारी मस्जिद गिराकर मंदिर बनाया गया। इससे उनके मन में दबी हिंदू विरोधी आग और उनकी सद्भाव विरोधी खतरनाक भावना तो बाहर आ ही गई। इस देश को अपना मानने के बजाय यहाँ पर हुकूमत करने वाली कौम ही वे खुद को सिद्ध करके यहाँ रहना चाहते हैं। भारतमाता के पुत्र बनकर रहने में उन्हें शर्म आती है। यही वह मानसिकता है, जो हमारी राष्ट्रीय एकता और सांप्रदायिक सौहार्द में सबसे बड़ी बाधा है और दुर्भाग्य से हमारे वामपंथी बंधु, जो बुद्धिजीवी होने का ठेका सिर्फ अपने नाम लिए घूमते

हैं, अलगाव की इस चिनगारी को हवा देने में ही अपनी शान समझते रहे हैं।

सर्वोच्च न्यायालय ने 6 अगस्त, 2019 को इस प्रकरण की सुनवाई आरंभ की, जो निर्बाध गति से अविरल-अविराम 40 दिन चली। 16 अक्तूबर को न्यायालय ने निर्णय सुरक्षित रखते हुए उसे सुनाने की तारीख भी तुरंत घोषित करना उचित नहीं समझा। 134 वर्षों से पेशी पर पेशी देखता आ रहा था यह मुकदमा। इसके दो पक्षकारों के आपसी तालमेल, पारस्परिक स्नेह और सम्मान के भावों की कहानी भी ऐसी रही कि जिसकी मिसाल शायद 19वीं शताब्दी के पास तो थी ही नहीं, वर्तमान शताब्दी भी उससे वंचित ही रहेगी। रामजन्मभूमि न्यास समिति के अध्यक्ष महंत परमहंसदास और बाबरी मस्जिद समिति के पक्षकार हाशिम अंसारी एक ही ऑटो या रिक्शे से अयोध्या की अदालत और हर कहीं जाते थे। कई बार किसी एक का कोई कागज घर छूट गया तो दूसरा अपनी फाइल में से निकालकर दे देता था। एक-दूसरे के आवास पर भी उनका आना-जाना होता रहता था। हाशिम अंसारी तो 2016 में 95 वर्ष की आयु में दिवंगत हुए। वे 28 वर्ष की आयु से यह मुकदमा लड़ते आ रहे थे। महंत परमहंसदास को जुकाम भी हो जाए तो उनका वह मुकदमा विरोधी मुस्लिम मित्र बेचैन हो उठता था और उन्हें पैर में काँटा चुभ जाए तो उनके दोस्त बाबा परमहंस को भोजन नहीं सुहाता था। हाशिम बाबा अपने फकीराना स्वभाव के पुत्र इकबाल अंसारी को मुकदमे का दायित्व सौंपकर गए। उस सूफी संत जैसे भले पुरुष ने भी न्यायालय का मान-सम्मान अपने दीन ईमान से ऊपर रखा।

सर्वोच्च न्यायालय ने इलाहाबाद हाई कोर्ट के 30 सितंबर, 2010 के निर्णय पर 9 मई, 2011 को रोक लगाते हुए 7 जनवरी, 1993 की स्थिति बहाल कर दी। 65 वर्ष तक लड़ने वाले हाशिम अंसारी के पुत्र इकबाल अंसारी अभी भी आश्वस्त थे कि न्यायालय जो भी निर्णय देगा, उसे दोनों पक्ष सिर झुकाकर स्वीकार कर लेंगे।

कभी माना जाता था कि केशवानंद भारती बनाम केरल सरकार मुकदमा जो 31 अक्तूबर, 1972 से 24 अप्रैल, 1973 तक लगभग 175 दिन की

सुनवाई के लिए चर्चित हो गया था, शायद अब सर्वोच्च न्यायालय लगातार लंबी सुनवाई न करे, किंतु रामजन्मभूमि का मुकदमा भी 40 दिन की लगातार सुनवाई के कारण एक इतिहास बन गया।

इस मुकदमे में मुस्लिम पक्षकर इकबाल अहमद अंसारी की ओर से राजीव धवन और जफरयाब जिलानी मुख्य वकील रहे। सुन्नी वक्फ बोर्ड के अध्यक्ष जफर फारुखी भी एक पक्षकार रहे। हिंदू पक्ष की ओर से श्री सी.एस. वैद्यनाथन और श्री के. पारासरण ने रामलला का पक्ष रखा। न्यायालय में पाँच सुविख्यात माननीय न्यायाधीशों की पीठ ने मुख्य न्यायाधीश माननीय रंजन गोगोई की अध्यक्षता में इस ऐतिहासिक मुकदमे की सुनवाई की। अन्य न्यायाधिपति जस्टिस एस.ए. बोबड़े, जस्टिस डी.वाई. चंद्रचूड़, जस्टिस अशोक भूषण और जस्टिस एस. अब्दुल नजीर थे।

इस ऐतिहासिक मुकदमे का निर्णय भी इतना विस्तृत है कि उसे लिखना भी सरल नहीं था। यह श्रमसाध्य और समयसाध्य निर्णय 1045 पृष्ठों में लिखा जा सका। यही कारण था कि निर्णय सुनाने की तारीख का निर्णय भी शीघ्र नहीं हो सका। हाँ, इतना तय था कि माननीय मुख्य न्यायाधीश श्री रंजन गोगोई की सेवा-निवृत्ति तिथि 17 नवंबर, 2019 से पूर्व निर्णय अवश्य सुना दिया जाएगा।

इस मुकदमे की सुनवाई के दौरान माननीय न्यायाधीशों एवं वकीलों की विद्वत्ता बार-बार प्रकट हुई, जो सदैव स्मरणीय रहेगी। इसके अतिरिक्त भी कई बातों के लिए यह सुनवाई लंबे समय तक याद की जाएगी। रामजन्मभूमि न्यास के पक्षकार और पैरोकार वरिष्ठ अधिवक्ता श्री के. परासरन की आयु 92 वर्ष थी। मुख्य न्यायाधीश माननीय रंजन गोगोई ने उन्हें कुर्सी पर बैठकर बहस करने की सुविधा देनी चाही तो उन्होंने उनका आभार जताते हुए कहा कि माननीय आप बड़े ही दयालु हैं, किंतु मैं न्यायालय की परंपरा का सम्मान करते हुए खड़े होकर ही अपना पक्ष रखूँगा। पद्मभूषण एवं पद्मविभूषण सम्मानों से अलंकृत श्रीयुत परासरन को भारत सरकार ने 2012 में राष्ट्रपतिजी के माध्यम से छह वर्ष के लिए राज्यसभा के सदस्य

के रूप में भी नामित किया था। वे वेद और पुराणों के भी अद्भुत ज्ञाता हैं। उनकी इस ज्ञानराशि का प्रदर्शन उन्होंने बार-बार किया।

इस सदियों पुराने विवाद पर विराम लगाते हुए माननीय सर्वोच्च न्यायालय की पाँच सदस्यीय संवैधानिक पीठ ने 9 नवंबर, 2019 को अपना ऐतिहासिक निर्णय सुनाया। विशेष बात यह रही कि यह निर्णय सर्वसम्मति से लिया गया। इससे इस लंबे और दुःखद प्रकरण का सदा-सदा के लिए सुखद पटाक्षेप हो गया। सारे देश ने सहज भाव से इसे स्वीकार किया। कहीं कोई उग्र विरोध नहीं, टेढ़ी भौंहें नहीं, कटु प्रतिक्रिया नहीं, हर्षातिरेक में तीखे बोल और नगाड़े ढोल नहीं तो पराजयजन्य पीड़ा बोध में घृणा भरे हिंसक प्रदर्शन और भड़काऊ नारे नहीं। अपनी समझदारी और परिपक्वता का परिचय देते हुए बाबरी मस्जिद के पक्षकार इकबाल अंसारी और सुन्नी वक्फ बोर्ड के अध्यक्ष जफर फारूकी ने कहा कि वे इस फैसले के विरुद्ध पुनर्विचार याचिका नहीं लगाएँगे।

फैसले के मुख्य बिंदु

दोनों पक्षों के विद्वान् अधिवक्ताओं के विस्तृत और गंभीर तर्क एवं विश्लेषणात्मक बयान सुनकर माननीय सर्वोच्च न्यायालय ने जो निर्णय दिया, उसके मुख्य बिंदु ये रहे—

1. पूरी विवादित 2.77 एकड़ भूमि राम मंदिर निर्माण समिति को दी गई। रामलला विराजमान इस भूमि के स्वामी होंगे और रिसीवर केंद्र सरकार रहेगी।
2. सुन्नी वक्फ बोर्ड को मस्जिद निर्माण के लिए 5 एकड़ जमीन अयोध्या में ही दी जाए।
3. रामलला विराजमान न्यायिक व्यक्ति हैं।
4. केंद्र सरकार तीन महीने के भीतर मंदिर निर्माण के लिए ट्रस्ट बनाए।

5. मस्जिद के नीचे जो ढाँचा मिला है वह इस्लामिक नहीं था। वहाँ एक मंदिर का होना पुरातात्त्विक प्रमाणों से भी सिद्ध होता है और इसकी पुष्टि आर्कियोलॉजिकल सर्वे ऑफ इंडिया भी करता है।
6. सीतारसोई, रामचबूतरा और भंडार गृह भी इंगित करते हैं कि वहाँ एक मंदिर था।
7. 1857 से पहले भी रामचबूतरा और सीतारसोई पर हिंदुओं द्वारा पूजा करने के प्रमाण मिलते हैं।
8. निर्मोही अखाड़े का कोई अधिकार इस भूमि पर नहीं होगा, किंतु ट्रस्ट में उसे सहभागी बनाना उचित होगा।
9. निर्णय में संस्कृत का वह श्लोक भी उद्धृत किया गया, जिसमें भारत की सात पुरियों (नगरों) को मोक्षप्रदायिनी बताया गया है। श्लोक इस प्रकार है—

   अयोध्या, मथुरा, माया, काशी, कांचि, अवंतिका
   पुरी द्वारावती चैव सप्तैता मोक्ष दायिकाः।

10. न्यायालय ने स्पष्ट तौर पर माना कि मस्जिद खाली भूमि पर नहीं बनी थी। वहाँ पहले से मंदिर था, जिसका ढाँचा नीचे मिला है। एएसआई के निष्कर्षों पर संदेह नहीं किया जा सकता। पुरातात्त्विक प्रमाणों को महज एक राय नहीं कहा जा सकता। ऐसा करना एएसआई अर्थात् आर्कियोलॉजिकल सर्व ऑफ इंडिया का अपमान होगा। भारतीय पुरातत्त्व सर्वेक्षण संस्था हर प्रकार के संदेह से परे है।

इस फैसले ने अयोध्या में भगवान् श्रीराम के भव्य मंदिर के निर्माण का मार्ग प्रशस्त कर दिया। जो रामभक्त योद्धा 70 से अधिक युद्धों में प्राणों की आहुति दे गए, वे जहाँ कहीं भी होंगे, उन कारसेवकों को आशीष दे रहे होंगे, जिनके द्वारा ठाने गए इस अंतिम संग्राम की फलश्रुति माननीय सर्वोच्च न्यायालय का यह निर्णय है।

अब न्यायालय के निर्देशानुसार केंद्र सरकार ने मंदिर निर्माण ट्रस्ट का

गठन कर दिया है। इसका नाम रहेगा श्रीरामजन्मभूमि तीर्थ क्षेत्र ट्रस्ट। इसके पदाधिकारी और सदस्य ये होंगे—

अध्यक्ष—महंत नृत्यगोपालदास

महामंत्री—श्री चंपतराय (विश्व हिंदू परिषद् से हैं)

श्री के. परासरन—(मुकदमे के मुख्य वकील रहे।)

महंत दिनेंद्रदास—(निर्मोही अखाड़े से)

कामेश्वर चौपाल—(दलित वर्ग से हैं। 1989 में राम मंदिर के शिलान्यास की प्रथम ईंट रखी थी।)

विमलेंद्र मोहनप्रताप मिश्र—(अयोध्या के राज परिवार से)

डॉ. अनिल कुमार मिश्र—(प्रसिद्ध होम्योपैथिक चिकित्सक फैजाबाद)

जगद्गुरु शंकराचार्य स्वामी वासुदेवानंद सरस्वती—प्रयागराज।

जगद्गुरु माधवाचार्य स्वामी प्रसन्नतीर्थ—पेजावर मठ उडूपी।

युगपुरुष परमानंदजी महाराज—हरिद्वार

स्वामी गोविंददेवगिरि महाराज (महाराष्ट्र)

कई अन्य सरकारी अधिकारी नामित सदस्य होंगे।

भगवान् श्रीराम के मंदिर के पुनर्निर्माण का मार्ग प्रशस्त हो चुका है। 'सौगंध राम की खाते हैं' का जयघोष करते हुए जो कारसेवक शहीद हो गए और जो अपार अकल्पित कष्ट झेलकर तथा असाधारण बाधाओं को पार करते हुए अयोध्या पहुँचकर कारसेवा करने में सफल हुए, उन सबकी सौगंध पूरी हुई। रामलला टेंट से निकलकर अस्थायी मंदिर में तो विराज ही गए हैं। अब तो आशा है कि हम इसी शरीर से और इन्हीं नेत्रों से अपने आराध्य का भव्य मंदिर देख ही लेंगे।

माननीय दत्तोपंत ठेंगड़ीजी के शब्दों के साथ हम इस पुस्तक को समाप्त करना चाहेंगे—

"आक्रामक या साम्राज्यवादी राष्ट्र लोगों में हीनता का भाव निर्माण करने के लिए इसी तरह का भंजन करते रहते हैं, इसका इतिहास गवाह है। इतिहास इसका भी साक्षी है कि उस राष्ट्र के लोग यदि प्रखर राष्ट्रभक्त हैं तो

राष्ट्रीय सम्मान को उजागर करने के लिए फिर से मूर्तियों को बनाते हैं और उनकी पुनः स्थापना करते हैं। फिर वे राष्ट्रभक्त आस्तिक रहें या नास्तिक। प्रश्न राष्ट्रीय अपमान को धो डालने का ही उनके सामने रहता है।''

इत्यलम्

□

परिशिष्ट

कुछ कविताएँ जो उसी दौरान लिखी गईं—
साभार—फिर से बनी अयोध्या योध्या (काव्य-संग्रह)
संपादक—विमल लाठ एवं जुगलकिशोर जैथलिया

जो भी मंदिर को रोकेगा

बलवीरसिंह 'करुण'

हमने तो तुमको श्रद्धा से, 'जय सियाराम' की बोली दी।
लेकिन तुमने तो बदले में, हमको हत्यारी गोली दी।।
इसलिए बदलते तेवर से, यह युद्ध लड़ा अब जाएगा।
जो भी मंदिर को रोकेगा, वह सीधा यमपुर जाएगा।।

कायर डायर के फायर से, घायल भारत माँ का सीना।
जलियाँवाला में हुआ और, विष घूँट पड़ा हमको पीना।।
लेकिन तब भी तो ऊधमसिंह उड़ सात समुंदर पार गया।
जालिम डायर की छाती में, गोली का डंक उतार गया।।
तुम तो दुबके हो आसपास, बोलो कब तक बच पाओगे।
बकरी के बेटों प्राणों की, तुम कब तक खैर मनाओगे।।
जल्दी ही कोई बजरंगी, तुम तक भी आ ही जाएगा।
जो भी मंदिर को रोकेगा, वह सीधा यमपुर जाएगा।।

तब शांति-मंत्र जपते आए, अब क्रांति जगाते आएँगे।
ज्वालामुखियों के तेवर ले, अंबर दहलाते आएँगे।।
सूनी माँगों, उजड़ी गोदों का कर्ज चुकाने आएँगे।
हम अवधपुरी के पग-पग पर, भगवा झंडा लहराएँगे।।
हे रामलला, विश्वास रखो, हम आएँगे, हम आएँगे।
है कसम लखन के बाणों की, हम मंदिर वहीं बनाएँगे।।
जो रक्त बहा सरयू-तट पर, वह व्यर्थ नहीं जा पाएगा।
जो भी मंदिर को रोकेगा, वह सीधा यमपुर जाएगा।।

~•~

भारत में राम-राज्य ले आएँ

दाऊलाल कोठारी

ये बलिदान, ये जीवन, हमें जीने की राह सिखाए।
राष्ट्र-कार्य सबसे ऊपर यह संदेश सुनाए।।

राम ने जब आह्वान किया
घर-घर राम शरद ने कहा
चलो साथियो! भारत में राम-राज्य ले आएँ।

माता ने मंगल-तिलक किया
पिता ने शुभ आशीष दिया,
जाओ पुत्र, अब तुमसे राम, जो चाहें सो कराएँ।
नब्बे के अक्टूबर की तीस को, मंदिर पर भगवा फहराया
झकझोर सोए हिंदू को, प्राणों से उसका मूल्य चुकाया
रक्त ये व्यर्थ न जाएगा
भगवा ध्वज लहराएगा
मंदिर वहीं बनाएँगे, राम की सौगंध खाएँ।

याद रखेगा देश सदा
संघ, स्वजन, पितु, मातु, सखा
क्रुद्ध हिंदू लेगा बदला, भले लहू टकराए।

नहीं याचना रण होगा
संग्राम बड़ा भीषण होगा
तीन नहीं अब तीस हजार, लेंगे जो हो जाए।

—लेखक अमर शहीद कोठारी बंधुओं के ताऊजी हैं।
उनकी अंत्येष्टि अयोध्या में इन्होंने ही जाकर की।

धर्म-ध्वजा फहरे

हीरालाल कोठारी

गौरव से परिपूर्ण रहा है, सोने की चिड़िया भी रहा है,
राम, कृष्ण, प्रताप, शिवाजी, राम-शरद का शौर्य यहाँ है।
धर्म-ध्वजा फहरे!

बाबर से पहचान नहीं है, भारत की वह शान नहीं है,
इक पुरुषोत्तम, एक है योगी, राम-कृष्ण से आन यहीं है।
धर्म-ध्वजा फहरे!

चारों तरफ कोहराम मचा है, राम यहाँ बदनाम हुआ है,
कौन? कहाँ? कब? आया धरा पर, मुश्किल में इतिहास पड़ा है।
धर्म-ध्वजा फहरे!

अवध बनी है वध की वेदी, निर्दोषों के रक्त से खेली,
जाने कैसी है यह होली, सरयू की धारा भी रो ली।
धर्म-ध्वजा फहरे!

हिंदू-हिंदी का झगड़ा ना, हिंदू-मुसलमाँ का रगड़ा है,
राष्ट्र एक और एक ही जन है, राष्ट्र-धर्म की माँग यही है।
धर्म-ध्वजा फहरे!

रामायण का राम कहाँ है, दुष्ट-दलन घनश्याम कहाँ है,
राज छोड़ वन-उपवन भटके, महाभारत का कृष्ण कहाँ है।
धर्म-ध्वजा फहरे!

लक्ष्य एक है राम-राज्य का, हृदय में आदर्श राम का,
विनय नहीं जो काम आई तो, शौर्य देखना 'जय श्रीराम' का।
धर्म-ध्वजा फहरे!

धर्म-सनातन पुनः जगा दे, भगवा-पताका फिर फहरा दे,
राम-कृष्ण सा कोई अवतारी, हिंदू-राष्ट्र का मान बढ़ा दे।
धर्म-ध्वजा फहरे!

—रचनाकार अमर शहीद कोठारी बंधुओं के पिता हैं।

ये माला आँसुओं की

पूर्णिमा कोठारी

ये माला आँसुओं की ले लो
कर दो उन वीरों पर अर्पण
प्रतिष्ठा राम जन्मभूमि हेतु
किया जिन्होंने प्राण समर्पण।

क्रूर काल के कुटिल हाथ जो
इस माला को बिखराना चाहें
कोई उसे बतला दे जाकर
धागा अति मजबूत वे पावें।

आँसू यादों की प्रतिच्छाया है
यादों को कोई न भूल पाया है
व्यर्थ काल की चेष्टा और चुनौती
बस, मन थोड़ा शंकित हो आया है।

पर, विश्वस्त हूँ यादें कभी साथ न छोड़ेंगी
मृत्यु भले ही आ मेरा रुख मोड़ेगी
आँसू और यादें अटूट है रिश्ता इनका
कोई शक्ति नहीं मेरी माला तोड़ेगी।

—यह भावांजलि शहीद कोठारी बंधुओं की बहन की है।

दधीचि संतानों के प्रति

कृष्ण मित्र

अस्थि कलश के भीतर बैठी
इन दधीचि संतानों को,
याद करेंगे युगों-युगों तक
भक्तों के बलिदानों को।

जन्मभूमि के मंदिर के हित जो भी नर संहार हुआ,
सरयू का जल बता रहा है कितना अत्याचार हुआ।
राम नाम रटने वालों पर जालिम की गोलियाँ चलीं,
गुंबद बता रहे हैं कैसे भक्तों की टोलियाँ चलीं।
कैसे फहरा था भगवा ध्वज पूछो इन दीवानों को,
याद करेंगे युगों-युगों तक भक्तों के बलिदानों को।

पुत्रवती माताओं का आशीष, अस्थिकलशों में है,
वृद्ध पिताओं की पूरी बख्शीश, अस्थिकलशों में है।

बहनों की राखियाँ इन्हीं में, चूड़ी-बिंदी भी इनमें,
सिंदूरी सौभाग्यवती की, शीतल मेहँदी भी इनमें।
स्नेह बंधुओं का निहारता, कलशों की मुस्कानों को,
याद करेंगे युगों-युगों तक, भक्तों के बलिदानों को।

आओ नमन करें सादर, इन बलिदानी बलवीरों को,
मंदिर के हित न्योछावर, इन अभिमानी रणधीरों को।
ये दधीचि के वंशज, मंदिर के हित बढ़े समर्पण को,
वृत्रासुर वध करना है, लो बढ़ो जवानों तर्पण को।
देवासुर संग्राम बना दो, इन नवीन अभियानों को,
याद करेंगे युगों-युगों तक, भक्तों के बलिदानों को।

□□□